Tous Continents

Collection dirigée par
Anne-Marie Villeneuve

De la même auteure

Romans

SÉRIE AU BOUT DE L'EXIL

Au bout de l'exil, Tome 3 – L'Insoutenable vérité, coll. Tous Continents,
   Éditions Québec Amérique, 2010.
Au bout de l'exil, Tome 2 – Les Méandres du destin, coll. Tous Continents,
   Éditions Québec Amérique, 2010.
Au bout de l'exil, Tome 1 – La Grande Illusion, coll. Tous Continents,
   Éditions Québec Amérique, 2009.

Mon cri pour toi, coll. Tous Continents, Éditions Québec Amérique, 2008.

SÉRIE D'UN SILENCE À L'AUTRE

D'un silence à l'autre, Tome III – Les promesses de l'aube, Éditions JCL, 2007.
D'un silence à l'autre, Tome II – La lumière des mots, Éditions JCL, 2007.
D'un silence à l'autre, Tome I – Le temps des orages, Éditions JCL, 2006.

Jardins interdits, Éditions JCL, 2005.

Les Lendemains de novembre, Éditions JCL, 2004.

Plume et pinceaux, Éditions JCL, 2002.

Clé de cœur, Éditions JCL, 2000.

Récit

Mon grand, Éditions JCL, 2003.

Tome 1 – La Jeunesse en feu

POUR LES SANS-VOIX

Catalogage avant publication de Bibliothèque et Archives nationales du Québec et Bibliothèque et Archives Canada

Duff, Micheline
Pour les sans-voix
(Tous continents)
Sommaire: t. 1. La jeunesse en feu.
ISBN 978-2-7644-1300-5 (v. 1)
I. Titre. II. Titre: La jeunesse en feu. III. Collection: Tous continents.
PS8557.U283P68 2011   C843'.54   C2011-941103-2
PS9557.U283P68 2011

Conseil des Arts   Canada Council
du Canada   for the Arts

SODEC
Québec

Nous reconnaissons l'aide financière du gouvernement du Canada par l'entremise du Fonds du livre du Canada pour nos activités d'édition.

Gouvernement du Québec – Programme de crédit d'impôt pour l'édition de livres – Gestion SODEC.

Les Éditions Québec Amérique bénéficient du programme de subvention globale du Conseil des Arts du Canada. Elles tiennent également à remercier la SODEC pour son appui financier.

Québec Amérique
329, rue de la Commune Ouest, 3ᵉ étage
Montréal (Québec) Canada H2Y 2E1
Téléphone: 514 499-3000, télécopieur: 514 499-3010

Dépôt légal: 3ᵉ trimestre 2010
Bibliothèque nationale du Québec
Bibliothèque nationale du Canada

Projet dirigé par Isabelle Longpré
    en collaboration avec Anne-Marie Fortin
Révision linguistique: Claude Frappier et Alexie Morin
Conception graphique: Nathalie Caron
Montage: Andréa Joseph [pagexpress@videotron.ca]
Photographie en couverture: Photocase

Imprimé au Canada

MICHELINE DUFF

POUR LES SANS-VOIX

Québec Amérique

Combien d'enfants essaient de grandir dans des familles démembrées? Combien d'enfants souffrent de troubles alimentaires, s'automutilent ou se droguent pour panser leur mal pendant qu'on les punit et les accuse de manquer de droiture au lieu de voir leur douleur? Combien sont dans des familles violentes, ont des parents alcooliques? Combien sont victimes d'inceste?

Combien d'enfants en peine sont là, sous nos yeux à tous, sans qu'on ait le courage de cesser de regarder ailleurs?

Marie-Claude Lortie,
La Presse, 20 novembre 2009

Les enfants n'ont jamais été aussi occupés que depuis qu'ils sont en vacances. Les parents les enrôlent dans toutes sortes d'activités de peur qu'ils s'ennuient... Sachez que c'est important de s'ennuyer. C'est peut-être parce qu'il s'ennuyait que Picasso s'est mis à dessiner. Imaginez la perte pour l'humanité si ses parents l'avaient inscrit au karaté.

Stéphane Laporte,
La Presse, 3 juillet 2010

*à Caroline
et Catherine P.-S.*

CHAPITRE 1

Ce café est infect. Trop recyclé, trop de fois réchauffé dans le four à micro-ondes installé dans la salle d'à côté. Même le rebord de ma tasse barbouillé de rouge à lèvres me lève le cœur. Pouah ! Comme si j'avais besoin de rouge à lèvres pour exécuter mon travail ! Pas facile, la vie de femme dans cette jungle remplie d'hommes...

— Salut, Isabelle ! Bonne fin de soirée. Es-tu sur le quart de nuit ?

— Non, non, je devrais être partie depuis longtemps. Mais je viens tout juste de flairer une bonne affaire. Quelques minutes encore et je déguerpis moi aussi.

— Bon. Moi, je m'en vais. Salut ! Te fais pas mourir à l'ouvrage, hein ?

Il peut bien garder ses commentaires, celui-là ! Pas de danger de le voir prolonger sa journée de cinq minutes. Allons, ma vieille, pas de jugement sur tes compagnons, s'il te plaît.

Dans ce milieu constamment en ébullition autant la nuit que le jour et où la collaboration entre collègues s'avère de prime importance, il arrive souvent que le zèle et la compétence des femmes ne suffisent pas à les faire reconnaître à leur juste valeur par leurs compagnons de travail masculins. Pour s'affirmer, les policières doivent, en plus de maîtriser le métier, soigner leur apparence. Même s'ils refusent de l'admettre, certains messieurs acceptent mal une consœur trop douée. Ou pire, plus douée qu'eux. La compétition est féroce.

Est-ce que j'ai le temps et le goût, moi, de vérifier mon look dans le miroir chaque fois que je vais aux toilettes? Quant à l'habillement, vive l'uniforme! Toutefois, dans ce service des enquêtes sur les crimes contre la personne, section de la maltraitance, je travaille la plupart du temps vêtue en civil mais cela ne m'apporte guère de libération. Rares sont les confrères qui passent à côté de moi sans vérifier la longueur de ma jupe ou sans jeter, mine de rien, un regard insidieux sur le décolleté de ma blouse.

La semaine dernière, ces chers camarades n'ont pas applaudi trop fort quand mon amie Jennifer Daigle a réussi, grâce à ses questions habiles, à arracher des aveux signés, noir sur blanc, de sévices sexuels et de mauvais traitements de la part d'un père à ses enfants, ce dont on le soupçonnait depuis longtemps sans arriver à constituer des preuves suffisamment sérieuses. Le type s'entêtait à nier, et les gars travaillaient d'arrache-pied sur ce dossier-là depuis des semaines à cause du témoignage cohérent et plausible des petites victimes.

Il a suffi à ma copine de s'en mêler et d'user de sa ruse toute féminine pour manipuler le type pendant un interrogatoire serré qui a duré des heures. Elle a finalement réussi à lui faire admettre ouvertement ses bêtises. Il n'a vu que du feu, le cochon, et il a fini par craquer en braillant sur l'épaule de Jennifer. La psychologie, ça nous connaît, nous, les femmes!

Elle a bien reçu quelques tapes amicales dans le dos de la part de ses collègues, dont l'une déguisée en un caressant massage d'épaules

par les grosses mains blanches de l'un d'eux. Le type n'a pu s'empêcher de s'écrier sur un ton mielleux :

— Cette chère Jennifer… Y'en a pas deux comme toi, ma belle !

Il reste qu'en général, les équipes représentent une force, et leur
travail donne de bons résultats. Devant les objectifs communs, les
décisions rapides à prendre, la réussite de missions difficiles, le
jumelage du sang-froid et de l'intuition féminine avec les muscles
saillants des hommes représente un atout précieux. De mon côté,
dans l'exercice de mes fonctions de détective, je n'ai pas, pour
l'instant, à travailler directement avec un collègue masculin.

Il est plus de six heures trente. Ah… vite en finir avec ce dossier
et m'en retourner à la hâte chez moi, dans ma paisible banlieue. À la
hâte… quel fantasme ! Les sempiternels embouteillages à la sortie
de la ville malgré l'heure tardive, puis le pont toujours achalandé,
les incontournables travaux sur l'autoroute, sans oublier les six feux
de circulation et les quatre arrêts avant de m'engager enfin dans ma
rue, ce petit coin de paradis, mon havre de paix. Là où se trouvent
mon foyer et mes amours. Mon bonheur, ma vie…

À cette heure-ci, Robert aura déjà fait cuire les darnes de
saumon mises à dégeler avant de partir ce matin et il aura fini de
souper avec les enfants. Matthieu aura pris son bain et dormira
sûrement comme un ange. Pourvu que son père n'ait pas oublié de
lui brosser les dents et de lui badigeonner la peau des fesses avec sa
nouvelle crème.

Une autre journée sans contact avec mes enfants, sans même
écouter leur bavardage… Ce conflit d'horaire entre ma carrière de
mère et celle de policière m'épuise. J'ai bien essayé d'appeler à la
maison à quelques reprises avant le souper mais la ligne était
toujours occupée, sans doute à cause de Marie-Hélène. Pas drôle,
l'adolescence !

Au bout du compte, le temps s'est écoulé et j'ai oublié. Ont-ils
passé une bonne journée ? Ma grande a-t-elle réussi son examen de

reprise en mathématiques? Frédéric a-t-il travaillé un peu son piano? Quant à Matthieu, je vois d'ici les objets de son bricolage rapportés de la garderie traîner un peu partout, à moitié brisés ou déchirés. Je n'aurai pas eu le temps, hélas, de me pâmer devant lui au sujet de ses chefs-d'œuvre.

Une fois de plus, je devrai me contenter de monter à leurs chambres avec une vague pointe de culpabilité sur le cœur. Où donc se trouve ma véritable place? Je vais border mon tout-petit et effleurer du bout des doigts sa douce chevelure et ses mains potelées candidement ouvertes sur le monde. Si Frédéric, lui, ne dort pas, je me ferai un devoir de le réprimander gentiment. « Il se fait tard, mon trésor, tu as de l'école demain. Il faut dormir tout de suite… » Je ne le questionnerai pas sur la raison pour laquelle il ne trouve pas le sommeil. Trop tard! On réglera ça une autre fois. Quant à Marie-Hélène, j'espère qu'elle sera en train de terminer ses devoirs ou d'écouter de la musique, étendue sur son lit. M'inquiète un peu, celle-là…

Allons! il ne me reste que deux ou trois petites choses à vérifier à l'ordinateur avant de lever l'ancre. En principe, je soupçonne l'homme que nous recherchons de prendre régulièrement l'avion vers le Guatemala afin de rejoindre l'intrigante infirmière Marlyn Wilson sous le couvert d'une mission humanitaire. Les deux compères en profiteraient alors pour effectuer quelques transactions dans l'anonymat. Ni vu ni connu, et hop! l'affaire est dans le sac! Adoption internationale illégale et vente d'enfants parfaitement réussies. Le type revient sur le vol d'une autre compagnie aérienne quelques jours plus tard, avec deux bambins et un bébé sur les bras, munis de faux certificats de naissance et de faux passeports canadiens à l'appui. Aux douanes canadiennes, il réussit à passer avec les enfants comme dans du beurre mou. Du moins, je le suppose.

Facile ensuite pour lui de trouver des acheteurs un peu partout sur le continent. Un enfant se vend de nos jours entre trente et quarante mille dollars au cours d'une adoption illégale. Au Guatemala, et probablement dans d'autres pays sous-développés de l'Amérique du Sud, on incite, paraît-il, les mères naturelles à abandonner leur bébé. Il existe même des « *baby farms* » dans lesquelles des jeunes filles se font volontairement féconder afin de gagner de l'argent en vendant leur progéniture. Quelle horreur ! Les bébés et les enfants de moins de cinq ans sont alors achetés et transportés dans divers pays par des individus sans scrupules comme celui que nous recherchons. Ils les revendent ensuite pour des montants faramineux à des acheteurs tout aussi malhonnêtes. Ces gens ne se formalisent pas du principe de base de l'adoption : donner un foyer à des enfants qui n'en ont pas et non l'inverse, soit de donner un enfant à des gens qui n'arrivent pas à en avoir eux-mêmes. Le monde à l'envers, quoi ! Et notre belle société actuelle ne semble guère offensée par cette situation.

Voyons d'abord sur Internet si le nom de ce type apparaît quelque part. Et clic et re-clic sur la souris de mon ordinateur. La petite flèche blanche m'amène dans une autre dimension, un univers virtuel à des lieues de ma vie réelle. Facilement, je mets au rancart le reste de l'existence, je navigue hors de ma nature, je ne suis plus la femme de Robert, je n'ai plus trois enfants. Je ne suis même plus Isabelle Guay-Deschamps, je deviens Sherlock Holmes, Hercule Poirot, Maigret, Columbo et tous les autres enquêteurs confondus. Je cherche passionnément et sans condition à trouver la faille, le détail insignifiant, le filon, le petit rien qui fera basculer nos recherches et donnera à mon équipe la clé de l'énigme. Je VEUX démasquer cette bande de criminels pour que justice soit rendue. Pour que soit respectée la convention de La Haye sur l'adoption internationale garantissant le respect des normes de protection des intérêts de l'enfant. Pour l'amour de tous ces petits exploités de façon éhontée, jusqu'à être vendus. Ces êtres qui ne savent pas se défendre.

Je ne me leurre pas. Ma curiosité de femme et la soif de réussir motivent autant mes élans que mon engagement de policière à servir la justice. Je veux bien combattre le crime, certes, mais ma véritable motivation est de remporter l'épreuve coûte que coûte et quelle qu'elle soit. Découvrir, analyser, prouver, et même accuser, tout cela représente pour moi un défi passionnant, une montagne à gravir, un combat à livrer. Jamais je ne démissionnerai, je suis une battante… et une gagnante. La sergent-détective la plus zélée de la ville!

Mais aussi, hélas, la mère la plus zélée de la ville… Le prix à payer pour ces victoires reste très élevé. Il en va de ma vie personnelle et familiale trop largement entamée, je m'en rends bien compte. Je le sais mais ne veux pas le savoir! J'entends encore ma mère protester quand je lui ai confié mon choix de carrière. «Policière, voir si ça a du bon sens! Un travail d'homme qui requiert de la force musculaire! Deviens-tu folle, ma fille?»

— Prendriez-vous un autre café, Isabelle? Je vais en préparer du frais.

— Non, merci, Florian, je m'apprête à partir. Je devrais avoir quitté depuis longtemps. Je ne sais pas pourquoi je m'acharne autant.

— Je vous laisse tranquille, alors.

Eh bien, je jugeais mes compagnons plutôt mal, il y a à peine quelques minutes, mais en voilà un fort gentil et respectueux. Ce nouveau venu a-t-il lu dans mes pensées? En quel honneur m'offre-t-il si galamment un café? Et il me vouvoie en plus! Pas mal, le bonhomme. Un type de Rimouski transféré ici dernièrement. Florian Laliberté. Les policiers de la région du Bas-Saint-Laurent se montreraient-ils plus courtois envers leurs consœurs que ceux du Centre opérationnel 509?

Mais revenons à nos moutons. Je dois absolument repérer le nom du suspect sur toutes les listes de passagers d'American Airlines et d'Air-Guatemala, ces derniers mois. Voyons voir… Tiens, nous y voilà! Le monsieur en question s'est effectivement rendu au Guatemala une vingtaine de fois en utilisant des itinéraires différents. J'avais bien deviné, le casse-tête commence à prendre forme. Voilà donc notre passeur d'enfants. La fameuse Marlyn Wilson devait attendre le filou là-bas pour lui remettre les enfants achetés sous le couvert d'une ONG[1]. Sa société de bienfaisance falsifiée n'existe nulle part sur Internet sauf un petit bidule de rien du tout que n'importe quel quidam pourrait annoncer. Aucun bureau de douanes, aucune ambassade, pas même la GRC[2] n'ont donc vérifié ça ? Une fois les enfants ramenés ici, notre gaillard attend une semaine ou deux et reprend, incognito ou sous une autre fausse identité, la même opération. Voilà toute l'affaire.

Il nous reste à démanteler la filière du Québec et à déterminer de quelle manière ces rapaces recrutent leurs clients. Sans doute ont-ils accès à certaines listes de demande d'adoption pour solliciter les familles, une à une et sous le couvert de l'anonymat. Le juge exigera des preuves solides. Certains noms étant déjà ciblés, nous finirons bien par démanteler leur fichu réseau.

Hum… j'éprouve tout de même quelques réticences à me lancer à la recherche de mères d'enfants adoptés illégalement. Pas une d'entre elles n'acceptera de révéler quoi que ce soit, de peur de se faire enlever son petit, j'en mettrais ma main au feu. Et je les comprends ! Mais la loi, c'est la loi. Encore faudra-t-il les dénicher, ces familles-là. Le gouvernement doit sûrement tenir un registre des enfants adoptés et les parents doivent détenir des papiers « officiels » contrefaits, bien entendu. Voyons voir encore. Et clic, clic, clic…

Le café, tout de même gentiment déposé par mon nouveau collègue sur le coin de ma table en dépit de mon refus, a refroidi une fois de plus sans que j'y touche, trop captivée par mes recherches. Les yeux me brûlent et ma nuque raidie demande grâce. Allons, ma vieille, assez pour aujourd'hui. Rentre au bercail, tu n'en

---

1. Organisation non gouvernementale.
2. Gendarmerie royale du Canada.

peux plus ! T'en fais pas, les criminels et les trafiquants t'attendront bien jusqu'à demain !

— Bonsoir, Isabelle, bon retour à la maison !

À mon insu, Florian Laliberté s'approche de moi et dépose un rapide baiser sur ma joue droite. Quoi ? Un collègue qui m'embrasse ! Frappée de stupeur, je lui lance un au revoir évasif et me dépêche de quitter les lieux sans me retourner. Une fois dans ma voiture, je porte la main sur ma joue en feu. Je n'en reviens pas ! Mais plus que la brûlure, c'est le reflet de ses yeux plongés dans les miens, l'espace d'une seconde, qui me déconcerte. Des yeux ardents, troublants, bleus comme l'océan.

Hum… dangereux pour les noyades, les océans !

CHAPITRE 2

Huit heures et demie du soir. Robert a taillé la pelouse et arrosé les fleurs autour de la maison en m'attendant. Quel homme chouette que mon mari! Toujours prévenant, toujours attentionné. Il mène la maisonnée d'une main de maître. Quand il est là, évidemment! Bien sûr, il nous arrive de manquer de lait ou de beurre pour le déjeuner, mais ce genre de choses survient dans toutes les familles, non? Et le matin, Matthieu n'arrive pas toujours à la garderie ni Frédéric à l'école, vêtus dans des couleurs bien agencées, mais tant pis, cela n'a pas vraiment d'importance.

— Allo? Il y a quelqu'un? Robert?

— Salut, chérie! Je suis au sous-sol. J'ai mis ton assiette au frigo, tu n'as qu'à la réchauffer dans le four à micro-ondes.

— Ah… merci!

Me voilà seule dans la cuisine, à bouffer comme une défoncée le saumon mal assaisonné, trop cuit, sec et raide. Mais quand on a faim… D'un œil distrait, je lorgne la quantité astronomique de jouets jonchant le sol. Les jouets de Matthieu, un casse-tête à moitié terminé, un *Tintin* lu par Frédéric. Comme d'habitude, Robert a oublié de les ranger. Il a oublié aussi de nettoyer le lavabo et le comptoir de la cuisine.

— Que fais-tu en bas, mon amour?

— Je regarde la télévision.

— Ah bon.

Il aurait pu monter pour m'accucillir, non? Et il aurait pu surtout venir s'asseoir à la table, auprès de moi, pour me raconter sa journée et m'entendre raconter la mienne. Pourquoi ce silence, cette indifférence? Existe-t-il des émissions de télévision plus excitantes que sa femme? Que nous deux? Je me dépêche d'avaler la dernière bouchée et me précipite au sous-sol, une tasse de thé tiédi à la main. L'appareil de télévision joue à tue-tête. Sans doute un film d'action ou de guerre.

— Alors, mon chéri, quoi de neuf?

— Euh… pas grand-chose! Une journée comme les autres. Je prends l'avion demain matin pour Chicago.

— Ah? Tu ne m'avais pas prévenue.

— Ça n'était pas planifié, une affaire urgente à régler. T'en fais pas, je ferai un aller-retour et je rentrerai probablement tard demain soir.

Aussitôt le calcul se fait dans ma tête: demain, mardi, jour de congé de la gardienne Jojo qui se pointe quotidiennement ici avant quatre heures pour préparer le souper tout en s'occupant des deux plus jeunes. Je devrai donc m'organiser pour quitter le bureau plus tôt afin d'aller chercher moi-même Matthieu à la garderie avant la fermeture. Et il ne faut pas oublier la leçon de piano de Frédéric. Si au moins il faisait de lui-même ses exercices de temps en temps, celui-là… Je devrais lui couper ça! Je vais demander à Marie-Hélène d'aller le reconduire à pied. Mais non! Le mardi, elle joue au basketball après l'école. Zut! J'avais prévu pour demain, dans mon plan de travail, interroger des témoins à charge dans la fameuse affaire d'enfants malmenés dans la cour d'une école du nord de la ville. Dieu sait à quelle heure je vais les terminer, ces entrevues-là. Re-zut!

Je pousse un long soupir. Un jour à la fois, Isabelle, demain tu verras. Non, pas demain! Je dois organiser ma prochaine journée dès maintenant, même si aujourd'hui n'est pas encore achevé. Ainsi va la vie des mères au travail…

— Robert? Comment vont les enfants?

— Rien de spécial. Ah oui! je voulais te dire: Matthieu m'a semblé un peu malade à l'heure du souper. Il a refusé de manger et s'est endormi sur le divan.

— Tu as pris sa température?

— Non, j'attendais ton retour.

— J'y vais.

Je grimpe les deux étages en vitesse. Robert a semblé hésiter mais s'est finalement recalé dans son fauteuil et rebranché sur son émission. Qu'il sèche! Je pénètre à pas feutrés dans la chambre de Matthieu. Mon bébé malade… Il ne manquait plus que ça! Le cœur serré, je pose une main froide sur le petit front brûlant. Sa respiration m'apparaît bruyante et laborieuse et il tousse à fendre l'âme. Franchement, son père aurait pu tout de même aspirer ses sécrétions à l'aide de la pompe et lui mettre de l'eau saline dans les narines!

Je n'aime pas voir mes enfants malades. Je refuse la maladie, elle m'agresse et me répugne, elle m'énerve sans bon sens. J'en refuse l'ingérence et toutes les menaces qu'elle contient. Si je devais perdre un enfant, un jour, je ne m'en remettrais jamais. Oh là! là! 39,8 Celsius! Je cherche le Tylenol d'une main fébrile dans la pharmacie. Matthieu ne s'est même pas réveillé pendant que j'enfonçais le thermomètre dans son petit derrière tout rond et tout chaud. Une cuillérée de sirop décongestionnant avec ça et quelques gouttes de solution saline devraient suffire. «Bonne nuit, mon amour, je t'aime.»

Mon fils, à peine trois ans… Déjà! Ma joie de vivre, ma fierté, mon ange. Si beau, si pur. Dire qu'au début, nous avons hésité à laisser se poursuivre cette grossesse non planifiée qui venait chambarder tous nos plans. Ça prenait tout de même un certain courage pour recommencer une famille avec huit ans de différence entre le nouveau-né et son grand frère. Nos beaux projets d'acheter un chalet et de partir en Europe avec les deux plus vieux sont tombés à l'eau à ce moment-là. Mais qu'importe, nous n'avons jamais regretté car ce petit fait notre bonheur.

Avant de le remettre dans son lit, je le serre quelques instants contre ma poitrine. Je tiens entre mes bras le trésor le plus précieux de l'univers. Mon Matthieu, en ce moment à la merci du destin déguisé en virus contre lequel je dispose de peu de pouvoir… Tout à coup revient me hanter le souvenir d'enfants condamnés aperçus aux soins palliatifs d'un hôpital lors d'une visite requise par mon travail, il y a quelques années. Ces corps rachitiques, ces têtes chauves aux yeux exorbités, ces petits subissant sans mot dire la pire des injustices pouvant exister sur cette planète, je ne suis jamais arrivée à les oublier. Non, pas ça! Pas ça pour toi, Matthieu, hein? Guéris vite, je t'aime tant, mon fils, mon fils à moi.

— Dors, mon amour, maman veille sur toi maintenant.

Le fantasme des mères adoptives illégales qui ont enfin obtenu un petit et fondé un foyer remonte à la surface. Comment leur jeter la pierre? Je n'ai pas très envie de leur retirer leur enfant, moi! Pas envie du tout, même! À bien y songer, tout le monde trouve son compte dans ces histoires-là, pas seulement les bandits. Les orphelins sont aimés et choyés par des parents heureux au lieu de vivre misérablement dans la rue ou dans des orphelinats mal tenus, ou encore dans des familles dysfonctionnelles. Aurais-je perdu mon temps, aujourd'hui, avec cette enquête compliquée? Oh là! du calme, du calme, Isabelle Guay-Deschamps! Tu ne devrais jamais entretenir ce genre d'idées et te poser de telles questions d'ordre moral. Tu accomplis ton devoir de policière, tu fais respecter la loi et tu protèges les citoyens, rien de plus. Et cela devrait te suffire et te satisfaire, point à la ligne.

Avec fougue, je remercie le ciel de n'avoir pas eu à adopter mes enfants. Les miens m'appartiennent de plein droit, ils proviennent de moi et de l'homme de ma vie, ils nous ressemblent, ils ont nos gènes, nos yeux, nos traits, notre caractère, ils sont une partie de moi, de Robert, de nous deux.

Dans la chambre d'à côté, Frédéric dort paisiblement dans son grand lit en tenant son chien de peluche serré contre sa poitrine comme il le fait depuis toujours. Ce toutou-là en a vu de toutes les couleurs en onze ans! Il en a vécu des nuits blanches, il en a passé du temps à réfléchir en pénitence dans le coin, tripoté rageusement par un gamin en furie. S'il a subi de nombreux accès de colère, il a aussi consolé bien des chagrins et séché bien des larmes entre les bras de mon ardent Frédéric qui vit si intensément ses émotions. Trop intensément... Avant longtemps, mon petit gars va devenir un grand garçon. Je n'en reviens pas! On dirait qu'il a grandi à mon insu. Je dépose délicatement un baiser sur sa joue douce et tiède. Au moins, lui, ne fait pas de fièvre.

— Je t'aime, Frédéric, merci d'exister, merci d'être là, je t'adore!

De la lumière filtre sous la porte de la chambre d'à côté. Marie-Hélène ne dort pas encore. À travers la paroi, je peux entendre un groupe vocal s'égosiller à la radio dans un vacarme tonitruant. Dans ce cas, je vais enfiler ma robe de chambre et aller jaser avec elle. Mais auparavant, je retire un à un mes vêtements en faisant couler une eau très chaude dans le bain. Ah! la détente, enfin! Le repos du guerrier parfumé à la mousse de Fleur de Lotus. D'où me vient donc ce pincement au cœur, cette soudaine impression de me trouver seule, tout à coup, à côté de la vraie vie, en marge du vrai monde? Comme s'il continuait de tourner sans moi, le vrai monde!

Je travaille trop, je le sais. Autant à la maison qu'au bureau. Mère et femme de carrière… faut le faire! Un tourbillon vertigineux m'emporte sans cesse je ne sais trop où. Peut-être ai-je perdu l'objectif de ma mission? Tant que cette agitation ne me projette pas sur un mur, je tente de tenir le coup sans trop me poser de questions.

Je me retourne. Robert n'est pas venu me rejoindre. Il n'a pas bougé du sous-sol, et cela me rend amère. On aurait pu jaser de tout et de rien et j'aurais pu sentir que j'en fais encore partie, de ce fameux vrai monde! Oh! mon mari n'est pas le plus grand des jaseurs, et pour la psychologie, on peut repasser. Mais j'aime le père de mes enfants pour son authenticité, sa simplicité et sa tendresse.

Ce soir, j'avais envie de le voir rester là, juste là, à côté de moi, tout naturellement, tel un pilier, une force sereine et silencieuse sur laquelle m'appuyer. Je me serais blottie dans ses bras et n'aurais plus eu peur de rien. Et un baiser inattendu sur ma joue droite aurait achevé de me rassurer. Instinctivement, je porte la main à mon visage comme si je voulais effacer toute trace du futile baiser du beau sergent.

D'ailleurs, à bien y songer, de quoi donc ai-je peur? D'où me vient soudain ce coup de cafard, ce besoin ridicule d'être rassurée? La fatigue, sans doute. Seulement la fatigue.

Enroulée dans ma robe de chambre douillette, j'entrouvre doucement la porte de la chambre de Marie-Hélène. Sans doute se trouve-t-elle plongée dans un livre, mais ça me surprendrait. Pas très férue de littérature, ma fille!

— Allo, ma grande, comment vas-tu?

Pas de réponse. Je pousse la porte un peu plus et m'avance sur la pointe des pieds. Toujours pas de réponse. Endormie sur une bande dessinée, peut-être? J'ouvre alors tout grand pour découvrir avec effarement un lit défait mais vide au milieu d'une chambre totalement en désordre. Comme pour me narguer, les Black Eyed

Peas lancent à tue-tête une phrase que je n'ai pas envie d'entendre :
« *I've got a feeling-ing-ing…* »

— Marie-Hélène, où es-tu ?

Sans doute est-elle descendue à la cuisine pendant que je me trouvais dans le bain. Mais non ! Je ne vois personne nulle part. Dans le vestiaire, sa veste de polar a disparu. Je me mets à crier au-dessus de l'escalier du sous-sol.

— Robert, sais-tu où est allée Marie-Hélène ?

— Marie-Hélène ? Elle étudie en haut dans sa chambre.

— Mais non, je ne l'ai pas vue. Elle a sûrement dû sortir.

— Quoi ? Je lui avais défendu de quitter la maison. La fin finaude a dû partir en douce sans m'avertir. Ah ! celle-là, on n'est pas sorti du bois avec elle ! Plus moyen de lui faire confiance !

Je remonte à sa chambre, à la recherche d'un billet d'explication placé sur son bureau ou sa table de chevet. Rien. Elle ne répond même pas à son téléphone portable. Notre fille a bêtement disparu.

D'un geste rageur, je tourne le bouton de la radio. *I've got a feeling ! Oh yeah !*[3] Moi aussi, j'ai un *feeling*…

3. J'ai un pressentiment ! Oh oui !

CHAPITRE 3

Quand Yves Montpetit me regarde de cette manière, j'aurais envie de me volatiliser. Ses pupilles immobiles ont l'air de me darder comme des rayons laser et je me sens devenir molle et sans moyens. Une marionnette à sa merci. Je ne mets pas de temps, cependant, à éprouver le sentiment de porter sur mes épaules le poids de toutes les femmes obligées de défendre leur place dans le monde des hommes. Alors, je redresse la tête et, courageusement, je plonge à mon tour dans ses yeux d'acier mon regard tout aussi direct et porteur de fierté.

Mais il est le patron. Pas moi. Ses galons arborés avec une certaine gloriole sur ses épaules de colosse et, surtout, le pouvoir évoqué par ces insolentes bandelettes cousues d'or m'intimident. Que me veut-il encore, celui-là, en ce beau matin que je prévoyais plutôt calme? Pourquoi cesse-t-il tout à coup de me parler?

Comment peut-on arriver à conserver une telle fixité, une telle impassibilité pendant d'aussi longues secondes? Cette arrogance… Je me demande s'il éprouve une jouissance secrète à intimider de la sorte les gens à qui il s'adresse! Un petit *trip* de pouvoir, peut-être? Ou encore mieux, un *trip* de pouvoir sur une femme? Parce qu'il ne dévisagerait jamais un des hommes de l'équipe de cette façon hautaine et autoritaire, j'en gagerais mon unique et mince galon!

Quoi, alors? Pas satisfait de mon travail? N'a pas aimé mes initiatives de recherche d'hier soir, en son absence, au sujet de l'adoption illégale? Eh bien! monsieur le chef de service n'avait qu'à se taper lui-même des heures supplémentaires comme je l'ai fait. Il aurait pu alors me conseiller et diriger mes opérations, voilà tout!

— Assoyez-vous, Isabelle.

Bon. Le *boss* vient de redevenir humain. Il a éteint les rayons laser, toussote légèrement et s'empare d'un crayon à mine dans le porte-crayons en forme de sac de golf placé au milieu de son pupitre. Je me remets à respirer.

— Ma chère, si je vous ai fait venir à mon bureau, c'est pour vous dire que…

Le scélérat! Il ne termine pas sa phrase, se lève et commence à marcher silencieusement de long en large derrière son bureau. Et il ne cesse de se frapper le creux de la main avec son satané crayon, comme s'il hésitait à démarrer son discours. Oh là là! Où se trouve l'erreur? Mon erreur, évidemment! Et ça semble sérieux. Quelle bévue ai-je pu commettre? Quel oubli? Quelle négligence involontaire? Parce que pour le zèle, hein, le monsieur n'a aucun reproche à me faire. C'est bien simple, s'il ne débloque pas, je vais m'enfuir en courant. Je ne peux supporter le silence, à tout le moins ce genre de silence. Surtout après la nuit que je viens de passer.

— Isabelle, je voudrais vous dire à quel point je suis content de votre excellent travail d'enquêteuse.

Wow! Je dois certainement rêver! Le patron sourit de toutes ses dents et il me complimente par surcroît! Les rayons laser se sont transformés en rayons de soleil sur le sable chaud d'une plage du sud! Pas croyable! Il a même dit «enquêteuSE» et non «enquêteur» comme à l'accoutumée! Certainement, monsieur, que je fais du bon travail! Pourquoi me faites-vous niaiser depuis cinq minutes pour me dire ça? C'est de la cruauté mentale, ça! Vous mériteriez que je vous saute au cou pour vous étriper, mon cher patron!

Menteuse, Isabelle Guay-Deschamps! Si tu lui sautais au cou, tu ne ferais pas autre chose que de l'embrasser, tellement tu es contente. Juste là, sur la joue qu'une barbe de deux jours a dû rendre délicieusement piquante. Tu lui donnerais un gros bec sonore. Et tu poserais tes mains sur ses épaules pour te rapprocher de lui et humer son odeur. Quoique… ce n'est pas tant à Yves Montpetit que tu manifesterais de la sorte ton contentement mais plutôt à un certain autre membre du personnel, avoue-le, ma belle! Allons, allons, gardons notre calme. Montrons-nous plutôt froide et polie. Plus professionnelle que féminine.. Simplement, uniquement professionnelle!

— Je fais toujours de mon mieux, monsieur.

— Nous l'apprécions réellement, croyez-moi. Vous avez mené de main de maître votre enquête sur l'adoption illégale. Au cours de la nuit, un stagiaire a complété vos recherches d'hier soir. Grâce à vous, nous sommes maintenant prêts à mettre la main au collet d'un redoutable importateur international d'enfants et de sa complice.

— J'aurais pu poursuivre cette affaire moi-même, vous savez, sauf que ce matin, je dois travailler sur autre chose. J'ai fixé des rendez-vous avec…

— Ne vous en faites pas, vous avez accompli le gros du travail et nous sommes très satisfaits. Votre flair et votre perspicacité sont devenus de précieux atouts au sein de notre équipe. Je vous considère comme un sergent brillant.

Je serre les dents. L'enquêteuse redevient un «sergent brillant» et non une «sergentE brillantE»…

— Merci, monsieur Montpetit, vous me flattez.

— Non, non, vous le méritez ! Permettez-moi maintenant de vous confier de toute urgence un autre dossier qui m'apparaît plutôt difficile. Ça vient tout juste de nous arriver. Vous aviez des plans pour aujourd'hui, me dites-vous ?

— Oui. Je dois poursuivre mes recherches sur l'affaire des enfants tabassés et taxés par des voyous dans la cour d'une école. Certains jeunes et leurs parents ont rendez-vous avec moi pour témoigner. Les entrevues enregistrées pourront éventuellement servir de preuves. J'en ai sûrement pour la journée complète.

Non, je ne vais certainement pas lui confier ma résolution de rentrer plus tôt à la maison à cause du voyage d'affaires imprévu de mon mari à Chicago, précisément le jour de congé de ma gardienne. Jamais en cent ans ! L'heure de fermeture de la garderie, les cours de piano et le basket, ça ne concerne pas le patron Yves Montpetit. Trop risqué de ternir ma belle image « d'excellente enquêteuse » !

— On va laisser ce dossier-là à un autre agent, si vous le voulez bien, Isabelle. Je préférerais vous confier autre chose. Cela concerne un cas sérieux rapporté aujourd'hui, vers six heures et demie du matin, par l'Institut pédiatrique. Il s'agit d'un bébé de quinze mois arrivé cette nuit à l'urgence. Les tests médicaux ont détecté qu'il a été secoué au point de souffrir de traumatismes crâniens sérieux. Le père s'est d'abord montré surpris du diagnostic devant la travailleuse sociale de l'hôpital, et il affirme ignorer d'où proviennent les blessures. Je compte sur vous pour découvrir la personne coupable. Mais il vous faudra agir vite, dès maintenant. Voici donc le dossier « Marie-Soleil Beauchemin ». Vous devez vous rendre à l'Institut immédiatement en compagnie d'une assistante.

Agir vite, agir vite… Je veux bien, moi, agir vite ! Si au moins j'avais mieux dormi, la nuit dernière, j'aurais les idées plus claires. J'entends encore les chanteurs à travers la porte de la chambre de Marie-Hélène, hier soir : « *I've got a feeling-ing-ing…* » Eh bien, il dure encore en ce moment, le *feeling* ! Moi, la sergent-détective du

Centre opérationnel 509, j'ai cherché ma fille, hier, pendant deux heures sans résultat. Le « sergent brillant » a rencontré son Waterloo, hier soir. Et pas seulement hier soir, ce matin aussi !

Devant la chambre vide de Marie-Hélène, j'ai d'abord commencé par questionner mon mari sur les événements de la soirée. Une dispute ou une engueulade avaient-elles eu lieu ? Marie-Hélène avait-elle reçu des appels téléphoniques ou exprimé une envie quelconque de sortir ?

Oui, elle avait passé la soirée au téléphone dans sa chambre. Oui, elle avait demandé à quitter la maison et, non, son père ne lui avait pas donné la permission. Pas à huit heures, un soir de semaine, alors qu'elle devait prendre l'autobus pour le collège à six heures et demie le lendemain matin. Elle réclamait d'aller emprunter un livre à un copain. « Tant pis ! Tu n'avais qu'à y songer plus tôt », lui a répondu sagement son paternel, refusant de revenir sur sa décision. Bien sûr, Marie-Hélène a protesté avec véhémence, puis elle s'est réfugiée dans sa chambre, sans plus.

Pendant deux heures, Robert et moi avons appelé tous les noms du petit répertoire téléphonique de notre fille trouvé sur son bureau, utilisant chacun notre téléphone portable afin de laisser libre la ligne de la maison au cas où la fugitive déciderait de se rapporter. Aucun résultat. Certains amis étaient absents, et les autres se montraient surpris et ignoraient où elle se trouvait. J'ai finalement décidé, non sans hésitation, de consulter et, par le fait même, de causer de l'inquiétude à ma mère, ma sœur, mon beau-père et à un couple d'amis susceptibles de l'avoir reçue chez eux en toute gentillesse et innocence. *Nada* ! Robert a même fait le tour du quartier à plusieurs reprises avec sa voiture en scrutant minutieusement tous les recoins et les parcs évidemment déserts en cette nuit pluvieuse. Toujours rien. Nous ne l'avons trouvée nulle part.

J'allais composer le numéro de ma cousine Geneviève, travailleuse sociale familière avec les frasques anodines de ados quand, vers onze heures et demie, Marie-Hélène a monté l'escalier sur la pointe des pieds, s'imaginant sans doute trouver ses parents endormis. Elle tenait à la main un livre de mathématiques. Évidemment, je l'ai engueulée comme du poisson pourri. Depuis quand sortait-elle de la maison sans permission et sans nous aviser? Où s'était-elle réfugiée? Qu'avait-elle fait durant tout ce temps?

— Je suis allée chez un gars de ma classe pour lui emprunter son livre de maths, tu le vois bien!

Un peu plus et elle me le lançait par la tête.

— Tu aurais pu avertir ton père de cette sortie.

— Papa ne voulait rien entendre, et j'avais absolument besoin de ce livre. Alors…

— Quel gars de ta classe? Nous avons appelé tous les numéros inscrits dans ton carnet. Personne ne savait où tu te trouvais.

— Il s'appelle Jimmy, mais vous ne le connaissez pas. Il est arrivé au collège seulement le mois dernier. Il habite à trois rues d'ici.

— Pourquoi avais-tu besoin d'un livre de mathématiques alors que ton examen de reprise a eu lieu aujourd'hui?

— Tu te trompes, maman. L'examen est prévu pour demain après-midi, deux heures.

— Ah bon. Tu m'avais pourtant dit… Par contre, ça ne prend pas trois heures pour aller emprunter un livre à quelques rues d'ici. Et tu vas étudier quand? Cette nuit, peut-être?

— Euh… il y avait des amis chez lui et on a écouté un peu de musique.

— Tu appelles ça «un peu», toi, de huit heures jusqu'à onze heures et demie! Tu aurais pu au moins appeler pour nous prévenir. T'as pas fumé, j'espère?

— Mais non, maman. Tu t'inquiètes toujours pour rien.

Mon pif de policière lui a donné raison : ma fille ne sentait pas le pot. Un peu la fumée de cigarette, tout de même. Et si elle avait bu, elle était restée dans la limite du raisonnable. Quoique, à quatorze ans, le raisonnable devrait se trouver dans le jus d'orange, à la frontière du zéro alcool! Quant à m'inquiéter pour rien... Est-ce normal de fuguer de la sorte, à cet âge? J'ai tenté de me calmer. Après tout, elle allait chercher un livre pour étudier ses maths et préparer un examen. Ça faisait quand même sérieux, non? Bien d'autres jeunes ne se préoccupent pas autant de leur examen de reprise! Soudain, je me suis sentie trop mère poule, trop obsédée par tous les dangers qui guettent les ados et auxquels ma profession me confronte quotidiennement.

— En tout cas, il est trop tard pour faire une révision à cette heure-ci. Tu ferais mieux de dormir maintenant et te lever tôt demain matin. Mais auparavant, réfléchis donc un peu à la façon d'agir. Ton père et moi ne sommes pas contents du tout, et ne considère pas ça comme une histoire finie. On s'en reparlera plus tard. En attendant, bonne nuit, ma chère!

J'ai franchi la porte d'un pas rageur et l'ai regretté par la suite. Comme d'habitude, Robert a assisté à la scène les bras croisés et sans dire un mot. Il en est ainsi depuis quinze ans et ça me fait enrager depuis quinze ans. Comme si la responsabilité d'éduquer les enfants n'incombait qu'à moi seule. Oh! il a bien appris à se débrouiller dans la cuisine, mon cher mari. Il arrive même à séparer correctement les couleurs en préparant une brassée de lavage et il ne lésine pas non plus sur les courses à l'épicerie ou à la pharmacie, et même sur la préparation d'un repas pas trop compliqué. Mais pour la psychologie, je ne mise pas trop sur mon homme rose!

Le silence constitue son unique et sempiternel refuge. Hélas, il a le dos large, le silence! S'il peut se révéler porteur de consentement et d'approbation, il risque aussi de trahir l'indifférence quand ce n'est pas le retranchement pur et simple. Va donc savoir!

Heureusement, il arrive parfois au silence d'enrober une certaine compréhension inexprimée, voire une vague complicité. Et ce partage muet de la part de Robert, je l'ai bien ressenti quand, une fois couché, il a silencieusement passé son bras autour de moi. Un bras protecteur et affectueux. Et dans ce geste tendre venu presque trop tard, j'ai perçu non seulement sa connivence mais aussi son désarroi. Le même que le mien.

Blottie contre lui, j'ai réussi à m'endormir pour un court laps de temps. À trois heures du matin, je retournais en retenant mon souffle dans la chambre de Marie-Hélène pour vérifier si elle s'y trouvait toujours. Ouf! elle dormait à poings fermés. Je me suis longuement attardée à son chevet. Ma fille en train de devenir une femme… Mon adorable petite fée d'autrefois n'existait plus, elle s'en est allée à mon insu. Pour la première fois, j'en ai pris une conscience aiguë. Ce long corps gracile, ces mains toutes féminines aux ongles vernis, ces seins de plus en plus gonflés, ces cheveux aux reflets déjà colorés artificiellement… J'ai soupiré. J'ai un deuil à assumer, un deuil que j'ai toujours inconsciemment refusé d'affronter jusqu'à hier soir. Hélas, il faut me faire à l'idée : je n'ai plus de petite fille.

Debout, immobile au pied du lit de Marie-Hélène, j'ai d'abord eu envie de lui demander silencieusement pardon pour mon emportement au sujet de son escapade. Une vétille, au fond. Mais, au lieu de cela – est-ce ma responsabilité exacerbée de mère de famille ou une déformation professionnelle mal contrôlée? – j'ai plutôt formulé le projet farfelu d'effectuer, dès mon retour au bureau, ce matin, quelques vérifications afin de tirer certaines choses au clair. Seule cette résolution a réussi à m'apaiser suffisamment pour que je me rende jusqu'à aujourd'hui, à travers un sommeil laborieux et entrecoupé de cauchemars.

Très tôt ce matin, à mon réveil, j'ai pris la température de Matthieu en priant tous les saints. Heureusement, la fièvre était tombée. Le virus rapidement vaincu, il pouvait aller à la garderie. Adieu, mes idées noires de maladie grave! Puis j'ai assisté d'un air abruti au départ de Frédéric et à celui, plus ténébreux, de Marie-Hélène vers l'arrêt d'autobus. Robert est parti ensuite pour l'aéroport.

— Mon amour, tu devrais t'apporter quelques vêtements de rechange au cas où on te retiendrait là-bas plus longtemps comme ça se produit souvent. Et toi, Marie-Hélène, tu reviens directement ici après l'école, tu m'entends? Pas question de basket aujourd'hui. Comme ton père rentrera seulement en fin de soirée, il te faudra amener ton frère à sa leçon de piano. Tu pourras faire tes devoirs sur place en l'attendant. J'essayerai de revenir le plus tôt possible pour aller chercher Matthieu à la garderie. Compris?

— …

— As tu compris, Marie-Hélène? Ne me fais pas enrager encore ce matin!

— Oui, là, j'ai compris! On sait bien… Frédéric a droit à ses cours de piano, lui, mais moi je vais devoir me priver de mon basket!

— Je suis désolée, Marie-Hélène. Je ne peux faire autrement pour aujourd'hui.

Ah celle-là, ce qu'elle peut me rendre à bout quand elle veut! Au fond, elle n'avait pas tort. Mais existe-t-il une école d'exercice de la justice pour les mères? Je m'y inscrirais volontiers! Comment éviter les frustrations chez les uns et les autres de ses enfants, comment ne jamais introduire d'inégalités parmi eux dont les âges, les besoins, les attentes s'avèrent tellement différents? Bon, pour ce matin, je me suis montrée intransigeante. Pas le temps de réfléchir. On y reviendra plus tard.

— Tu fais ce que je te demande, compris, Marie-Hélène Deschamps?

Une fois au bureau, j'ai attendu huit heures pour laisser un message au collège de Marie-Hélène, à l'attention de monsieur Maximilien, son professeur de mathématiques. Par chance, il m'a rappelée aussitôt. Mais était-ce bien une chance? D'une voix fébrile, je lui ai posé la question qui n'avait cessé de me hanter durant toute la nuit.

— Votre examen de reprise pour les élèves de secondaire 3 a-t-il bien lieu aujourd'hui, dans le courant de l'après-midi?

— Pas du tout! Je l'ai donné hier matin, madame. Aucun élève de secondaire 3 ne passera un examen de maths dans le collège aujourd'hui.

— Vous parlez bien de ceux et celles qui avaient une reprise?

— Je vous l'ai dit, l'examen a eu lieu hier matin.

— Je suis la mère de Marie-Hélène Deschamps. A-t-elle au moins réussi?

— Marie-Hélène? Pas vraiment, madame. Elle a remis sa feuille avant même d'avoir terminé. J'en ai d'ailleurs discuté avec le directeur du collège car son comportement me paraît inacceptable. Je voulais justement vous en parler.

— Ah? Je l'ignorais! Je vais y voir, monsieur, vous pouvez me croire!

Ainsi, ma fille m'a menti. Elle a emprunté un livre de maths pour un examen déjà passé et probablement coulé. Si j'en ai éprouvé un frisson de rage, il a été vite réprimé par la montée d'adrénaline qui m'a emportée vers le travail. Sur mon bureau, ma feuille de route indiquait: huit heures trente, réunion matinale habituelle, et de neuf heures jusqu'à quatre heures, entrevues, salle 29. Pourquoi me charge-t-on si souvent des interrogatoires? Je n'en ai rien à foutre, moi, de ces délinquants de la pire espèce qui hantent les cours d'école dans le nord de la ville! J'en ai déjà questionné plusieurs la semaine dernière. Des collègues auraient-ils découvert de nouveaux éléments? J'allais l'apprendre à la réunion. Il me faudrait probablement approfondir certains détails. Puisqu'il le fallait, j'ai retroussé mes manches et me suis mise à réviser tous les aspects de ce dossier avant de passer dans la salle de réunion où, chaque matin, nous partageons les progrès de notre travail. En quelques secondes, j'ai cessé de songer à Marie-Hélène et oublié le reste de l'univers.

À peine m'étais-je installée à la grande table de réunion que Florian Laliberté venait s'asseoir à mes côtés, me dardant de son plus beau sourire.

— Bonjour, Isabelle. En forme aujourd'hui?

— Euh… un peu fatiguée mais ça va.

— Dites donc, il faudra se rencontrer à la suite de vos entrevues d'aujourd'hui. Je travaille présentement sur les gangs de rue et je crains une bataille en règle entre deux groupes de jeunes dans le secteur nord de la ville. À quelle heure serez-vous libre?

— Je dois partir à quatre heures.

— Et si on allait prendre un verre à quatre heures?

— Impossible, pas aujourd'hui.

C'est à la sortie de cette rencontre matinale du personnel que le patron Yves Montpetit m'a réclamée dans son bureau. La charge d'une nouvelle enquête m'obligeant à délaisser le dossier des délinquants m'a enlevé une épine du pied. Le troublant Florian Laliberté devra collaborer avec quelqu'un d'autre. Cela vaut mieux ainsi.

Pourtant, devant le dossier « Marie-Soleil Beauchemin » qu'on vient de me remettre en mains propres, et sur lequel je dois agir vite, le « sergent brillant » n'en mène pas très large, en ce moment. Pour une fois, je n'ai pas vraiment envie de relever le défi et de brasser toutes les cochonneries qu'il contient sans doute. Il en existe déjà suffisamment aujourd'hui dans ma vie. Les tromperies de ma fille me torturent le moral.

Rapidement, je somme ma collègee Jennifer Daigle de se préparer.

— Viens-t'en, on s'en va à l'Institut pédiatrique. Un cas urgent. On prend une voiture de police pour s'y rendre.

Encore un enfant secoué rendu à l'hôpital… Pouah !

CHAPITRE 4

Andreskovitch Arcanovski, c'est le nom affiché sur le mur à la tête de l'un des deux lits installés dans une chambre des soins intensifs de l'Institut pédiatrique. Fausse identité, puisque le bébé de deux mois qui l'occupe s'appelle en réalité Marc-André Arcand. Une jeune femme, la mine défaite, ne cesse de l'examiner et de lui dire des mots tendres à travers la toile de plastique transparente de la tente à oxygène. Fausse mère, en réalité, puisqu'il s'agit de ma collègue Jennifer Daigle, sergent-détective du service de police, parfaitement célibataire et sans enfant, métamorphosée pour la circonstance en mère polonaise éplorée.

La véritable mère du petit Marc-André, retenue par ses obligations familiales à Baie-Comeau, aurait cependant raison de s'inquiéter de l'état de santé de son fils puisqu'il n'a pas quitté l'hôpital depuis sa naissance à cause d'une malformation cardiaque très rare. Comme l'enfant ne reçoit jamais de visites à cause de l'éloignement de sa famille, il constitue par le fait même le point central idéal pour la mise en scène rapidement organisée dès ce matin par Jennifer et moi, de connivence avec le service de travail social de l'hôpital, le personnel de l'étage et, bien sûr, avec le consentement des parents Arcand obtenu par téléphone. Nous avons donc transformé momentanément le nom de Marc-André Arcand en celui d'Andreskovitch Arcanovski.

Selon le scénario inventé de toutes pièces, la fausse mère polonaise en visite au pays s'est soi-disant rendue à Montréal pour une visite de deux semaines chez sa tante. La fin de semaine dernière, la pauvre femme a dû se présenter aux soins intensifs avec son bébé tombé subitement malade. Ainsi, ma copine Jennifer devra observer un silence rigoureux tout en exerçant secrètement la fonction d'observatrice des parents et des visiteurs du bébé gisant dans le lit voisin, le fameux enfant secoué, à tout le moins durant les premiers jours que durera notre enquête à la recherche de preuves en vue de porter une accusation et d'émettre un mandat d'arrestation contre un suspect.

En principe, la Polonaise fictive ne comprend pas un traître mot de français ni d'anglais, ce qui évitera une censure naturelle entre les parents de la petite Marie-Soleil Beauchemin au cours de leurs échanges. Se croyant incompris par l'étrangère, ils risquent de se parler sans méfiance. Qui sait si la vérité ne surgira pas de leurs propos ?

Devant le regard distrait du père de la fillette brutalisée, assis, immobile et muet à côté du lit, une infirmière fournit à madame Arcanovski, avec de grands signes ostentatoires, quelques indications élémentaires au sujet des lieux et des soins reçus actuellement par son enfant : l'endroit où se trouvent le désinfectant et les serviettes, le bouton où appuyer en cas d'urgence si jamais l'un des appareils auxquels le faux bébé polonais est connecté se met à émettre des signaux, sans parler de l'interdiction de soulever la tente à oxygène ou d'abaisser les côtés du lit. La Polonaise baragouine des sons incohérents et se montre déroutée au point que l'infirmière n'a pas le choix de se tourner vers le père du bébé d'à côté.

— Si jamais cette dame a des problèmes, monsieur Beauchemin, auriez-vous la gentillesse de lui prêter main-forte et de nous avertir, s'il vous plaît? La pauvre ne comprend pas un traître mot de français et elle semble complètement perdue.

L'homme mord à l'hameçon et répond par un vague signe de tête. Pour l'instant, il a bien d'autres chats à fouetter que la confusion de la voisine. Le malheureux père en a plein les bras avec son bébé de quinze mois présentement entre la vie et la mort, branché à une quantité impressionnante de tubes et de fils. Cependant, Charles Beauchemin ne se doute pas que, alertée par les médecins de la clinique, la police se trouve déjà dans le centre hospitalier et même dans la chambre de son enfant depuis un certain temps.

À notre arrivée à l'hôpital, pendant que ma collègue, la pseudo-mère polonaise, s'est installée au chevet du bébé Arcand, je me suis glissée en douce dans une minuscule salle attenante servant de remise. Jennifer, vêtue en civil, porte sous le revers de son collet un système miniature d'enregistrement et de transmission du son à la fine pointe de la technologie. Quant à moi, je regarde passer les heures, enveloppée dans un sarrau d'hôpital, des écouteurs posés bien d'aplomb sur mes oreilles et dissimulés sous un bonnet de chirurgie. J'ai bon espoir que les premières conversations, sans la présence de témoins, entre le père et la mère qui ne s'est pas encore présentée, révéleront des indices précieux pour faire avancer cette nouvelle enquête.

En ce frisquet mardi matin de mai, Charles Beauchemin a raconté aux médecins que vers cinq heures de l'après-midi, la veille, lorsqu'il est allé chercher le bébé chez sa belle-mère qui le garde, il a pris panique en voyant sa tête ballotter dans tous les sens et l'un de ses yeux loucher lamentablement. Il a vertement reproché à la grand-mère de ne pas l'avoir prévenu plus tôt durant la journée, mais elle lui a platement répondu ne s'être rendu compte de rien.

Comme l'état de Marie-Soleil n'a cessé de se détériorer au cours de la soirée d'hier et la voyant de plus en plus agitée de spasmes, le père a pris l'initiative de l'emmener, au milieu de la nuit, à la clinique d'urgence de l'Institut pédiatrique sans toutefois réveiller sa femme obligée de se rendre au travail très tôt le matin. Après un examen minutieux, le médecin de garde n'a pas hésité à déclencher l'alerte et à prescrire d'urgence de nombreux examens plus précis et approfondis.

Dès les premières heures, ce matin, les spécialistes n'ont pas tardé à établir leur diagnostic et à signaler immédiatement le cas aux autorités policières. Sans contredit, l'enfant Marie-Soleil Beauchemin souffre du syndrome de l'enfant secoué.

De mon repaire, j'entends le résident en neurologie reprendre les explications données plus tôt par son patron à la demande de monsieur Beauchemin qui réclame plus de précisions. Le jeune médecin use d'un ton peu empathique et ne ménage pas le père pourtant effaré.

— Monsieur, votre fille montre au *scan* de nombreux trauma-matismes à l'intérieur de son crâne. Je ne peux vous en dire davantage pour l'instant. Nous allons la maintenir dans un coma artificiel afin de limiter les dégâts mais, croyez-moi, ses chances de survie me paraissent assez limitées pour le moment.

À ces mots, de l'autre côté du mur, j'entends le père s'effondrer en gémissant. Malgré moi, je sens l'émotion me monter à la gorge. Pauvre homme! Cependant, des préoccupations plus profession-nelles ne tardent pas à émerger. Je peux bien éprouver de la pitié pour lui mais … reste à savoir s'il n'est pas le responsable d'une telle abomination. Combien de fois n'avons-nous pas vu un parent, outré et rendu à bout par les pleurs de son bébé, perdre le contrôle et devenir violent? Allons, Isabelle Guay-Deschamps, garde ton sang-froid, que diable! Pas de sentiments dans l'exercice de ta profession! Et pas de préjugés non plus! Tout de même… on ne devrait pas confier ce genre d'enquête à des mères de famille sensibles.

— Je n'arrive pas à croire aux traumatismes dont vous parlez, docteur. Marie-Soleil est tombée malade vendredi dernier. Elle a fait une gastro. Mais son état s'était amélioré en fin de semaine et hier matin, elle était assez en forme pour retourner chez la gardienne. Jusqu'à ce que…

— Désolé, monsieur, mais vous faites erreur. Il ne s'agissait probablement pas d'une gastro. Nous allons poursuivre les examens et je vous reviendrai bientôt. Au revoir.

Le neurologue hoche la tête en signe d'impuissance et quitte la chambre au moment même où une nouvelle travailleuse sociale survient d'un pas alerte. Prenant à peine le temps de se présenter, elle entreprend de questionner le père avec insistance.

— Dites-moi, monsieur Beauchemin, ce bébé-là doit bien avoir une mère. Où se trouve-t-elle en ce moment? Êtes-vous divorcé?

— Non, non, nous vivons ensemble.

— L'avez-vous informée de l'état critique de son enfant?

— Oui. Chantal se trouve à la boulangerie où elle travaille. Elle devrait arriver d'un instant à l'autre. Le trafic, vous savez…

— Nous aimerions l'interroger, elle aussi. L'hôpital a alerté la police et une enquête aura lieu. On m'a chargée de vous en aviser. Je vous prierais donc de demeurer sur place car un sergent-détective doit se présenter d'un instant à l'autre. En attendant, parlez-moi de vous, monsieur Beauchemin. Dites-moi, vous arrive-t-il de perdre parfois patience avec votre enfant?

— Mais non, voyons donc! Vous n'allez pas me dire que vous me soupçonnez, quand même!

À l'instant même, j'entends la porte de la chambre s'ouvrir et un cri de stupéfaction retentir pendant que la travailleuse sociale quitte les lieux en promettant de revenir.

— Je vous laisse entre vous. On se reverra plus tard.

Je tends l'oreille. Enfin, la mère vient de s'amener ! Pas trop tôt, il est deux heures de l'après-midi ! Sur la berceuse près de la couchette d'à côté, Jennifer toussote à deux reprises, signe convenu pour me signaler de porter une attention particulière à ce qui va se passer et se dire dans les prochaines minutes.

Je m'attends à une puissante crise de nerfs de la part de madame Beauchemin, à tout le moins à des larmes, des cris de révolte, des gémissements. Assurément, en constatant les conséquences des gestes de violence portés sur son enfant maintenant en danger de mort, elle va se rouler par terre, se lancer sur les murs ou s'arracher les cheveux. En tout cas, moi, je réagirais de la sorte si j'apprenais qu'on a fait ça à mon bébé ! À moins que…

D'un autre côté, qui sait si elle ne sautera pas à la gorge de son conjoint si jamais elle éprouve le moindre doute à son égard ? Peut-être voudra-t-elle s'emparer du bébé intubé et branché à toutes sortes d'appareils afin de l'examiner sous toutes ses coutures et de se convaincre de la véracité des conclusions des médecins ? Et si c'était elle, la coupable, hein ?

— Enfin, te voilà, Chantal ! Ça t'a donc pris du temps avant d'arriver ! Où étais-tu ? Ça fait des heures que je t'attends.

— J'étais au travail ! C'est pas là que tu veux que je sois tout le temps ?

— Écoute, Marie-Soleil va peut-être mourir. J'arrive pas à y croire ! Et, d'après les docteurs, c'est quelqu'un qui l'aurait brassée. J'en reviens pas, Chantal ! As-tu une idée de qui ça pourrait être ?

La jeune femme reste muette. Charles se remet alors à sangloter et à se lamenter comme un enfant.

— C'est ma petite puce. Je veux pas qu'elle meure, je veux pas qu'elle meure…

Jennifer me racontera plus tard qu'étrangement, au lieu de se jeter dans les bras de son mari, Chantal Laplante s'est réfugiée de l'autre côté de la couchette en se penchant sans trop réagir au-dessus du bébé inconscient agité de soubresauts.

— Qu'est-ce qu'il a dit, le docteur?

— Qu'un écœurant a brutalement secoué notre petite fille et qu'elle risque de mourir. C'est ça qu'il a dit, le docteur.

— Tout ça est de ta faute, Charles Beauchemin! Si tu n'avais pas exigé que je retourne travailler pour gagner de l'argent au lieu de rester à la maison pour m'occuper d'elle, ma mère ne l'aurait pas violentée de la sorte. L'argent, toujours l'argent, y a que ça qui compte pour toi!

— Ta mère? Tu crois que ça pourrait être ta mère? Mais voyons donc, Chantal, ça n'a pas de sens! Pourquoi penser ça?

— Parce que ma mère… c'est ma mère! Vois-tu d'autres possibilités, toi? Seuls nous trois avons approché la petite dernièrement: toi, moi, et ma mère qui la garde. Évidemment, il y a aussi Tania, mais à son âge, elle n'aurait pas pu la secouer aussi fort.

— Tout ça, c'est de la foutaise! Marie-Soleil vomit depuis vendredi, et un médecin l'a bien dit, samedi matin, quand je l'ai amenée à la clinique du quartier: elle souffrait d'une gastro-entérite même si elle n'avait pas la diarrhée. Je ne sais pas ce qu'ils ont à s'énerver comme ça, les docteurs d'ici! Je n'y crois pas trop, moi, à leurs histoires de secouage. Il s'agit bêtement d'un virus, un stupide petit virus, et elle a fait une rechute hier, chez ta mère, en se remettant à vomir. Aussi simple que ça! Il faut que ça fasse son temps, une infection à virus. Ça va lui passer, tu vas voir. Quoique maintenant… j'en suis moins certain. On est rendu à mardi après-midi et son état ne cesse d'empirer. Regarde comme elle est poquée, notre petite fille, c'est effrayant! J'ai peur, Chantal…

—Hier matin, elle se tenait parfaitement bien et n'avait pas les yeux croches quand je l'ai amenée à ma mère, ça je peux le garantir. Je m'en serais aperçue, voyons! Et un œil croche, ça n'a rien à voir avec une gastro, que je sache! Mais à cinq heures, quand tu l'as ramenée à la maison avec son œil révulsé et ses vomissements, je me suis un peu inquiétée, je l'avoue.

—Ça t'a pas empêchée de dormir, ma femme! Cette nuit, elle a pas arrêté de brailler et tu t'es pas levée une seule fois. Quand, à une heure du matin, j'ai vu son œil encore croche, j'ai décidé de l'emmener tout de suite à l'urgence.

— T'aurais pu m'avertir, au lieu de me laisser dormir, imbécile! Merde! C'est pas toi, Charles Beauchemin, qui… qui… Des fois, en allant la chercher hier après-midi, tu aurais pu la brasser un peu trop en la mettant dans l'auto. Je te trouve pas mal à pic par les temps qui courent. Je peux très bien imaginer la scène : le sac de la petite se renverse dans la rue pendant qu'elle hurle et dégobille sur ta manche, tu n'arrives pas à attacher sa ceinture et une voiture te frôle en passant, tu te frappes la tête sur le cadre de la portière, et vlan! Voilà que monsieur éclate et…

À ces paroles, le père se redresse et commence à crier comme un perdu.

—C'est pas vrai! J'ai pas secoué la petite, elle louchait déjà quand je suis allé la chercher chez ta mère, tu sauras! Son état a dû commencer à se détériorer au cours de la journée d'hier. J'en reviens pas que tu puisses penser ça de moi! T'es devenue complètement folle, Chantal Laplante!

Le mari saisit alors sa femme par les épaules et se met à la secouer brutalement comme un pantin, faisant fi de l'entourage, autant du personnel infirmier qui fourmille autour des couchettes que de la voisine polonaise affaissée sur sa chaise berceuse en regardant la scène avec un détachement parfaitement simulé.

La jeune mère ne réagit guère à l'assaut et tente simplement de se dégager de l'empoigne de son mari devenu furieux.

— Jamais, tu m'entends, ma femme, jamais j'aurais fait du mal à Marie-Soleil. C'est ma petite fille à moi, mon amour, mon trésor, ma raison de vivre. Toi, tu t'en es jamais préoccupée. Et si c'était toi la coupable, hein, avec ton caractère de chien? Comment savoir si tu ne t'es pas énervée de l'entendre brailler hier matin et que tu ne l'as pas brassée un peu trop fort avant de la conduire chez ta mère?

— Tu dis des conneries! Je t'ai dit que c'était ma mère.

— Ta mère, ta mère… Et toi? T'es pas la fille de ta mère? Je ne te considère pas comme la femme la plus maternelle en ville non plus, hein, Chantal Laplante! Avoue que tu deviens facilement exaspérée avec les enfants. Tania en sait quelque chose! Elle passe par là des fois, la pauvre!

Tapie de l'autre côté du mur, j'accumule les notes dans mon calepin. Oh là là! Il existe certainement une grand potentiel de violence dans cette famille! Je ne suis pas sortie du bois, moi, avec cette enquête-là! Mais pour l'instant, il importe de ne rien manquer du dialogue qui se poursuit sur un ton de plus en plus agressif dans la chambre d'à côté.

— Parlons-en de ta chère Tania, Charles Beauchemin. L'enfant la plus gâtée de la ville, un vrai petit monstre! Si elle m'appartenait, je te jure que je l'élèverais autrement! Et puis elle m'emmerde, si tu veux savoir, ta chère fille Tania!

Subitement, la tension baisse dans la chambre. Un silence glacial s'installe inopinément et se répercute jusque dans le réduit d'à côté où je n'ose même plus respirer. L'énervement des premiers moments semble enfin passé, chacun ayant sans doute fini de déballer son sac. J'imagine la fausse madame Arcanovski en train de se bercer aux côtés de son bébé, impassible et les yeux baissés, aussi secrètement impressionnée que moi.

De mon côté, je tente de rester froide et de ne pas me laisser emporter par mes sentiments d'horreur et mes réactions aussi bien humaines que professionnelles. Seulement écouter et enregistrer, rien de plus pour le moment. Surtout ne pas porter de jugement précoce. Il s'agit seulement de recueillir des bases pour démarrer une véritable enquête. Les entrevues et les interrogatoires enregistrés et sérieusement préparés à l'avance viendront en leur temps.

Je me préoccupe tout de même de dresser un bilan dès maintenant : relation tendue entre le père, Charles Beauchemin, et la mère, Chantal Laplante, et potentiel de violence familiale. Charles a eu Tania avec une autre femme. Le bébé secoué, Marie-Soleil, est gardée quotidiennement par sa grand-mère, la mère de Chantal. L'enfant souffre depuis vendredi d'une gastro-entérite diagnostiquée par un médecin le samedi. Son état s'était amélioré durant la fin de semaine, mais il a empiré au cours de la journée de lundi pendant qu'elle se faisait garder. Le père accuse sa femme de l'avoir secouée le lundi matin en la menant chez la gardienne, la mère accuse le père de l'avoir secouée le lundi après-midi en allant la chercher. Le père vient seul mener l'enfant à l'hôpital et la mère ne se présente que plusieurs heures plus tard, au cours de l'après-midi.

Mais Charles Beauchemin n'a pas encore dit son dernier mot. Jennifer me racontera plus tard qu'à un moment donné, alors que les deux parents restaient assis de chaque côté du lit sans prononcer une parole, le père s'est soudainement approché de sa femme pour revenir à la charge en la prenant par les épaules et en l'obligeant à le regarder droit dans les yeux.

Quant à moi, je perçois les paroles qu'il prononce en ce moment même :

— Chantal Laplante-Beauchemin, jure-moi au-dessus du petit lit, ici, devant notre enfant mourante, que t'as pas fait ça à Marie-Soleil. Jure-le-moi, câlisse !

— Tiens ! La v'là, ma réponse !

J'entends résonner dans mes oreilles la gifle que la mère administre spontanément à son mari. Cela a dû faire sursauter Jennifer car elle s'empresse d'appuyer discrètement sur le bouton d'urgence dissimulé dans la poche de sa veste. Le moment est venu pour la sergent-détective Isabelle Guay-Deschamps de faire son entrée officielle aux soins intensifs de l'hôpital où repose la petite Marie-Soleil Beauchemin.

Je me lève d'un bloc, retire le bonnet et le sarrau et, d'un pas assuré, je me dirige vers la chambre. Personne ne doit remarquer que mon cœur bat à tout rompre.

Curieusement, j'ai oublié mon mari retenu à Chicago, ma fille fugueuse d'hier soir et ses tromperies au sujet de son examen de reprise en maths, je ne me rappelle plus de la leçon de piano de Frédéric, ni de mon obligation d'aller chercher Matthieu à la garderie en fin de journée. J'ai oublié jusqu'à mon nom. En cet instant précis, plus qu'un besoin irrésistible de découvrir la vérité, c'est un sentiment de dégoût qui m'anime à la pensée de cette petite fille de quinze mois dans le coma, couchée en position fœtale dans une bassinette des soins intensifs, la tête gonflée comme un ballon, des tubes dans le nez, la poitrine, les bras, les chevilles. Un petit être innocent et sans défense dont on a cruellement brisé l'existence. Une petite fille sans voix pour se défendre.

Avec calme, je lui jure de donner le meilleur de moi-même pour mettre la main sur le ou la coupable de cette monstruosité.

Moi, Isabelle Guay-Deschamps, je deviendrai ta voix, ma petite Marie-Soleil.

CHAPITRE 5

Contrairement à mes appréhensions, hier, à mon retour de l'Institut pédiatrique, Marie-Hélène avait bien conduit Frédéric à son cours de piano puis l'avait ramené à la maison comme je le lui avais demandé, ce qui a réduit de moitié la correction rigoureuse que je lui ménageais à la suite de son escapade de la nuit précédente. Toutefois, elle a eu droit à un interrogatoire en règle sur les véritables motifs de ses agissements inacceptables, motifs qu'en dépit de mon expérience d'investigatrice, je n'ai pas réussi à lui extirper.

— Tu peux oublier ton week-end de filles de la semaine prochaine au chalet de ta copine, ma chère. Ça te permettra de réfléchir. Par contre, je te donnerai la permission de sortir samedi soir jusqu'à neuf heures si tu te comportes bien d'ici là.

Elle ne se gêna pas pour répliquer effrontément en prenant son petit air pédant de moins en moins supportable. Je la trouvais tout de même belle avec son teint clair, ses grands yeux noirs de guerrière hélas trop maquillés et les mèches rebelles qui dansaient sur son front.

— Ben quoi ? J'ai rien fait de mal, tu sauras !

— Ah non? Sortir en hypocrite la nuit, à quatorze ans, malgré la défense de son père, tu ne trouves pas ça mal, toi?

— Je m'excuse mais c'était pas la nuit.

— Onze heures et demie, c'est la nuit! Et peu importe, tu as gravement désobéi et ça mérite une punition sévère. Tu aurais pu au moins nous informer de l'endroit où tu te trouvais. Ça nous aurait évité bien des tourments.

— Maudite famille! On peut jamais faire ce qu'on veut ici! J'en ai assez! Je vais partir et vous me verrez plus la face! Je vous déteste toute la gang!

Maudite famille? Je vous déteste? Elle a bien dit cela! J'ai serré les poings et me suis mordu les lèvres pour résister aux pulsions agressives sur le point de s'emparer de moi. Ah! la secouer de toutes mes forces pour lui faire entendre raison… Mais en même temps, un immense chagrin m'a anéantie. Quel coup bas sur mon cœur de mère de voir ma fille me manifester autant de haine! Des secousses ou une bonne gifle ne serviraient à rien sauf à empirer les choses, du moins j'essayai de m'en convaincre.

— Compte-toi chanceuse d'en avoir une, une famille, ma fille! Et une famille normale par surcroît!

— Une famille ordinaire, tu veux dire! Bien moi, j'en veux plus, d'une famille normale et ordinaire, c'tu clair?

J'ai fouillé, au tréfonds de moi-même, à la recherche de mes dernières armes de patience.

— Écoute-moi bien, Marie-Hélène Deschamps. Tu m'as menti au sujet de ton examen de mathématiques. Tu trouves ça normal aussi, je suppose?

— Comment ça, je t'ai menti au sujet de mon examen?

— J'ai parlé à monsieur Maximilien au téléphone, ce matin, et je connais la vérité. Ta mère exerce la profession de détective, l'as-tu oublié ?

Prise en flagrant délit de mensonge, j'ai vu Marie-Hélène pâlir et son menton trembler. Mais elle n'a pas mis de temps à répliquer vertement, et ce sang-froid culotté m'a impressionnée.

— Aurais-tu aimé mieux me voir tricher comme l'autre jour ?

— J'aurais préféré te voir à ton affaire, ma fille ! Honnêtement et de façon transparente. Et si le collège décide de te mettre à la porte, tu vas faire quoi, hein ? Aller travailler dans une manufacture ?

— Ça serait moins plate ! J'haïs ça, moi, l'école, et surtout les mathématiques. J'ai bien le droit, non ?

Je la voyais hérissée, montée contre moi, me toisant comme sa pire ennemie. Pourtant, le bien-être de mes enfants constitue ma principale préoccupation, mais elle ne s'en rend même plus compte. Quand se produisent des confrontations de la sorte, je ressens une distance de plus en plus grande entre elle et moi, un mur de béton armé d'incompréhension et d'animosité. Existe-t-il une attitude à adopter et une ligne de conduite à suivre pour les parents devant une telle réaction ? Même Robert n'aurait probablement pas su comment intervenir, hier. J'ai levé les yeux au ciel dans l'espoir de retrouver mon calme. Encore une fois, je songe à cette école de parents qui n'existe pas…

— Oui, tu as bien le droit d'avoir les maths en horreur, Marie-Hélène, mais pas celui de les évincer du revers de la main comme tu l'as fait, ni de les éliminer complètement de ton existence. Ce droit-là viendra plus tard. Pour l'instant, on parle de devoir. De devoir, tu m'entends, et tu n'as pas le choix. On te paye le collège, et ni ton père ni moi n'avons envie de te voir sécher des cours, et encore moins des examens, peu importe lesquels. Mets-toi bien ça dans la tête : tu ne quitteras pas l'école avant d'avoir terminé ton secondaire 5. Est-ce que je me fais bien comprendre ?

— M'en fiche !

— Alors, tant et aussi longtemps que tu ne m'auras pas rapporté la copie signée par ton professeur de maths d'un autre examen de reprise réussi, examen qu'il a eu la gentillesse d'accepter de préparer pour toi à ma demande expresse, moi, je te coupe ton allocation. Alors, demain, tu iras trouver monsieur Maximilien et tu lui demanderas de te fixer un rendez-vous pour te faire passer cet examen, tu m'entends ? D'ailleurs, il attend ta visite, nous en avons discuté au téléphone ce matin. La balle se trouve maintenant dans ton camp, ma chère.

— Je te déteste ! JE TE DÉTESTE !

Un coup de poing de Marie-Hélène sur la table et quelques objets lancés contre le mur ont achevé la discussion. Je suis sortie en claquant la porte. Un peu plus et je me serais mise à hurler, moi aussi. Je ne reconnais plus ma petite fille. Me déteste-t-elle vraiment ? Peut-être suis-je une mauvaise mère ?

J'aurais pu m'effondrer, mais hier soir, je n'avais pas le temps de me laisser aller. Je devais me hâter de chercher Matthieu à la garderie car l'heure de la fermeture approchait. En cours de route, je songeai à la mère de l'enfant secouée. Aura-t-elle, un jour, à vivre ce genre de situation avec sa fille ? En cette fin de journée tumultueuse, à l'heure précise où je m'indignais au sujet de la mienne, la petite Marie-Soleil oscillait entre la vie et la mort dans un lit du service des soins intensifs. Personne n'ira peut-être jamais plus la chercher, ni dans une garderie, ni dans un collège, ni nulle part, parce qu'elle ne deviendra jamais une adolescente qui passe des examens de mathématiques.

À mon arrivée au CPE[4], il ne restait plus que deux enfants, le mien et une bambine au regard anxieux rivé sur la porte d'entrée. Avec effarement, j'ai découvert un Matthieu fiévreux, pleurnichant

---

4. Centre de la petite enfance.

sur un matelas installé par terre dans un coin sombre de la salle de jeux. Sur un ton de reproche mal dissimulé, la directrice m'a signalé que depuis midi, la fièvre étant revenue, elle avait essayé en vain de nous rejoindre à plusieurs reprises, mon mari et moi, ainsi que le membre de ma famille dont le nom figure sur la liste des références.

— Selon le règlement, madame, en cas d'urgence, le centre doit pouvoir rejoindre au moins un adulte responsable et répondant de l'enfant.

— Excusez-moi. Je suis désolée.

Ce qu'elle peut m'emmerder, celle-là, avec ses airs de mère supérieure! Je ne vais tout de même pas brandir sous son nez ma journée à l'hôpital, le voyage de Robert à Chicago et la sortie probable de ma mère au centre commercial sans son téléphone portable. Ça ne regarde pas la directrice. On la paye pour surveiller les enfants jusqu'à six heures, non? Eh bien, il n'est que six heures moins cinq! Oui, oui, je sais, un enfant malade a besoin de sa mère, non pas d'une gardienne qui s'empresse de le retirer dans un coin, loin des autres, afin d'éviter la contagion. Toutefois, je ne peux me trouver à deux endroits à la fois, moi! Et puis, qu'elle aille donc au diable, la... vilaine!

Cette femme aux abords de la soixantaine n'a donc pas eu de jeunes enfants au cours de sa jeunesse? Oui, sans doute. À l'instar de la plupart des femmes de sa génération, elle a dû en mettre plusieurs au monde. Mais «dans le temps, comme disait ma mère, les femmes restaient à la maison pour élever et soigner leurs marmots!»

Le «temps» de ma mère m'apparaît soudain à des lustres. Pas de policières, à cette époque-là! Et moi, à l'âge de quatorze ans, je ne me sauvais pas de chez nous, la nuit. C'est-à-dire que... j'ai attendu mes dix-sept ans, disons! Et ma mère ne risquait pas quotidiennement un accident en se dépêchant d'aller chercher ses enfants avant l'arrêt des activités de la garderie. À notre retour de l'école, elle nous attendait, souriante et détendue avec, sur le coin de la table, une collation gentiment préparée pour nous. Et elle nous demandait des nouvelles de notre journée avant de nous aider calmement à nous débarrasser de nos devoirs et de nos leçons pour que nous puissions aller jouer au plus vite dehors avec nos amis.

Je me demande si les féministes d'aujourd'hui peuvent réellement porter l'étendard d'une véritable liberté. Emportées dans une course folle pour ne rien manquer et tout faire à la perfection, les femmes n'échapperont jamais à la double et lourde tâche de concilier leur rôle biologique et éducateur avec celui de femme de carrière. Et ce n'est pas toujours une sinécure !

Moi, en tout cas, je me sens prise à la gorge sept jours sur sept, vingt-quatre heures par jour. Pas évident de composer avec les besoins, les attentes et les horaires de toute la famille, autant ceux des petits manquant d'autonomie que les miens. J'espérais une amélioration en voyant mes enfants avancer en âge mais, devant le comportement de mon aînée, hum ! je remets mes espoirs en question !

Hier, en fin d'après-midi, à la suite de mon escarmouche avec Marie-Hélène et devant mon petit trésor couché par terre sur un matelas de la garderie, les yeux bouffis et les joues rouges de fièvre, j'ai senti le poids d'une certaine culpabilité m'écraser. Déchirée entre mon rôle maternel et mon rôle social, je me suis demandé encore une fois si j'étais une bonne mère.

Sur les entrefaites, la maman de la dernière petite cliente de la garderie a franchi la porte presque en courant, un bébé de deux ou trois mois accroché sur sa poitrine dans une poche ventrale. Une autre femme en congé de maternité qui envoie son deuxième enfant à la garderie pendant qu'à la maison, elle s'occupe du dernier-né… Une mère à temps partiel. À bien y songer, oui, je suis une bonne mère !

Après le départ de la femme, aussi précipité que son arrivée, la directrice a continué de se répandre en reproches et avertissements à mon égard.

— Il aurait fallu venir le chercher plus tôt, madame. Cet après-midi, Matthieu a vomi trois fois et il a toussé sans arrêt. S'il ne va pas mieux demain, il ne faudra pas nous le ramener. Les virus, vous savez, ça se répand vite dans une garderie !

Au fond, elle avait parfaitement raison : elle n'avait pas à subir les emmerdes d'un enfant qui lui tousse dans la figure et dégobille autour de lui à tout instant. Dans leur nid d'emprunt payé en grande partie par nos taxes, les enfants d'aujourd'hui n'ont pas le droit d'être malades. Cela ne fait pas partie du programme. Pour eux, il doit exister un nid pour vivre en santé et un autre, ailleurs, pour vomir, tousser, morver et avoir mal aux oreilles ou au ventre. Certaines grands-mères dépanneuses en savent quelque chose !

J'ai alors usé d'un petit ton à la fois mielleux et caustique.

— Ne vous inquiétez pas, vous n'aurez plus de problèmes avec mon fils. Demain, s'il ne va pas mieux, je vais le garder à la maison.

Vomi trois fois… Soudain, une idée folle m'a frappée comme un bloc de ciment déboulé d'un camion en marche. Vomit-on quand on a la grippe ? Mais oui, les enfants se font souvent lever le cœur en toussant, tu le sais bien, ma vieille ! Oui, mais… si Matthieu éprouvait les mêmes symptômes que ceux du bébé secoué, hein ? Marie-Soleil Beauchemin vomissait, elle aussi. Non, non, personne n'avait malmené mon fils, voyons ! L'espace d'une seconde, j'ai lancé malgré moi un regard soupçonneux sur l'éducatrice.

— A-t-il pleuré beaucoup aujourd'hui ?

— Toute la journée, madame.

Toute la journée ? J'en suis presque venue au bord de la panique. Non, non, je fabulais ! Mon petit bonhomme ne louchait pas et, malgré la fièvre, il avait tous ses esprits et ne ressemblait en rien à une poupée de chiffon. Il se tenait debout et bien droit à mes côtés. J'ai poussé un soupir de soulagement. On ne rudoie pas les enfants à ce point dans les centres de la petite enfance, un personnel trop nombreux interagit continuellement avec eux. Les mauvais traitements se produisent plutôt dans les garderies privées ou en milieu familial où les petits se trouvent soumis sans surveillance aux aléas du système nerveux de la gardienne. Marie-Soleil Beauchemin ne se faisait-elle pas garder par sa grand-mère? Pourtant, ces garderies familiales ont l'avantage de reproduire un contexte plus normal: moins d'enfants, plus d'attention, une seule et même personne ressource…

La pensée du bébé maltraité m'a rappelé mon obligation de me présenter, sans prévenir et le plus rapidement possible, demain au plus tard, au domicile de Rita Laplante, la fameuse grand-mère. Au moindre soupçon, j'obtiendrai du procureur de la Couronne le permis d'installer à son insu un système d'écoute électronique dans sa maison. Et je devrai aussi préparer l'interrogatoire de Tania, l'autre fillette de la famille Beauchemin. Le plus tôt sera le mieux. Surtout ne pas oublier de bien doser mes questions, elle n'a que six ans.

La directrice pousse un soupir d'impatience.

— Ça va, madame Deschamps? Avez-vous d'autres questions?

— Euh… oui… non! Je vous souhaite une bonne soirée.

Je me suis sentie tout à coup ridicule, stupidement distraite par une flagrante déformation professionnelle. Matthieu ne souffrait que d'un mauvais rhume, je ne m'inquiéterais plus, voilà tout! J'ai pris tendrement mon fils dans mes bras avec la résolution de me consacrer tout entière à prendre soin de lui. Et si, demain, ça n'allait pas mieux? S'il faisait encore de la fièvre?

Si, demain, ça n'allait pas mieux, je savais très bien que j'appellerais ma mère au secours. De nos jours, les femmes libérées disposent toujours d'une mère, d'une bonne voisine ou d'une autre solution de rechange. Tant pis pour ma résolution de m'occuper de mon fils en attendant l'arrivée de ma précieuse Jojo, vers quatre heures, juste avant le retour de Frédéric de l'école, tous les jours de la semaine sauf les mardis. Ces fameux mardis qui me compliquent invariablement la vie…

À mon retour à la maison, Frédéric m'a annoncé que Robert venait tout juste de téléphoner de Chicago. Il ne rentrerait pas avant deux ou trois jours et ne pourrait pas rappeler avant demain soir. Quant à Marie-Hélène, elle a refusé de descendre souper et je ne l'ai pas revue jusqu'à ce matin. Tant pis, si elle veut bouder, qu'elle boude !

Obnubilée par trop de pensées s'entrechoquant dans mon esprit, j'ai tourné dans mon lit à la recherche d'un sommeil qui ne venait pas. Libérée, moi ? Mon œil !

À dix heures, la sonnerie du téléphone m'a tirée de ma rêverie. Robert ! Il a trouvé le moyen de m'appeler, mon cher mari !

— Allo, Isabelle, vous allez bien ? J'espère que je ne vous réveille pas. Comment s'est passée votre journée à l'Institut pédiatrique ?

Cette voix chaude et envoûtante, plus caressante que celle de mon mari, je ne voulais pas la reconnaître.

CHAPITRE 6

— Madame Rita Laplante? Isabelle Guay-Deschamps, sergent-détective. J'aimerais vous interroger quelques minutes, si vous le permettez.

— Qu'est-ce qui se passe? Vous m'énervez, vous, là! J'ai pourtant pas fait de mauvais coups. Vous m'apportez pas une mauvaise nouvelle, toujours? J'espère qu'il n'est rien arrivé de grave à quelqu'un de ma parenté.

Étonnée de ma visite, la femme ne m'offre pas d'entrer dans la maison, et je dois insister pour monter, badge et carnet en main, les quelques marches menant dans le hall entre le vestibule et le salon. La maison a des allures de zone sinistrée: saleté, désordre, délabrement. Un vrai capharnaüm!

— Je voudrais seulement vous poser quelques questions. Puis-je m'asseoir? Je viens au sujet de votre petite-fille Marie-Soleil Beauchemin. Vous la gardez depuis quelques semaines, il paraît?

— Ça fait trois semaines exactement, mais elle n'est pas venue depuis deux jours. Une grosse gastro… Que puis-je faire pour vous?

La femme ne se doute pas que je l'ai à l'œil et enregistre mentalement tout langage non verbal, toute réaction ou parole susceptibles de la trahir. Sa façon de soupirer en se murant dans le silence, cette main tremblante qu'elle porte instinctivement sur son oreille, et surtout cette « grosse gastro », détail annoncé presque prématurément à une policière qui vient la questionner sur l'enfant sans lui dire pour quelle raison… Reste à savoir si elle tente de cette façon de masquer le terrible diagnostic annoncé par les médecins de l'Institut pédiatrique. D'un autre côté, sa fille Chantal Laplante ne l'a peut-être pas mise au courant de la véritable situation, qui sait?

La fin de la quarantaine plutôt émoustillée, le maquillage flamboyant, la tignasse colorée en orange à l'aide d'une teinture bon marché, madame Laplante porte une paire de bermudas noirs et une étroite camisole rouge flamboyant alors qu'à la température d'aujourd'hui, des jeans et un chandail de laine conviendraient davantage.

Il est neuf heures trente du matin, et une fillette et trois garçons de trois ou quatre ans se disputent un avion de plastique sur le tapis du salon jonché de jouets.

— Vous gardez d'autres enfants?

— Seulement aujourd'hui, pour rendre service à une amie. Mais c'est vraiment exceptionnel.

Le regard fuyant de la grand-mère suffit à me mettre la puce à l'oreille sur la véracité de ses dires. Évidemment, elle ignore que Jennifer m'a rapporté de nouvelles informations lors de la réunion de ce matin. Rita Laplante a perdu sa licence de garderie en milieu familial, il y a environ quatre ans, à la suite de plaintes déposées à la DPJ[5] par certains parents pour des mauvais traitements infligés à leurs enfants.

---

5. Direction de la protection de la jeunesse.

—Et vendredi dernier, madame Laplante, ces enfants se trouvaient-ils ici?

—Vendredi dernier? Pourquoi, vendredi dernier? Non, non, pas du tout!

—Et votre petite-fille, vous la gardez tous les jours?

—Temporairement seulement. Sa gardienne a fermé boutique dernièrement pour cause de maladie. Comme ma fille Chantal ne voulait pas perdre son emploi à la boulangerie, j'ai offert de m'occuper de la petite, le temps de lui trouver une place dans une autre garderie.

—À quel moment, croyez-vous, l'enfant a-t-elle commencé à devenir malade?

— Vendredi passé, si je me souviens bien. Mais... je ne comprends pas pourquoi la police vient me demander ça!

La sonnerie de la porte interrompt momentanément la conversation. La visiteuse n'attend pas qu'on lui ouvre et je la vois pénétrer promptement dans la maison d'un pas assuré, comme une habituée.

—Rita? Es-tu correcte? Veux-tu bien me dire ce que fait une voiture de police dans ton *driveway*... Oups, excusez-moi!

À la vue d'une policière en uniforme assise dans l'entrée du salon, la femme s'arrête net, impressionnée. L'espace d'un instant, je regrette de ne pas m'être présentée en civil et dans une voiture banalisée. Mais il arrive que ma présence à la cour exige le port de l'uniforme, ce qui est précisément le cas cet après-midi.

—Mon Dieu, qu'est-ce qui se passe ici?

—T'en fais pas, Monique, c'est au sujet de ma petite-fille. Madame, je vous présente Monique Pelletier, la voisine d'à côté.

—Dis-moi pas que l'état de ta petite-fille s'est aggravé au point que la police vienne t'en parler! Elle faisait tellement pitié à voir, la malheureuse, vendredi passé. Elle n'arrêtait pas de dégueuler. C'est pas pour rien que je t'ai conseillé d'appeler Info-Santé… La voisine se tourne alors vers moi, toute fière de l'attention que je porte à ses affirmations.

— J'entends encore Rita leur décrire les symptômes au téléphone devant moi. On lui a répondu qu'il s'agissait d'une gastro, et je me suis dépêchée de déguerpir car ça s'attrape facilement, ces maladies-là! J'étais certaine que tous les autres enfants présents ici l'attraperaient. Mais j'en reviens pas que la police se mêle des épidémies de gastro!

— Pouvez-vous me dire, madame Pelletier, combien d'enfants se trouvaient ici, vendredi dernier?

— Je me rappelle plus. Trois ou quatre, peut-être cinq. C'est pour ça que la police enquête? Ne me dites pas qu'ils sont tous malades! Virus rare? Bacille résistant? Maladie grave? Contagieuse? Dangereuse? Risque de pandémie? Pauvre petite Marie-Soleil, comme ça, elle va pas mieux… Me semblait pourtant avoir vu sa mère la ramener ici, lundi matin. Je me suis même dit: «Tant mieux! La petite-fille de Rita s'en est sortie! Espérons que les autres aussi.»

— Oui, lundi, Marie-Soleil allait mieux, mais justement, ce jour-là, elle a recommencé à se trouver mal.

La voisine s'approche alors de moi avec un air désolé.

— Vous venez pas nous apprendre au moins que la petite… Oh non!

Tiens, tiens, trois à quatre enfants étaient présents vendredi… Je m'empresse de rassurer la femme dont la réaction me paraît plus normale que celle de la grand-mère, sans oublier de prendre mentalement note de son nom. Comme si elle avait compris ma recommandation muette de déguerpir, elle se tourne finalement vers la porte non sans m'avoir jeté un regard inquisiteur. Pourquoi la police ici? Mais elle n'ose pas me poser directement la question et je lui en sais gré. Moins les gens en sauront, mieux cela vaudra.

— Bon, je vous laisse, j'ai un rendez-vous chez le coiffeur. Tu me donneras des nouvelles plus tard, Rita. Salut!

Je peux enfin reprendre mes questions, toujours sans savoir si Chantal Laplante a informé sa mère de la terrible raison pour laquelle son bébé se trouve à l'hôpital.

— Ainsi, madame Laplante, il semblerait qu'au cours de la matinée de vendredi Marie-Soleil se trouvait déjà très malade, d'après les dires de votre voisine.

— Oui. Quand ma fille me l'a apportée vers six heures, comme d'habitude, elle dormait comme une marmotte. On réveille cette enfant-là à cinq heures du matin et elle se rendort souvent dans la voiture, vous comprenez. Je l'ai donc recouchée aussitôt. Dès son réveil, autour de huit heures, elle a commencé à vomir et à devenir toute molle. Elle paraissait bizarre, comme dans un état de demi-conscience. C'est à ce moment-là que ma voisine Monique est arrivée et que nous avons décidé d'appeler Info-Santé. On m'a répondu que ça allait passer, que le bébé souffrait probablement d'une déshydratation à la suite d'une infection virale du système digestif pour laquelle il n'y a pas grand-chose à faire sauf de lui donner beaucoup de liquide. Mais la petite a refusé de manger et de boire, et elle a dormi tout le reste de la journée.

— Avez-vous essayé de rejoindre les parents?

— Non, évidemment! Je suis la grand-mère, ça vaut bien la présence des parents! Me croyez-vous incapable de m'occuper de ma petite-fille? De toute façon, elle a semblé reprendre du mieux vers le milieu de la journée, quoiqu'elle restait toujours somnolente. Son père est venu la chercher en fin d'après-midi, comme à l'accoutumée, et son état ne l'a pas alarmé outre mesure, lui non plus.

— Voilà pour le vendredi. Passons maintenant à lundi matin. Dans quel état se trouvait le bébé au moment de son arrivée ici?

— Je n'ai rien remarqué de particulier.

— À ce moment-là, votre fille vous a-t-elle donné des renseignements sur l'évolution de sa maladie au cours de la fin de semaine?

— En venant la reconduire, lundi, Chantal a juste mentionné qu'un médecin l'avait vue samedi pour sa gastro et qu'elle allait mieux maintenant. En effet, la petite m'a paru correcte. Cependant, comme le vendredi précédent, elle a régurgité le contenu de son déjeuner au cours de l'avant-midi. Elle a aussi refusé de boire et de manger. À vrai dire, elle est restée au lit toute la journée.

— A-t-elle pleuré beaucoup, ce jour-là?

— Oui… un peu plus qu'à l'ordinaire.

— Qu'entendez-vous par «à l'ordinaire»? Marie-Soleil est-elle un bébé facile ou une bonne braillarde?

— Ça dépend des jours.

— Avez-vous remarqué quelque chose de particulier lorsque le père est venu la chercher, à cinq heures, avant-hier?

— Euh… non, elle dormait et on a eu de la difficulté à la réveiller.

— Vraiment rien d'autre de spécial?

— Non, non…

Rita Laplante se garde bien de mentionner qu'à cinq heures, lundi, l'enfant louchait d'un œil, selon les dires des parents à l'hôpital. Le père a pourtant prétendu avoir interrogé sa belle-mère à ce sujet, et elle lui aurait répondu n'avoir rien remarqué. Je la sens passer au mode défensif. Elle me répond maintenant par des phrases courtes et hachurées, et elle affiche un visage de bois complètement hermétique. Cependant, le pied qu'elle agite inconsciemment à un rythme effréné au-dessus du tapis et sa main toujours tremblante traduisent une nervosité mal contrôlée.

— Vous arrive-t-il parfois, madame, de perdre patience avec votre petite-fille?

— Oh non, jamais, voyons donc!

La voilà qui bondit sur ses pieds, prête à me sauter dessus. Tiens, tiens, le naturel revient-il au galop? En quoi cette demande l'énerve-t-elle autant?

— C'est quoi, ces questions-là? Dites-moi donc où vous voulez en venir. Suis-je vraiment obligée de répondre à tout ça, moi? J'ai d'autre chose à faire, vous saurez! De toute manière, si Marie-Soleil va si mal, je me demande bien pourquoi c'est la police qui vient me le dire. Mon gendre me l'aurait dit au téléphone, c't'affaire! Je l'ai toujours bien pas empoisonnée, cette enfant-là!

Je tente de la tranquilliser un peu. Si sa prétention de ne pas perdre patience avec Marie-Soleil s'avère juste, je constate néanmoins que l'agitation de cette femme peut croître rapidement et qu'elle a le mensonge facile. Sans le savoir, sa voisine vient de la trahir en la contredisant au sujet de la présence d'autres enfants dans la maison, vendredi dernier.

— C'est quoi au juste, le but de votre visite, hein? C'est quoi? Allez-vous finir par me le dire, bonyeu de bonyeu!

— Calmez-vous, madame. Encore deux ou trois questions et je m'en vais.

Je me lance donc, appuyée sur certaines déclarations obtenues en interrogeant les parents à l'hôpital.

— Tout d'abord, dites-moi pour quelle raison vous avez annoncé à votre gendre, Charles Beauchemin, précisément le jour où votre petite-fille est tombée malade, soit vendredi soir dernier, que vous cesseriez de la garder dans exactement une semaine?

— Je vous l'ai déjà dit : j'avais offert de m'en occuper tant et aussi longtemps que ses parents n'auraient pas trouvé une autre gardienne. Mais vendredi, j'en ai eu assez de ramasser les dégâts d'un bébé qui vomit, je l'avoue. Elle est trop jeune, je préfère des enfants un peu plus vieux et plus autonomes.

La grand-mère ne réalise pas qu'elle vient de confirmer, sans s'en rendre compte, le fait de garder d'autres enfants plus vieux sur une base régulière.

— Madame Laplante, votre petite-fille Marie-Soleil Beauchemin se trouve actuellement à l'Institut pédiatrique et son état est considéré comme très grave. Avez-vous parlé à votre fille Chantal dernièrement? Vous a-t-elle informée de la nature de sa maladie?

— Non, Charles m'a juste téléphoné mardi matin pour me dire que je ne garderais pas la petite. Elle n'allait pas trop bien et il l'avait ramenée à la clinique d'urgence. Je n'en ai pas su davantage. Il allait me rappeler quand le bébé serait en mesure de revenir ici, c'est tout.

Je remercie mentalement Chantal Laplante d'avoir suivi mon conseil, prodigué hier à l'hôpital, de ne pas révéler trop d'informations à sa mère, compte tenu de ses soupçons sur sa responsabilité. Il est tout de même surprenant de constater que la grand-mère n'a pas rappelé sa fille pour s'enquérir de l'état de l'enfant.

— Écoutez-moi bien, madame Laplante, je vais vous dire la vérité. Je fais des vérifications pour savoir si quelqu'un n'aurait pas violenté Marie-Soleil à un moment donné.

— Quoi? On a trouvé des traces de violence sur la petite? Quelqu'un lui aurait-il cassé un bras ou une jambe? Vous ne pensez pas que c'est moi, j'espère!

— Je n'accuse personne. Pour le moment, nous n'en sommes qu'à la cueillette de renseignements, et tout le monde est présumé innocent. Mais il existe un ou une coupable quelque part. Depuis que vous la gardez, il semblerait que Marie-Soleil soit revenue à la maison avec quelques bosses et des bleus de temps à autre. Est-ce exact?

— Ma fille et son *chum* vous ont dit ça? Les écœurants! Voyons donc! Pas de ma faute si les autres enfants essayent parfois de la prendre quand j'ai le dos tourné. Et tous les enfants normaux du monde entier se blessent légèrement à tout bout de champ en tombant sur un jouet et reviennent chez eux avec des prunes. C'est quoi, l'affaire?

— Quels autres enfants? Ne m'avez-vous pas dit que vous gardiez ces enfants aujourd'hui seulement pour rendre service? Combien de fois sont-ils venus ici depuis trois semaines? Et vendredi dernier? Je voudrais connaître la vérité, madame Laplante.

— Euh… des services, j'en rends beaucoup! Ces enfants sont venus quelques fois, rien de plus. Et après? Si on peut plus dépanner le monde sans que la police nous tombe dessus…

Assommée, la grand-mère reprend son fauteuil et porte les mains à sa bouche dans un geste d'anéantissement. Elle vient de trouver une explication à ma visite et trahit son secret sans s'en apercevoir.

— Ah là, je comprends! Vous cherchez à savoir si j'ai ouvert un nouveau centre pour garder illégalement des enfants, n'est-ce pas? Ma fille a dû vous parler de ma garderie perdue, il y a quelques années. La vache, elle aurait pu se taire! Mais non, elle a choisi de se venger parce que, dans quelques jours, je vais cesser de garder Marie-Soleil. Voilà toute l'affaire. Maintenant, je comprends.

— Parlez-moi de la perte de votre garderie.

— C'était une injustice, madame, comme vous n'avez pas idée. La pire des injustices! Et je serais prête à retourner me défendre en cour n'importe quand si j'en avais les moyens. La parole de ces maudits parents contre la mienne… Moi, je n'avais pas comme eux de pots-de-vin à offrir aux avocats et au juge, alors j'ai perdu. Stie que j'aurais dû aller en appel !

— Je suis désolée pour vous, madame Laplante, mais tout cela n'a rien à voir avec ma visite d'aujourd'hui. Nous reparlerons peut-être plus tard de votre permis, mais pour l'instant, je vous le répète, votre petite-fille vient d'être gravement malmenée et je dois investiguer là-dessus, uniquement là-dessus.

Cette fois, la grand-mère se défend en me criant par la tête.

— J'ai pas vu Marie-Soleil depuis lundi, comment voulez-vous que je l'aie malmenée ? Ma fille et son grand niaiseux de mari entendront plus jamais parler de moi, prenez-en ma parole ! Il suffit d'une petite chicane de rien et ces deux maudits-là s'en vont chialer à la police ! Qu'ils s'arrangent donc et s'en trouvent donc une autre, une bonne gardienne fidèle comme moi !

— Quelle petite chicane de rien du tout, madame Laplante ?

— Oh, rien de grave. Quand mon gendre a annoncé à ma fille, vendredi soir passé, qu'ils devaient se trouver une autre gardienne au plus vite, elle l'a pas pris. Elle m'a téléphoné pour m'engueuler comme du poisson pourri. Pas un cadeau, vous savez, Chantal Laplante ! Quand elle s'y met, elle est capable de capoter ben raide. Vous auriez dû lui voir l'*air de beu* quand elle est revenue avec la petite, lundi matin. Elle me l'a ramenée parce qu'elle avait pas le choix, je vous le jure. Elle est repartie après me l'avoir *pitchée* dans les bras sans dire un mot. Eh ! eh ! j'ai quand même eu le temps de lui crier par la tête de plus compter sur moi à partir de la semaine prochaine.

Le rire narquois de Rita retentit encore dans le salon quand un homme à l'allure débraillée ouvre subitement la porte d'une chambre et se dirige d'un pas pesant vers la salle de bain en me lançant un regard furtif.

Rita s'empresse alors de m'expliquer d'une voix mal assurée que la présence de cet ami chez elle, un matin de semaine, est vraiment exceptionnelle. Depuis un certain temps, cet ami vient la visiter le soir ou les fins de semaine seulement, elle me le jure par tous les saints. Jamais personne d'autre ne se trouve dans la maison quand elle garde Marie-Soleil… et les autres enfants! Aujourd'hui, par un pur hasard, l'ami est en congé forcé à cause d'une panne d'électricité majeure à son usine et il a décidé de passer la matinée avec elle. Et vendredi dernier? Et lundi? Les notes et vérifications à effectuer s'accumulent sur mon calepin. Surtout ne pas oublier de faire installer un système d'écoute électronique le plus tôt possible.

— Quelques dernières questions, madame Laplante. Quel genre de relation avez-vous avec votre fille?

— Pas trop bonne, à vrai dire. On se déteste, elle et moi. J'avais accepté de la dépanner parce qu'elle me paye bien. Ça m'aide à arrondir mes semaines car je vis avec l'aide sociale présentement.

— Avez-vous eu d'autres enfants?

— Non, heureusement! Chantal m'a donné assez de fil à retordre pour m'enlever à tout jamais l'envie d'en avoir d'autres. Je l'ai eue à seize ans, vous comprenez. Quand mes parents ont constaté que j'attendais un bébé, ils m'ont mise à la porte et je ne les ai jamais revus. J'ai dû me débrouiller toute seule en acceptant des jobines ici et là et en faisant garder ma fille à gauche et à droite. À l'adolescence, je peux vous certifier qu'elle m'en a fait voir de toutes les couleurs. Partie de la maison à dix-sept ans, elle est réapparue dans le décor dix ans plus tard quand, enceinte de Marie-Soleil, elle s'est mariée avec Charles Beauchemin. Une vraie vie de misère, je vous dis!

— Comment trouvez-vous votre gendre?

— Un gars passable, c'est tout ce que je peux dire.

— Madame Laplante, j'ai terminé pour le moment. Vous devrez rester à la disposition de la police. Vous allez probablement recevoir, pour demain ou après-demain soir, une convocation officielle au quartier général pour un interrogatoire plus précis qui sera enregistré. En attendant, je vous remercie. Vous pouvez demander à votre avocat de vous accompagner, si vous le désirez. Oh! j'oubliais. Pourriez-vous, s'il vous plaît, me donner les coordonnées des parents des enfants que vous gardez ainsi que le numéro de téléphone de votre voisine? Monique Pelletier, c'est bien ça? Je voudrais aussi le nom de votre ami et celui de la compagnie pour laquelle il travaille.

Je vois la femme devenir littéralement furieuse. Après avoir d'abord refusé carrément de me divulguer le nom de l'homme prétendument son ami, elle finit par me le donner du bout des lèvres : Mohamed Abab. Évidemment, en sortant de la salle de bain, le type en a profité pour disparaître en catimini par la porte d'en arrière. Je m'en veux d'avoir involontairement laissé échapper celui qui aurait peut-être pu devenir un témoin important.

Affichant un air méprisant, Rita Laplante refuse de répondre à mes salutations. En descendant les marches, je me dis que si j'avais quinze mois, cette femme pourrait très bien me secouer la tête de toutes ses forces pour se libérer de sa rage…

CHAPITRE 7

En sortant de chez Rita Laplante, je me dirige en vitesse à la cour où ma présence est requise pour une autre affaire d'enfant maltraité. En fin d'après-midi, l'esprit en ébullition, je retourne au bureau afin de troquer l'uniforme pour mes vêtements civils et récupérer ma voiture. Puis je m'en vais, non sans une légère crispation de ma conscience, rejoindre l'homme qui m'attend, une bière à la main, dans un coin discret d'un bistro-bar du quartier.

À mon approche, Florian Laliberté me salue chaleureusement, tire ma chaise et m'aide gentiment à retirer mon imperméable. Évidemment, notre travail commun au sujet d'une jeunesse malheureuse donne rapidement à la conversation une tournure professionnelle. Ces pauvres enfants malmenés en bas âge qui deviendront les criminels de demain… À cause de la convergence de nos idées et de nos points de vue, je sens aussitôt s'établir entre nous une franche et réelle sympathie dépassant largement la simple camaraderie.

Toutefois, la conversation tombe à plat à un certain moment. Le sergent ne m'a pas invitée dans ce lieu pour me parler de ses dossiers, j'en mettrais ma main au feu. Dans un moment de silence quasi insupportable, j'examine l'homme assis en face de moi. À qui donc me fait-il penser? Carrure de géant, yeux bleus rieurs, cheveux blonds bouclés, barbe naissante, sourire en coin à la Brad Pitt… Je peux difficilement détacher mon regard de lui. Quel homme, tout de même! Toutes les filles du bureau sont tombées en pâmoison devant lui. Et, ma foi, je n'y échappe guère…

Je me tortille discrètement sur ma chaise, me demandant bien pourquoi j'ai accepté son invitation, hier soir au téléphone, à le retrouver dans ce bar. J'y ai mis tout de même une condition : « Une heure, pas plus! » Pourtant, aucune raison professionnelle ne peut justifier cette rencontre, le dossier sur les voyous d'une école m'ayant été retiré et remis entre les mains d'un autre enquêteur. Si Florian a des choses sérieuses à me confier, on aurait pu en discuter au bureau.

Dans quel piège suis-je donc en train de me fourrer? Qu'est-ce que je fais ici dans une buvette, moi, une mère de famille en train de faire des coquetteries à cinq heures de l'après-midi devant l'homme le plus séduisant du centre opérationnel? Flattée de l'intérêt qu'il me porte? Et comment! Ras-le-bol d'aller brasser des casseroles en l'absence d'un mari toujours à Chicago à l'heure où les gens libres vont prendre l'apéro dans les bars? Assurément! Besoin de sortir de l'ordinaire? Certainement! Matthieu se trouvant chez ma mère, la gardienne et ensuite Marie-Hélène peuvent bien garder Frédéric pendant quelques heures, non? Goût de flirter avec le beau sergent? Ah! pour ça, non, je regrette! Le flirt, très peu pour moi, surtout quand il ne mène nulle part.

S'il me fallait succomber à toutes les attirances normales et naturelles, et partir à l'aventure avec tous les hommes désirables croisés au bureau ou ailleurs, la belle petite famille Deschamps si heureuse et paisible n'existerait plus. Bien sûr, je n'ai pas épousé l'homme idéal, mais l'homme parfait existe-t-il sur cette terre? J'aime Robert. Nous avons bâti ensemble un foyer heureux où s'épanouissent sereinement nos trois enfants. Je n'ai pas le droit de courir le risque de tout faire basculer dans le néant pour l'amour de… Pour l'amour de quoi, au juste? Florian ne m'a encore rien proposé de sentimental, que je sache! Comment un baiser anodin sur la joue, l'autre soir, a-t-il pu créer en moi autant de remous? Allons donc! Ressaisis-toi, ma vieille! Cet homme se sent probablement seul et il s'ennuie dans son nouveau patelin. Il cherche uniquement à se créer un cercle d'amis en t'invitant sans arrière-pensée à prendre une bière avec lui, rien de plus. Arrête donc de t'énerver avec ça!

L'homme devine-t-il ma réflexion? Je me suis trompée: une arrière-pensée le chicote effectivement et il s'empresse de me la préciser.

— Parlez-moi de vous, Isabelle. Depuis mon arrivée au centre, je n'ai cessé de m'interroger à votre sujet. Je vous connais si peu et, pourtant, vous me plaisez déjà beaucoup. Dites-moi qui vous êtes, et si… et si…

— Et si… quoi, Florian?

— Si je peux songer à vous fréquenter? Vous êtes mariée et mère de famille, on me l'a dit. Mais j'ignore si vous êtes heureuse ou non dans ce rôle. Y aurait-il des chances pour que vous et moi… Je suis redevenu célibataire, dernièrement, vous savez. Mon ex-femme m'a plaqué pour un amant et s'en est allée vivre en France avec lui. Heureusement, nous n'avons pas eu d'enfants. J'ai alors fait une demande de mutation afin de changer de décor et me refaire une vie ailleurs qu'à Rimouski.

— Autrement dit, vous aimeriez faire de moi votre maîtresse. Écoutez, Florian, je vais me montrer franche avec vous: je ne suis pas une femme libre et je n'ai pas l'intention de manquer de fidélité à mon mari. Ne comptez pas sur moi.

— Je m'en étais douté, mais je voulais l'entendre de votre bouche. Croyez-moi, il ne s'agit pas d'une affaire de couchette mais de sentiments. De véritables sentiments. Vraiment, je suis très sérieux: je vous aime, Isabelle. Chaque fois que nous avons pris un café ensemble au bureau ou que nous avons eu à collaborer pour le travail, je vous ai regardée agir et, sans trop m'en rendre compte, je me suis épris de vous. Je vous trouve tellement, tellement charmante! J'aurais souhaité faire un bout de chemin avec vous, si votre cœur s'était avéré disponible. Voilà!

Oh! là là! Je crois rêver. Florian Laliberté en train de me faire une déclaration d'amour, je ne l'aurais jamais cru! Si Robert me voyait… Je me demande comment il réagirait. Jaloux? En colère? Fier de posséder une femme «tellement, tellement charmante» mais fidèle?

À la vérité, ce Florian me trouble passablement depuis quelque temps mais, en femme de devoir, je l'ai toujours chassé de mon esprit. La «tellement charmante» peut se montrer parfois «tellement sage»! Sage à en devenir intouchable, à prendre la résolution d'éviter dorénavant les contacts avec le bel amoureux, surtout ses baisers sur la joue. Trop déconcertants, les baisers sur la joue!

Pudiquement, je me contente de baisser les yeux sans répliquer, mais je ne retire pourtant pas la main quand il y pose la sienne, chaude et réconfortante.

— Ne vous en faites pas, Isabelle, pour rien au monde je ne voudrais briser votre sérénité et je vais respecter votre volonté. Ainsi va la vie! On pourrait au moins devenir des amis, qu'en pensez-vous?

Je me sens délivrée d'un poids. Quel homme charmant, lui aussi!

— Évidemment, Florian, vous pouvez compter sur mon amitié, mon amitié sincère.

Lorsque nous quittons le bar, je me sens plus à l'aise. Je ne prévoyais pas qu'une fois près de ma voiture, Florian me prendrait fougueusement dans ses bras. Ah! cette étreinte inattendue, cette large et solide poitrine contre laquelle je n'hésite pas à me laisser aller… Je ne sais combien de temps nous restons dans les bras l'un de l'autre, immobiles et retenant notre souffle, là, au beau milieu du stationnement. S'agit-il d'une étreinte d'adieu ou le commencement d'autre chose?

Au lieu de me raidir, je lève témérairement la tête, prête à succomber et recevoir le baiser qui causerait indubitablement ma perte. Mais Florian reprend son sang-froid le premier et me regarde en silence. Jamais je n'oublierai la tristesse voilant son visage. Puis, doucement, délicatement, avec une ferveur déroutante, il embrasse ma joue. Seulement ma joue.

—Au revoir, ma belle amie. De grâce, n'abîmons pas déjà le beau cadeau d'amitié que la vie vient tout juste de m'offrir.

CHAPITRE 8

Dure journée, aujourd'hui. Elle a commencé par une dispute, ce matin, avec Robert enfin rentré de Chicago tard dans la soirée d'hier après cinq jours d'une absence qui devait n'en durer qu'un. Peu loquace à son arrivée dans notre chambre, il est resté plutôt vague sur son séjour passé loin de son foyer, à part me montrer les chemises, cravates et sous-vêtements qu'il a dû s'acheter à cause de la prolongation de son séjour. Sur la famille, les enfants, mon travail, sur Marie-Hélène en particulier, peu de questions. Encore moins sur mes états d'âme. À peine a-t-il réagi quand je lui ai relaté la victoire en quart de finale de l'équipe de hockey de Frédéric. Puis il s'est retourné pour s'endormir aussitôt, complètement vidé.

Malgré moi, oh! combien malgré moi, le beau visage de Florian Laliberté est revenu me hanter et m'empêcher de sombrer dans un sommeil apaisant. Après m'être retournée cent fois, j'ai finalement réussi à m'endormir, collée contre mon mari éloigné dans une autre dimension par le sommeil.

À force de vivre l'un et l'autre dans des univers différents et fort éloignés, je me demande parfois s'il reste, quelque part, un terrain où redevenir les amoureux que nous étions autrefois. Quand Robert Deschamps représentait pour moi l'univers entier, quand je ne vivais que pour lui. Bien sûr, il demeure l'homme de ma vie, mais tant de choses nous unissent et nous séparent en même temps. À croire que notre statut d'étudiants nous rapprochait davantage que celui de parents !

À la longue et sans qu'on y prenne garde, la vie s'est emparée de nous, chacun de son côté. Dieu merci, les enfants restent et resteront toujours le lien suprême entre nous, au milieu de nous, lien sacré et indissoluble qui maintient notre couple à flot. Et notre rôle de parents responsables me rassure en quelque sorte. Marie-Hélène, Frédéric et Matthieu proviennent de nous, ils sont notre chair, ils nous appartiennent, et nous avons le devoir de les élever. Quoi de plus merveilleux à partager, pour un couple ?

Robert adore ses enfants, je n'en doute pas un instant. S'il les soutient fidèlement dans leurs activités sportives et culturelles, il n'en reste pas moins que la charge de leur éducation retombe sur mes épaules la plupart du temps. Ses absences trop fréquentes pourraient justifier cet état de chose, mais même à la maison, il s'appuie sur moi pour les décisions importantes. De toute évidence, il se sent plus confortable dans ses fonctions de conseiller en économie que dans celles de chef de famille. Famille qu'enfant unique élevé par sa grand-mère, il n'a pas vraiment connue, à la vérité.

Malheureusement, de nos jours, on voit de plus en plus de pères et de mères séparés ou divorcés remplir leur rôle chacun de son côté. Certains y renoncent même complètement. Demandent-ils l'avis des enfants avant de franchir définitivement la porte ? Il y a quarante ou cinquante ans, le terme « monoparental » n'existait même pas, ou si peu. Le mot a dû germer dans un bassin d'égoïsme. D'indifférence aussi. Une indifférence insidieuse qui s'infiltre petit à petit dans un couple et finit par prendre toute la place comme du chiendent. Une indifférence risquant de tourner au vinaigre et de s'envenimer jusqu'à la haine… D'un autre côté, les enfants n'ont pas, comme autrefois, à respirer quotidiennement l'air vicié de la mésentente et de la discorde entre leurs parents, cette atmosphère suffocante qui fait éclater les familles. Dans certains cas, la séparation ou le divorce constituent un pis-aller, voire l'unique solution, il faut bien l'admettre.

Par bonheur, Robert et moi n'en sommes pas là. Pas encore… Mais j'entends sonner une cloche d'alarme au tréfonds de mon âme, et cela me rend méfiante. Une ombre plane au-dessus de mon ménage, une ombre belle et douce aux yeux bleus et aux bras enveloppants prêts à s'emparer de moi et à étouffer mon cœur d'épouse. L'ombre de Florian… Je ne cesse d'entendre son appel ensorcelé vers des paysages torrides, brûlants de soleil où j'aurais envie d'aller me perdre. Comment, grands dieux, arrive-t-on à vaincre une ombre insaisissable et vibrante d'amour ? Dois-je la combattre seule ?

Et si, d'un autre côté, mon mari ne m'aimait plus ? Si une maîtresse l'accompagnait lors de ses trop nombreux déplacements, comme cela se produit très souvent chez d'autres hommes d'affaires ? Une demoiselle Ladouceur ou une donzelle Latendresse, qui sait ? Non, non, je divague ! Robert se montre tellement gentil quand il est là. Toutes les femmes du monde pourraient rêver d'un homme aussi serviable, capable de me remplacer haut la main dans la maison. Mais plier une brassée de linge ou vider le lave-vaisselle à ma place ne me suffisent pas. J'ai la nostalgie de l'amoureux romantique, de celui qui jadis m'embrassait dans le cou en me glissant à l'oreille un « je t'aime » vibrant lorsqu'il passait derrière moi. Ardemment, j'implore tous les saints du ciel de m'aider à chasser de mon esprit le bel amant éventuel. « Retire-toi, Satan, retire-toi, Florian Laliberté ! »

Ce matin, une tasse de café à la main, déçue par son mutisme insensible d'hier, j'ai proposé à Robert d'organiser deux jours de camping familial pour la fin de semaine prochaine.

— Ça nous ferait du bien de nous retrouver tous ensemble, tu ne crois pas ?

— Il fait encore froid la nuit, à ce temps-ci de l'année. Sans parler de l'humidité des terrains.

Ben quoi? Si le sol faisait bien l'affaire de monsieur pour le golf, la semaine dernière, il devrait sans doute avoir suffisamment séché pour le camping, surtout en tente-roulotte! Mais j'ai tourné ma langue dix fois plutôt que sept et réussi à ne pas contester avec véhémence la pertinence de son argument.

— Dans ce cas-là, si on partait en amoureux, toi et moi, mon nounours? Je pourrais demander à maman ou à Jojo de venir garder les enfants. Une copine m'a parlé d'un spa fantastique à moins de cinquante kilomètres d'ici.

— Ah non, Isabelle, je n'ai vraiment pas envie de repartir dans trois ou quatre jours, peu importe la destination. Peux-tu comprendre ça? J'ai envie de rester chez moi, au calme et au chaud. J'ai travaillé fort ces derniers cinq jours et…

Et moi, donc, je n'ai pas travaillé fort? Personne ne me préparait mes repas à l'hôtel ou dans les restaurants de Chicago chaque jour, moi! Je les cuisinais seule pour les trois enfants et pour moi-même! Je veux bien essayer de comprendre mon mari, mais ne pourrait-il pas faire un effort pour saisir mon besoin de m'évader et de me reposer hors de la maison? J'en ai par-dessus la tête de gérer seule une adolescente et son caractère impossible, un tout-petit atteint de pneumonie et un autre garçon auquel je consacre je ne sais combien d'heures par semaine pour l'aider à faire ses devoirs et travailler son piano. Sans parler des allers-retours que je me suis tapés à l'aréna, au gymnase, à l'école de musique, à la garderie, au cours de karaté, à l'épicerie, à la pharmacie et à la clinique avec Matthieu depuis le départ de leur père.

Ce matin, la prise de bec a failli s'envenimer gravement, mais je n'ai pas eu le temps de la poursuivre. La sonnerie de l'horloge du salon m'a vite replongée dans la réalité concrète. Trop pressée de partir pour reconduire Matthieu chez ma mère, j'ai renoncé à pousser les hauts cris. Marie-Hélène et Frédéric attendaient déjà leur autobus au coin de la rue, leur boîte à lunch à la main. Lunch préparé par moi, bien entendu !

Mon mari a-t-il remarqué avec quelle frustration j'ai quitté la maison, ce matin, après avoir, bien sûr, sorti les côtelettes du congélateur en prévision du souper ? A-t-il pris conscience de mon « écœurantite aiguë » ?

Sur mon bureau, une longue liste de tâches m'attend et je peux voir, sur le babillard, que le sergent Laliberté travaillera à l'extérieur durant les prochains jours. Tant mieux ! Je commence d'abord par me servir un café. Noir, sans lait et sans sucre. Ça me mettra d'attaque car je devrai m'occuper du fameux dossier de Marie-Soleil Beauchemin en plus de me rendre, cet après-midi, sur le terrain pour vérifier deux autres plaintes transmises par la DPJ. Et ce soir, au moment de l'installation du système d'écoute électronique à son domicile, je devrai interroger de nouveau, officiellement cette fois et dans la salle d'enregistrement, cette chère Rita Laplante. Travail en soirée pour une mère de famille. Quelqu'un a-t-il jamais songé à ça ? Temps supplémentaire payé en double ? M'en contrefiche !

Quel programme ! Dieu sait à quelle heure je vais terminer cette journée-là. Tant pis, profitons du fait que le père de mes enfants se trouve en ville pour lui demander d'aller chercher Matthieu, toujours malade, chez ma mère. Voilà au moins une contrainte de moins. Et monsieur s'occupera de faire cuire les côtelettes. Chacun son tour, n'est-ce pas ? Et si je trouve le moyen de retourner souper à la maison avant de me farcir l'interrogatoire de ce soir, je le ferai. Rien de moins certain, cependant. Sinon, tant pis, mon cher mari tellement épuisé, le pauvre ! devra jouer au monoparental.

Passons maintenant au travail sérieux : voyons d'abord le rapport médical sur l'état de santé de l'enfant secouée glissé sur mon pupitre par mon assistante. Mais auparavant, je dois charger Jennifer d'effectuer les vérifications nécessaires au sujet de l'ami de Rita Laplante présent hier quand je suis allée chez elle, le fameux Mohamed Abab. La grand-mère a-t-elle dit la vérité au sujet des visites de cet homme depuis quelques mois ? Possède-t-il un casier judiciaire ? A-t-il déjà été impliqué dans des histoires de voies de fait ou de violence envers des enfants ? Vérifier, si possible, son horaire de travail et sa présence soi-disant exceptionnelle à la maison à cause d'une panne d'électricité à sa compagnie. Vérifier ça aussi. Surtout ça !

La sonnerie du téléphone vient brusquement interrompre le cours de mes pensées. Je reconnais la voix cristalline de la secrétaire.

— Isabelle ? Tu as Info-Santé au bout du fil.

On atteste l'appel de Rita Laplante, le matin du vendredi 6 mai, à 10 h 12. Effectivement, sur l'enregistrement, je peux l'entendre se renseigner au sujet d'un bébé « qui ne cesse de vomir et semble devenu tout mou ». À ma grande surprise, l'intervenante lui conseille sur-le-champ de prévenir immédiatement les parents et de faire transporter l'enfant de toute urgence à l'hôpital, en ambulance. Rita n'a donc aucunement suivi la consigne et elle a magistralement menti à sa voisine en prétendant avoir reçu le conseil de bien hydrater le bébé, sans plus, car il s'agissait simplement d'une gastroentérite d'origine virale.

Oh ! là là ! J'ai bien l'impression que Rita Laplante vient de se pendre avec cet événement-clé qui, sans contredit, servira d'élément de preuve. Elle n'a pas, non plus, avisé la mère comme l'infirmière le lui a recommandé. Je vais lui préparer un interrogatoire serré, à cette vilaine grand-mère, et lui montrer comment je sais me servir de la méthode Reid[6] ! Ce soir, elle n'y verra que du feu. Si elle n'en vient pas aux aveux avec ça...

Voyons maintenant le rapport médical. Tête première, je plonge et tente de tirer au clair le jargon de ces messieurs les spécialistes.

Après deux jours d'observation en milieu hospitalier, tests de laboratoire, CT scan, résonance magnétique et autres examens, les médecins spécialistes de l'Institut pédiatrique concluent hors de tout doute que, vu l'existence de sang frais et de sang coagulé dans l'épaisseur des méninges et de la dure-mère, les blessures de Marie-Soleil Beauchemin se révèlent caractéristiques du syndrome de l'enfant secoué et ne peuvent avoir été causées autrement que par un traumatisme important dû au secouage. L'accélération et la décélération ont causé une rupture des vaisseaux sanguins du cerveau et provoqué une hémorragie. De plus, la présence de sang coagulé et de sang frais à la base des deux hémisphères cérébraux ne peut pas être due à un coup unique.

L'enfant a donc été formellement secouée à au moins deux reprises. Le premier épisode de brassage s'est avéré le plus important des deux et a probablement eu lieu trois ou quatre jours précédant l'arrivée de l'enfant à l'hôpital. Très violent, ce premier coup a déclenché des saignements intracrâniens, des vomissements et une perte de connaissance. Le bébé a gardé des séquelles importantes de cette agression car une exsudation de liquide s'est produite graduellement et a augmenté la pression intra-crânienne pendant les jours suivants sans qu'il n'y paraisse. Par

6. Méthode d'interrogation en neuf étapes pour persuader le suspect de dire la vérité tout en créant certains liens avec lui.

conséquent, entre le moment de cette première secousse et l'arrivée de l'enfant à l'Institut, quelques jours plus tard, l'enflure du cerveau a progressé petit à petit au point d'atteindre le nerf optique.

En général, les symptômes provoqués par le secouage apparaissent après l'événement, mais il peut arriver qu'ils mettent jusqu'à vingt-quatre à quarante-huit heures après l'assaut avant de se manifester. Dans le cas qui nous intéresse, un deuxième secouage s'est vraisemblablement produit le lundi, veille de l'hospitalisation, compte tenu de l'apparition subite de somnolence et de strabisme ainsi que de sang frais. Une détérioration naturelle et progressive due au premier assaut pourrait cependant avoir augmenté les effets de cette seconde agression, sans doute plus minime que la première.

Face à l'horreur de l'agression, je pousse un soupir de colère mais aussi de déception. Si ce rapport jette un éclairage assez précis sur le déroulement des événements, il ne fait pas vraiment avancer mon enquête. La première et principale secousse s'est donc produite le vendredi 6 mai ou la veille, soit le jeudi soir ou au cours de la nuit chez les parents, soit au début de la matinée du vendredi chez la grand-mère, avant l'apparition des premiers symptômes. Au cours de la fin de semaine, fausse amélioration en dépit de la détérioration évolutive de l'état du bébé. Le lundi 9 mai, manifestation subite et grave des conséquences du secouage du vendredi précédent déclenchée par un deuxième brassage moins important. Le mardi 10 mai, hospitalisation.

Ainsi donc, le bébé aurait subi au moins deux traumatismes. Voilà qui va nous compliquer les choses. Comment dénicher le ou la responsable? Existe-t-il un seul ou plusieurs agresseurs? Dans les deux cas, trois suspects restent susceptibles d'avoir causé l'agression, soit le père ou la mère, soit la grand-mère. Sans oublier le fameux Mohamed. Me voilà bien avancée !

Quant au diagnostic établi par un médecin d'une clinique de quartier, le samedi, Jennifer l'a questionné à ce sujet et il a confirmé avoir examiné sommairement l'enfant et en avoir conclu à une gastro-entérite virale.

Je prends ensuite connaissance des déclarations écrites, il y a quatre ans, par les parents des enfants de la garderie de la grand-mère, dénichées hier au CRPQ[7] par Jennifer dans le dossier de Rita Laplante. Avec effarement, je constate que certains d'entre eux ont retiré leur bambin ou leur fillette parce qu'ils les voyaient très souvent revenir avec des blessures décrites en long et en large dans le dossier. La plupart du temps, Rita Laplante parlait d'une chute malencontreuse ou prétendait que l'enfant s'était cogné sur un jouet ou sur une porte. D'autres fois, elle avouait carrément ne pas connaître les causes des blessures. Après de sérieuses investigations des autorités policières, un juge l'avait obligée à fermer sa garderie en lui retirant sa licence.

Mon cœur se serre. Les enfants brutalisés sont trop jeunes pour protester et affirmer la vérité. Ils ne peuvent que pleurer, le matin, quand la voiture de leur parent tourne le coin de la rue de la garderie. Ils ne possèdent qu'une voix, une voix unique et silencieuse, celle des larmes. Uniquement celle-là.

Cependant, au-dedans d'eux, ces petits êtres sans défense enregistrent sans mot dire les duretés de la vie au fil de leurs jours difficiles. Ces ecchymoses, ces égratignures, ces enflures meurtrissent surtout leur âme et ne guériront peut-être jamais, enregistrées dans un coin refermé de leur mémoire. Les conséquences psychologiques de ces traumatismes se traduiront peut-être, dans cinq, dix ou quinze ans, par une révolte ou peut-être un mal de vivre que personne, tout expert soit-il, ne saura expliquer. Ces enfants maltraités

---

7. Centre de renseignements policiers du Québec.

risquent de devenir rebelles, indomptables, peut-être même chercheront-ils l'oubli dans la délinquance ou la drogue. Et on les qualifiera d'enfants à problèmes! Dans le pire des cas, une fois adultes, ils risqueront de reproduire le même scénario auprès de leurs propres petits. Ma cousine Geneviève, travailleuse sociale, en a toujours long à me raconter là-dessus pendant nos rencontres!

Ces enfants me font pitié et je sens mon cœur de mère se révolter. Quelle horreur et quelle injustice! Soudain, j'éprouve une envie folle de tout lâcher et de courir chercher mon Matthieu à la garderie pour l'amener savourer une crème glacée avec moi tout près d'un parc d'amusement. Tricher sur mon horaire, ma tâche, mon devoir et poser un geste délinquant au milieu de ma journée, un merveilleux geste délinquant de mère affolée…

— Dis donc, toi, t'es dans la lune! Es-tu prête à partir?

Perdue dans mes pensées, je n'ai pas vu Jennifer plantée devant mon bureau, dossiers sur le bras et clé de voiture en main. Deux dossiers adressés à nous par la DPJ nous attendent.

— Oui, oui, j'arrive!

⁓⤙⤚⁓

Les deux visites à domicile nous ont pris moins de temps que prévu, et je peux au moins retourner chez moi pour prendre quelques heures de repos et souper avec les miens avant d'aller chercher Rita Laplante pour l'interroger au centre opérationnel pendant l'installation de micros dissimulés un peu partout dans son logement par nos experts techniciens.

En refermant la portière de la voiture devant l'entrée de ma maison, je tente de faire le vide dans mon esprit. Oublier cette journée, du début jusqu'à la fin, laisser derrière moi ma dispute matinale avec Robert, les investigations, les interrogatoires, les formulaires, les déclarations, les détails à prendre en note et les rapports à rédiger, les dossiers, les appels, les histoires épouvantables de jeunes qui souffrent… Oublier Florian aussi, oublier tout, et redevenir Isabelle Guay-Deschamps, l'épouse de l'homme qu'elle aime et la mère des trois plus charmants enfants de la terre… ou presque!

Une odeur de côtelettes, sauce à l'orange, me saisit dès mon entrée dans le vestibule. Sur la table, cinq couverts sont joliment disposés sur ma plus belle nappe. Une bouteille de vin et un bouquet de roses trônent au milieu. Ah? Mon homme, affairé au lavabo, se retourne soudain d'un bloc et vient me trouver pour m'embrasser en tenant en l'air ses mains mouillées.

— Désolé, Isabelle, pour mon humeur d'hier soir et de ce matin. Je me suis levé encore claqué, pardonne-moi. Bienvenue à notre souper de famille. Je t'aime.

— Allo, m'man! Je cherche des chandelles pour les installer sur la table. Où les as-tu mises?

Soudain, je remarque, déposée sur mon assiette, une copie d'examen de mathématiques portant la note de 85 % et la mention «Bel effort» signée de la main du professeur de mathématiques, monsieur Maximilien. Il y a longtemps que je n'ai pas serré ma fille dans mes bras aussi fort. Quant à mon homme, je lui donne mentalement rendez-vous dans quatre ou cinq heures, deuxième étage, première porte à gauche.

Dès mon retour du centre opérationnel de police.

CHAPITRE 9

À nous deux, Rita Laplante.

Il me faut d'abord aller chercher la grand-mère à sa résidence vers sept heures trente, après le coucher du soleil, afin de la conduire moi-même au centre de police et la garder sur place au moins deux heures et demie, période essentielle aux techniciens pour s'introduire dans sa maison et y installer clandestinement un système d'écoute électronique. Il faut évidemment profiter de l'obscurité pour éviter d'attirer l'attention des voisins, surtout de la fameuse Monique Pelletier.

Selon la mise en scène organisée par l'équipe, deux mesures seront prises afin d'étirer le temps et de garder madame Laplante hors de chez elle le plus longtemps possible. Tout d'abord, je simulerai une panne de ma voiture banalisée en route vers le centre opérationnel. Vis-à-vis d'un endroit approprié que je choisirai, un problème dans le système de direction surviendra subitement et j'aurai tout juste le temps de me ranger le long du trottoir avant d'appeler au bureau pour réclamer de l'aide et demander à quelqu'un de venir nous chercher. Tel que prévu, le policier à ma rescousse mettra un temps interminable à se pointer, puis il vérifiera longuement le moteur en me conseillant d'appeler la dépanneuse.

Évidemment, je remettrai cette alternative au lendemain et m'excuserai auprès de ma cliente pour cette perte de temps.

Avec presque une heure de retard, nous pénétrerons enfin dans l'immeuble où, pendant une période d'environ soixante à quatre-vingt-dix minutes, je devrai procéder à l'interrogatoire officiel de Rita Laplante qui a décidé de se présenter sans avocat.

Suivra alors une autre mesure planifiée pour prolonger encore la rencontre si cela s'avère nécessaire à la suite de l'entrevue : je la mènerai à l'étage afin de prendre une photo. À ce moment-là, je recevrai un appel sur mon téléphone portable et devrai m'excuser auprès d'elle en lui expliquant que la GRC a besoin de toute urgence de renseignements secrets contenus dans l'un de mes dossiers. Je la laisserai alors en plan dans le studio de photographie et je retournerai à mon bureau pour attendre le signal des techniciens m'annonçant que leur mission est accomplie. Je pourrai alors ramener chez elle une Rita sans doute bouleversée par autant de délais au cours de la même soirée. Jamais elle ne pourra se douter de la présence de micros dissimulés un peu partout à l'intérieur de sa demeure pour une période indéterminée.

Mais rien ne se passe comme prévu. Dans l'arrondissement où je dois abandonner ma voiture, une rencontre sportive monstre a lieu ce soir et a attiré des centaines de personnes. Je ne vois aucun endroit où je pourrais me garer d'un seul coup de volant et n'ai pas le choix, en dernier ressort, de me stationner pile devant un arrêt d'autobus. Qui sait si on n'aura pas remorqué ma voiture quand je reviendrai en prendre possession à la fin de la soirée !

Finalement, déçue et quelque peu désemparée, je fais pénétrer la femme dans la bâtisse de briques et l'installe tranquillement dans la salle d'attente pendant que je monte à l'étage afin de remettre mes clés au policier dépanneur en le priant d'aller au plus vite déplacer mon auto dans un lieu mieux approprié ou de la ramener au poste.

Une fois dans la salle des interrogatoires, je déclenche discrètement le mécanisme d'enregistrement par caméra dissimulée, en espérant qu'il ne me fasse pas faux bond lui aussi, et j'invite enfin madame Laplante à pénétrer dans la pièce.

Si tout se passe comme je le souhaite, l'entretien sera mené de façon musclée et serrée. Et rentable. Je m'y suis sérieusement préparée. Je dois d'abord rappeler à madame Laplante son droit à un avocat et l'informer de l'enregistrement de la rencontre. Tout ce qu'elle dira pourra être retenu pour servir à la cour. Elle aura également le droit de garder le silence.

— Rita, si tu le permets, on va se tutoyer, toi moi, ça nous permettra de nous sentir plus proches l'une de l'autre. Tu sais, l'enquête progresse depuis quelques jours, et je dois maintenant te révéler certaines choses fort sérieuses. As-tu parlé avec ta fille depuis que je t'ai rencontrée chez toi?

— Non.

— Quelqu'un a gravement secoué ta petite-fille, Marie-Soleil Beauchemin. Elle lutte actuellement pour sa vie.

La femme, après avoir fait un signe négatif de la tête, met une ou deux secondes à manifester une certaine indignation.

— Quoi? On a secoué la petite? Elle lutte pour sa vie? Je pensais qu'on lui avait cassé une jambe, moi! Mais c'est épouvantable! Qui aurait pu lui faire ça? Ses parents? Vous pensez pas que c'est moi, toujours?

— On reviendra plus tard sur la personne coupable. Voyons d'abord le rapport des médecins. Ils affirment qu'un enfant vomit, devient mou et même perd connaissance après un secouage violent. Ils sont formels sur le fait que ta petite-fille a été brassée à deux reprises car elle en a gardé des traces visibles aux examens à l'hôpital.

— Mon Dieu, c'est effrayant!

— La première fois, ça s'est produit autour de vendredi dernier, possiblement la veille au soir puisqu'elle semblait en bonne santé le jeudi après-midi, ou bien le matin du vendredi chez ses parents, ou alors chez toi au début de la matinée, juste avant l'arrivée de ta voisine qui t'a recommandé d'appeler Info-Santé. Les conséquences paraissent graves : l'enfant se trouve toujours à l'hôpital et, si elle survit, elle y restera probablement durant des mois. Dis-moi franchement, Rita, dans quel état se trouvait Marie-Soleil, vendredi matin, quand sa mère te l'a apportée ?

— Je vous l'ai dit : elle dormait. Que voulez-vous que je vous dise de plus ? M'avez-vous fait venir ici pour répéter les mêmes choses que l'autre fois ?

— Je cherche seulement à comprendre ce qui s'est réellement passé, Rita. Seulement ça ! Et lundi, à six heures du matin, tu as trouvé la petite en bonne forme à son arrivée, si je me rappelle bien. Elle dormait aussi ?

— C'est ça.

— Les docteurs prétendent qu'il a suffi, lundi, d'un petit mouvement de rien du tout, un léger secouage, par exemple, pour tout déclencher et la rendre dans l'état pitoyable dans lequel son père l'a trouvée à cinq heures. Qui sait si ce fameux lundi, il ne s'est pas produit un événement banal, rien de bien grave, qui aurait pu déclencher la crise… Ainsi, tu peux l'avoir déposée un peu brusquement dans son lit, ou la petite a pu trébucher sur un jouet et tomber en pleine face. Ou bien, un des garçons a buté involontairement sur elle et l'a fait basculer. Ou encore, tu l'as posée par terre trop rapidement parce que le téléphone sonnait. Ne t'inquiète pas, Rita, cela ne t'accuse en rien parce que tu me dis la vérité. Il arrive à tout le monde d'agir un peu impatiemment un jour ou l'autre avec un enfant. C'est humain, tu ne crois pas ?

— Y est rien arrivé de ça, ni vendredi ni lundi.

— Quand son père est venu la chercher, lundi à cinq heures, il a remarqué quelque chose de bien particulier dans son visage. Peux-tu m'en parler?

— Vous voulez dire son œil croche? Moi, je m'étais aperçue de rien. En tout cas, c'était pas si flagrant que ça!

— D'accord. C'est tout de même bizarre de ne pas me l'avoir mentionné quand je t'ai posé la même question, chez toi. Pour quelle raison avoir omis cette information?

— Je trouvais pas ça important.

— Pas important, un œil qui louche? Ah bon… Parlons maintenant d'autre chose: cet homme aperçu chez toi, hier. S'agit-il de ton amoureux ou de ton amant? A-t-il passé la nuit chez toi?

— Ça vous regarde pas. Il a rien à voir avec cette histoire.

— Parfois, un bébé qui n'arrête pas de brailler, très tôt le matin, ça peut déranger un beau monsieur qui essaye de dormir. Ça peut même le rendre violent! Nous avons vérifié le nom que tu nous as donné. Il n'existe aucun Mohamed Abab habitant officiellement la région. Le seul que nous avons déniché réside à Toronto et n'a pas de casier judiciaire. Le Torontois en question jure ne pas te connaî-tre et il possède un solide alibi pour vendredi et lundi. Pourquoi m'avoir donné un faux nom, Rita? Dis-moi s'il y avait un homme chez toi, vendredi et lundi?

— Non, y avait personne.

— Et l'homme que j'ai vu s'appelait comment?

— J'ai le droit de refuser de répondre à ça, vous m'en avez informée tantôt. De toute façon, je vous l'ai dit, il a rien à voir avec cette histoire.

— Et toi, Rita, as-tu quelque chose à voir avec cette histoire?

— C'est pas moi, j'ai rien fait.

De toute évidence, cette femme têtue refuse de collaborer et je me trouve à cent lieues de lui extorquer des aveux. Ma méthode Reid ne marche pas très fort… Je vais donc tenter une autre tactique.

— Tu n'as peut-être rien fait, Rita, mais alors, pourquoi m'avoir menti au sujet d'Info-Santé ? L'infirmière t'a recommandé d'amener la petite à l'urgence d'un hôpital au plus vite et tu ne l'as pas fait. Pour quelle raison ?

La femme relève alors la tête et me regarde avec des yeux interrogateurs, éberluée de constater que les recommandations de l'infirmière d'Info-Santé ont été portées à ma connaissance.

— Je sais pas. J'avais peur qu'on lui découvre une maladie grave et qu'on mette ma garderie en quarantaine ou qu'on m'oblige encore à la fermer… Et puis, les autres enfants étaient là, comment vouliez-vous que je parte en ambulance avec le bébé ?

— Ne m'avais-tu pas dit qu'il n'y avait pas d'autres enfants chez toi, ce jour-là ? Ainsi, tu as une garderie… De toute manière, tu aurais pu demander à ta voisine de garder les enfants. Étais-tu de connivence avec elle ? Lui as-tu confié le vrai message de l'infirmière ou lui as-tu raconté des chimères comme tu l'as fait avec moi ?

— Monique a rien su et elle non plus a rien à voir avec tout ça.

Je sens la femme faiblir. Sa jambe a recommencé à trembler de nervosité et sa main à lui frotter l'oreille. Le temps est venu pour moi de risquer le tout pour le tout et de l'acculer au pied du mur avec ce qui constituera sans doute une solide preuve circonstancielle.

— Rita, tu n'aurais pas dû me mentir au sujet d'Info-Santé, cela pourrait se retourner contre toi. Nous sommes maintenant certains que tu as brassé Marie-Soleil suffisamment fort pour lui causer des blessures très sérieuses. La première fois, le vendredi, la blessure à sa tête est restée sans conséquences à part l'avoir fait vomir. L'enfant n'en a pas gardé de séquelles visibles, mais dans sa pauvre petite tête, ça a continué de couler, tu comprends ? Et le brassage de lundi a tout fait éclater. Marie-Soleil ne vomissait pas à cause d'une gastro comme tu voudrais bien me le faire croire, mais à cause d'une puissante séance de secouage.

Un silence s'installe dans la salle, un silence que je connais bien, ce silence crucial où la vérité et la dissimulation mènent une lutte à finir.

— Rita, je voudrais te voir passer le test du polygraphe.

— C'est quoi, ça?

— Le détecteur de mensonges.

— Pourquoi je passerais ça? Je suis coupable de rien et je refuse de jouer votre sale petit jeu.

— Tu as le droit de refuser.

La femme redevient silencieuse mais continue de secouer violemment la tête en signe de négation. Je tente de saisir ce moment de fragilité pour lui tendre une autre perche.

— Je sais une chose, par contre, Rita: tu ne pensais certainement pas blesser Marie-Soleil à ce point-là. On brasse un bébé pour le faire taire parce qu'on n'en peut plus, voilà tout. Au fond, on ne veut pas lui faire autant de mal, et tu n'aurais jamais pensé molester ta petite-fille à ce point-là. Je te comprends, tu sais… Tout ça doit s'avérer insupportable pour une bonne grand-maman comme toi. Mais ça arrive à tout le monde de perdre patience un jour ou l'autre. Il y a quatre ans, ça t'est arrivé aussi avec d'autres enfants. Nous avons fait nos vérifications: aucun n'a été maltraité au point de souffrir des suites de ses petits bobos. Toi seule en a subi les consé-quences et tu as perdu ta garderie à cause de ridicules ecchymoses et des bleus sans importance. À bien y songer, ça t'a coûté plus cher qu'à eux, tu ne penses pas? Un simple aveu de ta part et tu te sentiras soulagée d'un poids énorme, crois-moi!

Rita refuse de saisir la perche et s'obstine à ne pas collaborer malgré mon empathie mensongère. Elle se contente de me fusiller d'un regard dur et plein de haine, comme si j'étais la responsable de ses malheurs.

—Cette fois-ci, Rita, ta petite-fille Marie-Soleil risque de mourir ou de rester marquée pour la vie. Ça faciliterait les choses pour tout le monde si tu nous disais la vérité simplement. Sans crainte et sans peur.

—…

—Tu es une personne normale, je le vois bien. Quand on se sent fatiguée, tannée, ce n'est pas la fin du monde de s'énerver. Tu voulais seulement que Marie-Soleil te fiche la paix, ce matin-là. Depuis son arrivée qu'elle n'arrêtait pas de pleurer! Entendre un bébé hurler pendant des heures, ça peut rendre à bout n'importe quelle personne saine d'esprit. Aucune mère sur la terre peut se vanter de n'avoir jamais perdu patience, un jour ou l'autre. Je peux comprendre ça, je suis une mère, moi aussi. Tous les psychologues au monde, tous les psychiatres et même tous les juges peuvent comprendre ça! Il n'y a rien de plus humain, qu'en penses-tu?

—Oui, c'est humain. Mais c'est pas moi. J'ai rien fait.

—D'un autre côté, tout le monde s'entend pour affirmer que Marie-Soleil était un bébé facile. Pourtant, ses parents m'ont dit, quand je les ai vus à l'hôpital, qu'elle pleurait chaque matin en se rendant chez toi. Elle se mettait à hurler à partir du coin de ta rue. Comment expliquer ça? Avait-elle peur?

—Questionnez-les donc, ses parents, justement! Je suis pas la seule à garder cette enfant-là, que je sache! Avant six heures du matin, vendredi passé, c'est eux qui s'en occupaient! Et fichez-moi donc la paix avec vos accusations sous-entendues! Vous perdez votre temps, c'est pas moi, j'ai rien fait. C'est-tu clair?

Je risque un dernier mensonge.

— Je vais te faire une confidence, Rita, et ça, je ne l'ai jamais dit à personne sauf à mon mari et à toi. Il m'est déjà arrivé, il y a très longtemps, de gifler ma fille en pleine figure parce qu'elle m'avait fait perdre le contrôle. Un vraie petite peste! Il s'agit d'un geste criminel, tu le sais… Tu n'as pas idée à quel point cela m'a pesé sur la conscience, moi qui enquête là-dessus à cœur de semaine. Au bout de dix jours, n'y tenant plus, je l'ai confessé à mon mari. Je lui ai dit à quel point je regrettais mon erreur, et il m'a comprise et excusée. Cela m'a soulagée, tu n'as pas idée à quel point, et j'ai recommencé à me sentir bien. Tu vois comme je peux te comprendre. Je te plains, tu sais.

— …

Rien à faire, elle résiste même à mon mensonge! Un peu plus et la coriace grand-mère va éclater tant je la sens crispée, réfugiée obstinément dans son mutisme. Une femme forte, au fond. J'entreprends alors une autre tentative dans ma quête impitoyable d'une véritable confession.

— Cette affaire-là doit certainement te gruger, ma pauvre Rita, et si tu es comme moi, tu dois y penser sans arrêt. Tu ne sais pas comment tout ça va finir, tu as peur, tu as honte, tu voudrais que ça ne soit jamais arrivé. Tu ne l'as pas emmenée à l'hôpital comme ils te l'ont recommandé à Info-Santé sûrement parce que tu craignais qu'on découvre la vérité et qu'on t'accuse, n'est-ce pas?

— …

— Tu n'es pas une mauvaise personne, je pense. Cela se voit dans tes yeux.

La femme s'entête à rester confinée dans sa coquille. Elle garde tenacement les yeux baissés, et je ne peux y déceler ni un indice d'innocence ni l'ombre de la culpabilité que je m'acharne à rechercher. À la vérité, je ne vois absolument rien dans ces yeux-là. Des yeux de vitre, froids et immobiles. S'il est vrai que Rita Laplante est une bonne personne, cette femme possède un stoïcisme à toute épreuve et un rare détachement par rapport à sa fille et sa petite-fille. Si elle est vraiment irréprochable, pourquoi accepter alors d'encourir aussi passivement de fausses accusations? Dans ce genre d'interrogatoire, une personne normale et innocente crie, pleure, fait tous les temps pour protester bien haut et défendre bec et ongles son innocence. N'a-t-elle pas autre chose à dire pour sa sauvegarde que «c'est pas moi, j'ai rien fait» répété dix fois sur un ton neutre et même indifférent? Au fond, son silence possède une certaine éloquence…

Aussi résolue que mon interlocutrice, je reviens à la charge une ultime fois.

— Je voudrais juste comprendre ce qui s'est passé, Rita. Savoir si tu représentes un danger pour les enfants ou bien s'il s'agit simplement d'un accident de parcours comme on en a tous. Ne crains rien pour ta garderie clandestine, il ne s'agit pas de ça. Pas pour le moment, du moins. Mais si tu fais une dépression, ça se soigne, tu sais. Selon toi, qu'est-ce qui est préférable: une coupable qui refuse d'admettre les faits réels ou une coupable qui s'accuse humblement d'un moment de faiblesse humaine et exprime des regrets sincères? Je vais te faire un aveu: nous sommes certains à cent pour cent de ta culpabilité. J'aurais souhaité que tu me fasses changer d'avis ou que tu coopères davantage.

— C'est pas moi, j'ai rien fait.

— Le fameux lundi, tu espérais voir la petite prendre du mieux comme la première fois et qu'à la longue, tout cela tombe dans l'oubli, n'est-ce pas? Après tout, tu ne l'avais pas secouée si fort, cette enfant-là. Juste un petit peu.

— …

— Si ce n'est pas toi, Rita, qui, penses-tu, aurait pu secouer Marie-Soleil?

— Ma fille.

— Ta fille ? Sur quoi te bases-tu pour affirmer ça ?

— Chantal est colérique et très capable de violence.

— Y aurait-il autre chose que tu aimerais me dire, Rita ? Penses-y bien.

— …

— Bon. Moi, j'ai terminé pour le moment. Si, pour le reste de tes jours, tu peux vivre avec ce poids affreux sur la conscience quand tu vas te réveiller le matin, ça te regarde. On se reverra sûrement une prochaine fois. Tu peux t'attendre à recevoir encore de nos nouvelles. Tu dois donc rester disponible, compris ? Avant d'en finir, je dois prendre ta photo.

Je me lève promptement et clos l'interrogatoire. Il a duré soixante-dix-huit minutes. Il n'y a rien à tirer de cette femme impassible et sans émotions. Une grand-mère pour le moins sans-cœur ! Tant pis pour elle ! À cause de son inapplication des conseils d'Info-Santé et à cause de ses non-dits au sujet de l'état de l'enfant le lundi après-midi, de sérieux soupçons commencent à peser sur elle. Nous ne sommes peut-être pas sûrs à cent pour cent comme je l'ai mentionné, mais les chances d'enclencher des procédures judiciaires dans l'espoir de rendre justice augmentent. À tout le moins, je le souhaite.

Le scénario suivant ne se passe pas sans anicroche, non plus. Un policier devait faire sonner mon téléphone portable ou me faire appeler au micro à neuf heures trente précises. Occupé ailleurs, il a dû m'oublier. J'abandonne donc mon interlocutrice pour m'acheminer vers le poste de réception pour savoir si les poseurs du système d'écoute en ont terminé chez Rita. Personne ne semble au courant de rien et je dois tenter moi-même de rejoindre un des techniciens. Sans succès. Il existe sûrement un problème de communication, et je décide de considérer, vu l'heure tardive, leur mission comme accomplie.

De retour auprès de Rita, je me répands en excuses pour ce contretemps.

— Viens, je te ramène chez toi.

Rita reste de glace, mais je vois blanchir les jointures de sa main tant elle serre le poing sur son sac à main pour arriver à garder contenance. Un peu plus et elle va me sauter dessus… non sans raison !

Quelle soirée, tout de même ! En traversant le corridor, je lance un regard meurtrier au policier de garde en train de lire un journal sur le coin d'un bureau. Il hausse les épaules pour me faire comprendre qu'il n'a toujours pas reçu l'appel des techniciens responsables de l'installation du système électronique. À cette heure, ils devraient avoir terminé depuis longtemps. Auraient-ils oublié de nous avertir ? Ou ont-ils éprouvé des difficultés à installer leur système et travaillent-ils encore à la résidence de Rita ? Et si la voisine les avait découverts ? Ils ont dû, alors, rebrousser chemin et remettre leur installation à un autre jour…

Je grince des dents. Au rythme où vont les choses, je n'ose demander si ma voiture a au moins été déplacée. Et… quelqu'un pourrait-il venir nous reconduire ?

À dix heures, nous reprenons le chemin de la maison de madame Laplante, la tête remplie d'idées contradictoires. Ma passagère reste dramatiquement silencieuse. Et si les techniciens se trouvent encore là, je fais quoi, moi ? Encore de l'improvisation ?

Heureusement, aucune voiture portant une plaque codée n'est stationnée aux alentours et la maison de Rita paraît plongée dans l'obscurité. Ouf ! Ma passagère peut descendre sans problème.

Tout à coup, une seconde avant de claquer la portière, je l'entends s'écrier d'une voix rauque entrecoupée de sanglots :

— C'est pas moi qui ai fait ça, c'est ma fille !

Et ce cri déchirant, cette voix brisée m'apparaissent tout à coup sincères et viennent dangereusement ébranler la muraille de quasi-certitudes que j'ébauchais tranquillement autour de ce personnage. Je la regarde déverrouiller sa porte d'une main nerveuse et disparaître à l'intérieur sans me jeter un regard. Je reste pantoise.

Une fois ma voiture retrouvée, en route vers chez moi, je roule à une vitesse dépassant largement les limites permises. Une bonne personne, fatiguée et énervée, peut perdre patience, en effet! C'est humain, n'est-ce pas, monsieur le concepteur de la méthode Reid?

Je pénètre chez moi l'esprit encore en ébullition. Fasse le ciel que j'arrive à mettre la policière à « off » et l'épouse à « on ». N'avais-je pas donné un tendre rendez-vous sur l'oreiller à un certain Robert, moi?

CHAPITRE 10

Aujourd'hui, Marie-Hélène célèbre son quinzième anniversaire de naissance. Nous avions d'abord pensé, Robert et moi, organiser une fête surprise avec ses meilleures copines. Nous lui connaissons peu d'amis, mais Stéphanie aurait certainement pu nous fournir les noms de ses meilleures compagnes du collège ou de membres de son équipe de basketball. Cependant, notre coquine de fille nous a devancés en nous demandant la permission de sortir dans la grande ville justement ce soir, en compagnie de ses amies.

— Oh! s'il te plaît, dis oui, maman! Nous irions au cinéma et souper ensuite au restaurant pour fêter mon anniversaire. Je pourrais me rendre là-bas en métro avec Stéphanie, et elle reviendrait avec moi pour coucher ici.

Nous finissons par accepter, non sans exiger des précisions et imposer certaines conditions. Malgré le pardon et notre réel désir de passer l'éponge, le souvenir des tromperies et de la fugue de Marie-Hélène reste encore imprimé dans notre mémoire de parent, charriant des relents de méfiance.

— Y aura-t-il des garçons avec vous?

— Non, non, on veut faire une sortie de filles.

— Dans ce cas, tu appelleras de la station de métro et ton père ou moi, on ira vous chercher au plus tard à onze heures, d'accord ?

— Oh merci !

Au moment de son départ, je lui refile trois billets de dix dollars.

— Tiens, amuse-toi bien ! Mais… tu restes sage, hein ?

— Promis.

À les examiner, ma fille et sa copine ressemblent à de parfaites aguicheuses. Écourtichées, décolletées, grimées… De quoi faire tourner la tête de tous les mâles sur leur chemin ! De la belle chair fraîche exposée à tous vents et qui risque d'allumer des feux qu'à leur âge, elles ne sauraient sans doute pas éteindre. Mais on n'échappe pas à la mode, surtout pas les jeunes, à cette mode exclusivement axée sur l'attirance sexuelle. Sinon, pour quelles autres raisons que la séduction les femmes se dandineraient-elles les cuisses à l'air et la poitrine découverte à ce point ? Je sais, je sais, je deviens vieux jeu avec le temps. Mais la pudeur et le respect ont-ils un âge ? Je reste de celles qui veulent attirer le regard des hommes par leur gentillesse et leur franc sourire plutôt que par leurs gros seins. N'ai-je pas lancé inconsciemment un hameçon à Florian Laliberté simplement par mon charme naturel ?

Mais ne va pas dire ça à une ado de quinze ans avide de mordre dans la vie ! Je tente de me rassurer : ma fille est bien élevée au sein d'une famille où l'on cultive de hautes valeurs. Des valeurs essentielles. Ma mère le disait toujours et je me le répète souvent afin de contrer mes préoccupations maternelles : « Bâti sur une base solide, un édifice ne s'écroule pas. » Je dois faire confiance à Marie-Hélène.

En ce samedi soir pluvieux, Robert et moi avons décidé de « cocooner ». Frédéric couche chez un copain, Matthieu dort déjà à l'étage, Marie-Hélène ne rentrera pas avant onze heures, pas une minute avant, aucun doute là-dessus ! Un film loué, des pantoufles, des coussins moelleux, un cognac VSOP, un feu dans la cheminée et la paix ! Quoi demander de mieux à la vie ? Le film choisi par Robert, par contre, ne m'intéresse pas vraiment. Ces scènes de guerre et de violence m'ennuient profondément. Sans doute en vois-je assez durant la semaine ! Mais peu importe, je me pelotonne confortablement contre mon homme tout chaud et je me laisse couler dans un état de torpeur proche du nirvana.

Comme je ne le vois presque plus au bureau, l'image obsédante de Florian s'estompe peu à peu de mon esprit. Tant mieux ! Elle n'aura été qu'un fantasme de courte durée. Je me demande si ses absences sont le fruit du hasard ou si elles découlent d'une organisation volontaire et planifiée de son travail en dehors de mes heures. À la suite de mon refus, le beau sergent m'évite sans doute. Peu importe, au fond. J'ai renoncé à lui et cette décision reste irrévocable. Trop risqué de faire éclater le bonheur de ma famille. Le prix d'une idylle amoureuse s'avérerait trop coûteux, non seulement pour Robert mais pour les enfants aussi. Mieux vaut oublier ce bel amour que je n'aurai pas véritablement connu.

La sonnerie du téléphone me ramène soudain à la réalité. Qui peut bien appeler à dix heures, un samedi soir ? Certainement pas Marie-Hélène, il est trop tôt. À l'autre bout du fil, une voix féminine, faible et chevrotante, semble appeler au secours.

— Maman ? Dans quinze minutes, nous arriverons à la station de métro. Viens vite nous chercher.

— Déjà ? Ça va bien, Marie-Hélène ?

— Euh… non ! Stéphanie et moi, on est malades. On n'arrête pas de vomir.

— Toutes les deux ? Il ne s'agit sûrement pas d'un hasard, vous avez dû manger de la nourriture avariée. À quel endroit avez-vous soupé ?

— Chez Amoroso's. Viens-t'en vite, maman.

— J'arrive !

Devant les grandes portes battantes de la station, j'aperçois ma fille et sa copine accroupies au-dessus du trottoir, le visage hagard et les yeux exorbités, en train de se vider les tripes. Elles semblent si faibles qu'elles montent dans ma voiture en titubant. Nous n'avons pas roulé cinq minutes que l'une d'elles me supplie d'arrêter pour une autre séance de dégobillage.

— Qu'avez-vous donc mangé pour souper, pour l'amour du ciel ?

— Des spaghettis.

— Et les autres filles, dans quel état se trouvent-elles ? Malades aussi ?

— Non, elles ont mangé de la pizza. Seules Stéphanie et moi avons pris des spaghettis.

Je soupçonne la sauce à spaghetti de ce soir, chez Amoroso's, d'être contaminée par quelque bactérie ou moisissure. De retour à la maison, autre séance de régurgitation. J'appelle immédiatement la direction de la chaîne de restaurants pour l'aviser que la sauce de leur succursale du centre-ville a rendu deux adolescentes souffrantes au point où l'on songe à les conduire à l'hôpital. On semble surpris mais on m'assure poliment que des vérifications seront effectuées. On apprécierait aussi recevoir des nouvelles des jeunes filles le lendemain matin. On prend même note de leurs noms et du mien.

Débordante de sentiments maternels, je tamponne doucement la figure de mes deux malades et les installe douillettement dans le lit, une serviette froide sur le front et un grand bol placé à portée de la main au cas où… Puis je me croise les doigts, convaincue de passer une nuit sur la corde à linge.

Contrairement à mes prévisions, le mal s'amenuise tranquillement, et nous pouvons tous dormir calmement durant une bonne partie de la nuit. Évidemment, ma première idée en me levant le lendemain est d'aller tâter le pouls des deux grandes. Elles dorment à poings fermés et ma main fébrile posée sur leur front ne détecte pas de fièvre. Tout est bien qui finit bien ! Marie-Hélène se rappellera longtemps de l'arrivée de ses quinze ans, la pauvre !

Je ne m'attendais pas en croisant à l'épicerie, deux heures plus tard, la mère d'une copine de Marie-Hélène, à découvrir une vérité tout autre. Une incroyable, inacceptable, déconcertante vérité.

— Bonjour, madame Deschamps. Votre fille va mieux ?

— Oui, oui. Comment savez-vous qu'elle a été malade ?

— Comptez-vous chanceuse. Au moins, votre fille a tout recraché ce qu'elle avait bu. Vous devriez voir la mienne ce matin ! Elle était tellement soûle à son arrivée, hier soir, qu'elle n'arrivait même pas à prononcer deux mots cohérents.

— Soûle ? Mais voyons ! Marie-Hélène a mal digéré ses spaghettis chez Amoroso's. Ni elle ni Stéphanie n'étaient soûles.

— Allons donc, madame Deschamps, ne me dites pas que vous avez cru à leurs balivernes ! Sachez que nos jeunes ne sont jamais allés au cinéma ni au restaurant. Les gars et les filles ont passé tout leur temps dans un bar à partir de cinq heures de l'après-midi. Le Bar 202, au centre-ville. Oui, ma chère ! Ça a été pire pour les gars du collège qui les accompagnaient, paraît-il. Des gars plus vieux qu'elles, d'ailleurs. Aucun ne pouvait tenir sur ses jambes, d'après ma fille. Et l'un d'eux avait emprunté la voiture de son père et a décidé de reconduire tout le monde. C'est lui qui a ramené votre Marie-Hélène et Stéphanie à la station de métro. Heureusement, aucun accident n'est survenu. Ma fille m'a tout raconté ce matin. Elle n'en a pas fini avec moi, je vous le jure !

— Ah ben, ça alors ! La mienne non plus !

Je n'arrive pas à en dire davantage, abasourdie par ce que je viens d'entendre. Je n'en reviens pas ! Quelle belle naïve je fais ! Une sergent-détective brillante, moi ? Quelle farce ! Une fois à la maison, je m'empresse de rassurer la direction des restaurants Amoroso's sur le bon état de mes malades sans les informer, évidemment, de l'attrape-nigaud dans lequel je me suis fait prendre royalement. Puis je monte les marches d'un pas rageur pour aller réveiller mes deux écervelées toujours endormies même s'il approche midi. C'en est assez ! Je les bouscule rageusement et les oblige à sortir du lit.

— Levez-vous, espèces de soûlardes ! Maudites menteuses ! Toi, Stéphanie, tu t'habilles et tu fiches le camp au plus sacrant ! Et tâche de dire la vérité à ta mère. Quant à toi, Marie-Hélène Deschamps, viens t'asseoir là devant moi, on va se parler, nous deux.

Étrangement, une fois assise en face d'elle, je ne retrouve plus mes mots. Je me sens soudain abattue, découragée comme une funambule qui vient d'échapper sa perche au-dessus d'un grand trou noir. Je n'arrive pas à contrôler mes larmes auxquelles se mêlent l'humiliation autant que la colère. Les bêtises de ma fille me dépassent, ses mensonges, ses désobéissances, son audace et surtout son manque de respect envers moi. On ne trompe pas ceux pour qui on éprouve de la considération. Marie-Hélène me déteste peut-être réellement ? Chose certaine, elle ne semble plus ma complice, mon alliée, ma copine comme l'était la petite fille d'autrefois. Quelle maladresse ou quelle erreur de ma part aurait pu causer un tel éloignement ?

Je ne sais plus comment réagir. Disputer, fulminer, défendre, sévir, punir, et même expliquer et pardonner s'avèrent totalement inefficaces. Marie-Hélène persiste à me mentir pour tout et pour rien. Et cette fois, ce n'est pas pour rien : le premier jour de ses quinze ans, elle a bu pendant toute une soirée dans un bar avec des gars de dix-huit ans en me faisant croire qu'elle se trouvait sagement ailleurs.

— Marie-Hélène, ton indigestion d'hier, c'était dû à l'alcool et non aux spaghettis, n'est-ce pas?

Même si son silence m'apparaît le plus persuasif du monde, je voudrais l'entendre confesser sa faute et manifester à tout le moins quelque regret.

— Dis-moi la vérité, tu m'entends? Dis-moi la vérité, crisse!

Un peu plus et je lui sauterais dessus pour la talocher. Cette enfant-là me rend complètement à bout. Dire que je lui ai donné quinze ans de ma vie… Quinze ans à la soigner, la dorloter, la couver. À l'éduquer. À l'aimer… Il y a quinze ans, je la mettais au monde dans des douleurs épouvantables. Mais cela m'importait peu. la vie me gratifiait d'un merveilleux trésor, je vivais le plus grand des bonheurs. Mon premier bébé, mon adorable petit bébé… Effectivement, je ne me trompais pas, elle m'a rendue fière et heureuse pendant des années. Mais plus maintenant. Maintenant, ma grande fille m'exaspère et me fait honte. Pourquoi donc? Je n'ai pas changé, moi, pourtant! Au contraire, qui pourrait deviner mon immense sacrifice d'avoir mis une croix sur Florian afin de demeurer pour elle et ses frères une mère aimante, fidèle et transparente?

— Dans ce cas-là, si tu refuses de me répondre, va-t'en dans ta chambre. Tu reviendras quand tu seras décidée à me parler franchement. Et aimablement en plus! Si ça prend trois jours, ça prendra trois jours!

Avec mauvaise humeur, Marie-Hélène attache sa robe de chambre et se lance avec fracas dans l'escalier. À bien y songer, passer plusieurs heures ou plusieurs jours enfermée dans sa chambre au risque de manquer l'école ne constituera pas pour elle la punition du siècle. Mademoiselle dispose d'une télé, d'une radio, d'un ordinateur, d'un téléphone portable et de tout le bataclan électronique de prix exorbitant, bref de tout ce que les enfants pauvres envient aux enfants riches. Il lui manquera la bouffe. Eh bien, tant pis, elle mangera demain! Quand elle n'aura rien avalé depuis deux jours, peut-être ne chialera-t-elle plus sur les légumes servis dans son assiette !

Si seulement Robert se trouvait là. Mais non, il a fallu qu'une partie de hockey de Frédéric contre la ville voisine, en demi-finale des éliminatoires régionales, vienne encore une fois perturber notre dimanche. Peut-être mon mari aurait-il mieux su comment réagir devant l'entêtement de sa fille ?

Vers l'heure du souper, à ma suggestion, Robert monte porter un plateau à Marie-Hélène. Plateau que nous avons préparé ensemble et à mon instigation, je l'avoue. Assise dans le salon, je peux les entendre murmurer derrière la porte de la chambre refermée, sans jamais élever la voix. Le paternel se montre plus patient que la mère, il faut croire ! Et plus rationnel... Assurément moins dramatique ou, qui sait, plus « autruche » ! J'ignore ce qu'ils peuvent se dire et cela m'énerve. Dire que je le blâme pour ses piètres qualités de psychologue...

Lorsqu'il redescend, trois quarts d'heure plus tard, mon homme m'apparaît d'un calme déroutant. Devant mon air interrogateur, il tente de dissiper mes craintes.

— T'en fais pas, Isabelle, demain, il n'y paraîtra plus. Marie-Hélène m'a promis de partir gentiment pour le collège comme chaque jour. Elle a réfléchi, je pense, et elle a l'intention de s'aguerrir. Elle ne recommencera plus, elle me l'a juré.

— Ah, tu crois ça, toi ! À toi, elle ne ment pas, je suppose ? Elle pourrait recommencer bien pire, si tu veux savoir, je suis bien placée pour en parler ! Au fait, peux-tu me dire de quoi vous avez discuté pendant tout ce temps ?

— De tout et de rien. Oublie cet incident, il s'agit d'une affaire réglée. Demain, c'est un autre jour.

Ainsi, on me relègue au second plan d'une histoire dont je n'entendrai sans doute plus reparler. Merde !

Ce soir, je m'enfouis la tête sous l'oreiller en quête d'un havre de paix. Le sommeil résiste à m'emporter vers une île merveilleuse et déserte où je ne serais rien d'autre que moi-même. Une île où ni la policière, ni l'épouse, ni la mère n'existent. Seulement moi, uniquement moi. Pourquoi faut-il que le spectre d'un beau sergent en uniforme vienne me hanter?

Je me blottis dans la chaleur du corps lisse et svelte de Robert déjà assoupi. Mon époux, mon homme, le père de mes enfants… Mon havre de paix, ma quiétude.

CHAPITRE 11

Après une nuit entrecoupée de cauchemars où j'ai imaginé ma fille en train de dégénérer de la pire manière qu'une mère puisse imaginer, j'entends la pluie marteler furieusement la fenêtre de ma chambre. Mon agenda prévoit pour aujourd'hui quelques visites à travers la ville réclamées par la DPJ afin de vérifier si un geste criminel n'aurait pas été commis contre une personne d'âge mineur. Même pendant mon enquête sur l'enfant secouée, je me dois de répondre également à ces autres requêtes parfois tout aussi urgentes.

Je me lève, le moral à terre, quand un rayon de soleil vient me chatouiller le bout du nez au moment même où je soulève la toile. Ah? Pluie et soleil en même temps? Je m'empresse d'ouvrir tout grands les rideaux. Un magnifique arc-en-ciel déroule ses couleurs juste sous mes yeux. Allons, cette journée ne sera pas si épouvantable. Du courage, ma vieille!

Au même instant, quelqu'un frappe à la porte de la chambre. Robert, déjà levé, a sans doute oublié quelque chose. Mais non, je vois Marie-Hélène passer une tête ébouriffée à travers la porte entrebâillée.

— Maman? As-tu vu l'arc-en-ciel?

Je n'en reviens pas de son ton conciliant et enjoué. Après la journée d'hier, ma fille a-t-elle deviné mon bonheur de la voir réapparaître si joyeusement ce matin, elle, la cause de tous mes tourments?

— Je... je n'ai pas pu m'empêcher de venir te le montrer, ma petite maman. C'est tellement beau!

— Viens, on peut le voir de ma fenêtre. Merci d'avoir pensé à moi.

Instinctivement, je m'approche d'elle et passe mon bras autour de ses épaules sans prononcer une parole. Certains gestes, tellement simples et spontanés, tellement vrais, parlent par eux-mêmes et portent en eux tout l'amour du monde. Serrées l'une contre l'autre, nous admirons silencieusement l'arc-en-ciel, ce merveilleux cadeau offert par la nature en ce petit lundi matin rose et gris. À mes yeux, cette fenêtre ouverte symbolise l'avenir qu'une mère et sa fille regardent ensemble. Marie-Hélène deviendra une femme merveilleuse, voilà mon vœu le plus cher, même si elle a déjà les deux pieds bien plantés dans une adolescence plutôt tumultueuse. Après tout, ne faut-il pas des nuages et de la pluie autant que du soleil pour déployer un arc-en-ciel?

Finalement, je me dirige au travail le cœur léger. Jennifer Daigle m'attend de pied ferme, déterminée à entamer allègrement une nouvelle semaine de travail. Lorsqu'elle et moi effectuons des visites à domicile, nous utilisons en général une voiture banalisée et nous nous présentons vêtues en civil. Toutefois, nous portons toujours une arme dissimulée sous nos vêtements, en cas d'extrême urgence. Je m'empresse de fixer la mienne sous la veste de mon tailleur et je sonne aussitôt l'heure du départ.

Première destination: un foyer d'accueil pour jeunes filles sur le boulevard Saint-Joachim. Félixia, quatorze ans, y est gardée depuis deux jours sous étroite surveillance avec défense formelle de s'éloigner. Son parcours ressemble en tous points à celui de la plupart des adolescentes réfugiées dans ce vieux bâtiment converti en centre d'hébergement. Négligée et malmenée par une mère constamment sous l'emprise de la drogue, elle a connu les foyers nourriciers dès l'âge de deux ans. À la longue, Félixia est devenue une enfant rebelle. Les crises de colère et les fugues se sont multipliées en même temps que les changements de foyers. Constamment déracinée, l'enfant a perdu tous ses repères.

Il y a quelques mois, Félixia s'est retrouvée chez Kathy, mère d'une famille d'accueil réputée pour sa fermeté. La jeune fille s'est alors mise à détester cette femme qu'elle considère comme sans-cœur et méchante. Le soir, elle refusait de rentrer à la maison et traînait dans les rues jusqu'aux petites heures du matin. Selon ses prétentions, la mégère l'accueillait à coups de bâton à chacun de ses retours.

La semaine dernière, Félixia a pris elle-même l'initiative d'appeler la DPJ pour se plaindre des mauvais traitements infligés par Kathy, particulièrement de coups de casserole sur sa tête et son épaule. La travailleuse sociale, qui se trouvait par hasard être ma cousine Geneviève, l'a de nouveau transférée, cette fois dans ce centre du boulevard Saint-Joachim où on la garde en réclusion. Elle m'a ensuite donné un coup de fil pour me demander de tirer l'affaire au clair à cause des marques sur le corps de l'adolescente. Bien sûr, j'ai donné priorité à ce dossier et l'ai placé sur le dessus de la pile.

Devant nous, une jeune fille frêle et maigrichonne répond à nos questions d'une voix cassée. Le désarroi, mais aussi la révolte, durcissent ses traits, et elle ne cesse de porter la main à son nez pour en essuyer l'écoulement en retenant ses larmes. Tout le côté de son visage paraît enflé et bleu, de même que l'une de ses épaules.

— Quand Kathy a trouvé ses bijoux dans mon sac d'école, elle a commencé à me frapper avec un chaudron. La vache a mis ses colliers là pour me faire passer pour une voleuse, j'en suis convaincue !

— Tu veux dire que cette femme les aurait déposés elle-même dans ton sac pour se donner une raison de te battre ? Ces accusations me semblent très graves, Félixia. T'en rends-tu compte ?

— Je dis la vérité, je vous le jure !

J'en prends note dans mon carnet, mais je trouve cette version peu plausible, d'autant plus que le dossier de Félixia contient déjà des accusations antérieures de vol à l'étalage et de possession de drogue, en plus d'actes de violence qu'elle aurait elle-même perpétrés contre une compagne de classe.

— Félixia, je vais user de franchise avec toi : nous savons fermement que tu n'as pas froid aux yeux et que tu as déjà commis des voies de fait et des vols afin de te procurer de la drogue. Comment s'assurer que tu n'avais pas l'intention de les voler, ces bijoux, pour les revendre par la suite ? Possèdes-tu des preuves ? As-tu réellement vu cette Kathy déposer les bijoux dans ton sac ?

— Kathy est une menteuse, pas moi !

L'adolescente se lève d'un bond et se jette sur moi. On pourrait croire à un geste agressif en guise de protestation, mais non, il s'agit de tout autre chose. À mon grand étonnement, elle se laisse tomber dans mes bras et se met à sangloter comme un petit enfant. Sur sa tête appuyée contre ma poitrine, je vois les marques de sang à travers ses cheveux blonds tout collés, deux longues cicatrices sanguinolentes qui auraient certainement nécessité des points de suture. L'épaule et la base du cou aussi sont rouge vif. J'ai l'impression de tenir contre moi toute la souffrance du monde. Alors je resserre mes bras autour d'elle et la berce doucement jusqu'à ce qu'elle retrouve son calme. Qu'un vol se soit produit ou non, il n'existe pas de raison pour attaquer quelqu'un aussi sauvagement. J'aurais envie de lui dire : « Viens-t'en chez nous, tu vas pouvoir enfin vivre une vie normale avec des gens normaux. Nous, on va t'aimer et te respecter. Tu vas voir comme la vie ne te paraîtra pas si dure. »

Combien de fois, depuis que j'exerce ce métier, ai-je éprouvé cette envie de ramener l'un de ces enfants malheureux à la maison ? Au moins des centaines de fois ! Dieu merci, il reste certains moyens mis au point par la société pour résoudre partiellement ces problèmes de violence faite aux enfants. Problèmes justement engendrés par cette même société !

Mais que valent ces moyens ? Jamais les mesures prises par nous, les travailleurs sociaux et les policiers, ne répareront une enfance brisée, jamais elles n'arriveront à remplacer l'affection et la sécurité d'une famille normale.

Témoin tout aussi bouleversée de la scène, Jennifer se ressaisit la première et fouille dans ses papiers.

Voici un formulaire pour porter plainte officiellement, Félixia. Tu vas le remplir devant nous. Cette déclaration servira si jamais d'autres soupçons sont portés contre Kathy. Ça pourrait aller jusque chez le procureur qui aurait alors à décider si on porte des accusations ou non. Pour l'instant, nous avons déjà enquêté sur cette femme et n'avons rien trouvé d'autre contre elle. Mais ne crains rien, tu ne retourneras plus chez elle. Et nous allons la surveiller de près, tu peux compter sur nous !

— Où je vais aller, d'abord ?

— Je n'en sais rien, ma pauvre petite. Cela relève de la travailleuse sociale. Il s'agit de ma cousine. Je vais lui demander de s'occuper de toi particulièrement.

Ma promesse tombe à plat dans le silence. Comme si Félixia ne savait pas que, tout aussi zélée qu'elle puisse se montrer, la travailleuse sociale ne trouvera jamais de solution à ses problèmes.

En la regardant se concentrer, la langue entre les dents, pour remplir son formulaire avec une quantité astronomique de fautes d'orthographe, je ne peux m'empêcher de songer à ma fille Marie-Hélène, adolescente du même âge, combien plus équilibrée et sereine. Sa légère déroute m'apparaît une bagatelle en comparaison avec la situation catastrophique de cette enfant assise devant moi, en train d'essayer d'exprimer à la société, noir sur blanc sur un bout de papier qui sera probablement glissé au fond d'un classeur, les souffrances de sa tragique existence. Une existence qu'elle n'a pas choisie et des souffrances qu'elle n'a pas méritées…

Jennifer et moi quittons Félixia presque à regret en lui promettant de ne pas l'abandonner.

— Ne te gêne pas pour nous appeler si on te maltraite encore, promis?

Tête baissée, elle ne nous répond pas, et ce silence pèsera longtemps dans nos pensées comme un reproche muet. Même si nous lui avons momentanément prêté une voix, cette enfant reste encore toute seule au monde, sans liens affectifs, sans lieu douillet où s'incruster et connaître enfin la joie de vivre. Sans bouée de sauvetage sur laquelle s'agripper. Sans mère et sans amour…

Deuxième étape de cette longue journée : visite au domicile d'un jeune bambin de deux ans qu'un cycliste a vu se faire rouer de coups par son père, la veille, dans une rue fort achalandée d'un quartier mal famé. La porte donne directement sur le trottoir et n'est pas fermée à clé. Après avoir sonné inutilement à plusieurs reprises, nous décidons d'entrer et de monter. Sans rampe et sans paliers, l'escalier mène en droite ligne jusqu'au troisième étage. À n'en pas douter, il n'a pas été lavé depuis trente ans !

Une fois parvenue en haut, Jennifer frappe quelques coups sur la porte qui s'ouvre brusquement sur un homme. Monsieur Net ! Crâne rasé, anneau à l'oreille, bras tatoués croisés sur son torse nu, il nous attendait. L'espace d'un moment, je prends conscience de notre imprudence : il suffirait simplement d'une bonne poussée de sa part pour nous précipiter toutes les deux au bas de l'escalier. Mine de rien, je tâte mon arme à l'intérieur de ma veste tout en lui présentant nerveusement ma carte d'identité.

— Bonjour, monsieur. Nous enquêtons pour la police de la ville. Quelqu'un vous a vu, hier soir, battre violemment votre petit garçon ici, sur le trottoir devant votre porte, et cette personne a décidé porter plainte contre vous. Nous venons pour une vérification. Pouvons-nous entrer et voir l'enfant?

— Vous pouvez toujours essayer d'entrer, répond l'homme en s'écartant pour nous laisser pénétrer à l'intérieur du logement totalement insalubre.

De toute mon existence, je n'ai jamais vu un bric à brac pareil. La chambre de ma fille Marie-Hélène est un modèle d'ordre et de propreté en comparaison de ce bazar. Impossible d'avancer plus loin que l'entrée tant des traîneries et des jouets d'enfants jonchent le sol dans la poussière, parmi des vêtements dispersés, de la vaisselle sale et une multitude d'autres objets hétéroclites. Quatre enfants en bas âge semblent s'amuser dans ce fatras indescriptible. Nous n'osons faire un pas de plus et préférons demeurer sur le palier.

— Pouvez-vous nous expliquer ce qui s'est passé hier, monsieur? Nous aimerions bien voir l'enfant en question.

— Éric, vient icitte!

Un petit bonhomme tout sale s'approche timidement.

— C'est lui, le p'tit crisse! Ça fait dix fois qu'il s'aventure dans la rue où y a plein de trafic. Cré-moé que c'te fois-citte, y a compris! Ça y prenait une bonne volée, le torrieux! À matin, y est pas r'tourné dans rue, hein mon Éric?

Éric nous regarde avec de grands yeux vides. Il refuse de nous parler mais ne semble pas du tout mal en point.

— C'est à vous, monsieur, tout ce petit monde-là?

— Ouais. Ma femme en a eu trois avec deux hommes différents, pis moé, j'en avais déjà un. Éric, le cinquième, on l'a faite ensemble, Élise pis moé.

— Votre femme n'est pas ici?

— Est partie *charcher du manger* au magasin. Parce que ça mange en estie, ce p'tit monde-là!

Ne constatant rien d'alarmant, nous nous empressons de quitter les lieux sans oublier de souligner à l'homme que la violence ne constitue pas un bon moyen de faire entendre raison à un enfant. La fermeté peut vraiment produire le même effet.

Sur le chemin du retour au centre de police, Jennifer reste silencieuse.

— Dis donc, toi, ça ne va pas? On n'a pas eu le temps de placoter un bon coup aujourd'hui.

— Bof… ça pourrait aller mieux. Je pense que Jean-Luc et moi, c'est fini depuis hier soir. Moi qui rêvais d'avoir un flo… C'est pas demain la veille! Il m'a avoué ne plus savoir s'il m'aime et se prétend «tout mêlé», imagine-toi donc! Une autre fille lui tourne autour, j'en gagerais ma chemise. Je soupçonne une espèce de greluche nouvellement arrivée dans notre groupe d'amis et que je déteste, en plus!

— Ah, pauvre toi! Il n'y a rien de pire qu'une peine d'amour. Viens donc souper à la maison. Tu ne vas tout de même pas rester toute seule le premier soir!

— Je te remercie, mais ma mère m'a déjà invitée.

Soudain, une idée mirobolante s'impose à mon esprit: Florian Laliberté. Je peux très bien les imaginer ensemble, lui et Jennifer. Beaux, intelligents, libres tous les deux… Quel couple sensationnel cela ferait! Ils ont dû pourtant se croiser à plusieurs reprises au bureau. Le beau mec n'aurait-il vu que moi? Ça alors! Je dois continuer de me retirer, m'effacer, m'évaporer pour favoriser les rencontres entre ces deux assoiffés d'amour. On verra bien ce que le destin leur réserve. Mais auparavant, laissons guérir les plaies, les leurs et les miennes. Chaque chose en son temps!

CHAPITRE 12

—Vas-y! Vas-y, Frédéric! Fonce, tu vas l'avoir! Vite, lance, lance! Ça y est! *Yesssss*!

Je ne me rends pas compte que, debout devant mon siège parmi les partisans des Éclairs, j'applaudis et vocifère de manière déchaînée. Tendue comme une gazelle en plein élan, je ne vois que mon fils sur la glace, ses bras levés en l'air, fier comme un coq. Il vient de compter, en prolongation, le but victorieux de son équipe. Grâce à lui, les Éclairs remportent les éliminatoires et le trophée du championnat régional.

Je retiens difficilement une larme. Au moins, Frédéric réussit parfaitement une chose: jouer au hockey. Son rêve, son ambition, son unique idéal consistent à compter des buts. Uniquement cela. Parce que pour l'école, il s'agit d'une autre histoire. Subirait-il déjà, à onze ans, la mauvaise influence de sa sœur? Quant au piano, aussi bien me faire à l'idée: il déteste ça. Un vrai gaspillage d'argent! Je ne renouvellerai pas son inscription aux cours de musique l'an prochain. J'en ai assez de dépenser des fortunes pour «ouvrir des horizons» à mes enfants qui ne veulent rien savoir! On s'acharne à leur donner toutes les chances et à leur ouvrir toutes les portes, mais devant la surabondance de propositions, ils finissent par se fermer et détourner la tête. Je commence à comprendre que les enfants ne veulent pas de la lune, même qu'ils s'en contrefichent ! Ils ne cherchent inconsciemment que leur liberté, cette liberté d'enfants dont ils ont besoin pour respirer et développer à leur manière leur initiative, leur créativité, leur sens de l'organisation. Et ils en ont marre, sans pouvoir le dire, de devoir performer en tout pour flatter l'orgueil et réaliser les fantasmes de leurs parents !

Pourtant, en ce moment même, je suis tombée dans le même panneau que les autres parents et je sens une bouffée d'émotion me submerger. Frédéric, mon fils, héros de son équipe de hockey… Wow ! Comme la fierté m'est douce et apaisante, tout à coup ! Ah ! je devrais venir plus souvent à l'aréna pour l'encourager. Pour encenser ses exploits et le valoriser davantage. Pour une fois, le féliciter et l'assurer de mon intérêt pour son activité préférée, pas seulement pour les matières scolaires. Cela l'aiderait peut-être à rédiger ses devoirs de français sans rechigner !

Soudain, sans crier gare, mon voisin de siège sort sa trompette et se met à produire des sons tonitruants à vous défoncer les tympans : le thème de la victoire. « *Tut-teu-tut tut-teu-tut tut-teu-tut !* » Je sursaute et pousse un cri d'ahurissement sans me rendre compte que tous les parents et amis des joueurs se sont tournés vers moi en riant. On trace un V avec deux doigts en signe de Victoire, on lève le pouce avec un air de triomphe, on se frappe mutuellement la main droite en guise de partage. Tous ces gens me paraissent avenants, mais je n'en connais aucun puisque je n'assiste à peu près jamais aux parties de mon fils, encore moins aux séances d'entraînement. Pas le temps. Trop occupée. Et manque d'intérêt aussi, je l'avoue. Pour moi, le hockey est une affaire d'hommes, une affaire de pères et de fils. Robert, quand il ne se trouve pas à l'autre bout du monde pour ses affaires, demeure le plus grand fan de son garçon.

Je me demande où toutes ces mères présentes en ce moment, café dans un contenant de carton à la main, trouvent le temps et l'énergie de venir à l'aréna chaque dimanche matin à huit ou neuf heures, sans compter certaines parties programmées durant la semaine. Et elles traînent tout le reste de la famille avec elles en plus! Ces ti-culs de trois ou quatre ans qui nous tournent autour dans les estrades en jetant à peine un œil sur la patinoire ne préféreraient-ils pas se trouver au soleil dans un parc, en ce moment? À l'instar de leurs maris, les mères aboient des conseils aux joueurs sur la glace, qu'aucun de ces derniers n'est en mesure d'entendre, compte tenu de la distance et du vacarme ambiant. Compte tenu aussi de la concentration sur le jeu exigée par leur entraîneur. Et elles ovationnent leur fils à tue-tête chaque fois qu'il touche à la rondelle.

N'ont-elles pas besoin de se reposer et de flâner parfois au lit, le dimanche matin, ces super-femmes? Je me vois mal, en hiver, me lever à la hâte comme le fait Robert et habiller Matthieu pour l'amener voir son grand frère jouer au hockey. Une fois de temps en temps, je veux bien, mais systématiquement tous les week-ends? À ce que je sache, les dimanches existent pour se détendre et relaxer. Il y a bien assez des jours de semaine où il faut se dépêcher de partir à temps pour la garderie si on ne veut pas arriver en retard au travail.

Marie-Hélène, elle, n'accepterait jamais de nous accompagner à l'aréna. Avant midi ou une heure de l'après-midi, les fins de semaine, non seulement elle n'est pas parlable et encore moins sortable, mais mademoiselle reste invisible, bien calée dans les bras de son grand ami Morphée. Et les performances de son frère, au hockey ou ailleurs, représentent le dernier de ses soucis.

Quant à Robert, à moins d'exception comme aujourd'hui, il assiste fidèlement à toutes les activités sportives de Frédéric et il y prend un plaisir fou. Un plaisir que je ne lui envie guère d'habitude. Quoiqu'en ce moment, le souffle de fierté qui me soulève vaut son pesant d'or, je l'avoue!

Voilà que les joueurs portent Frédéric en triomphe autour de la patinoire. Évidemment, tout le monde prend des photos sauf moi qui, en mauvaise mère, n'ai pas songé à apporter mon appareil. Robert me l'avait bien recommandé pourtant. Pas brillant, ça ! J'aurais aimé fixer la mine réjouie et les yeux humides de fierté de mon fils, bras en l'air et entouré des autres joueurs lui criant des bravos en scandant son nom : « Fré-dé-ric-Fré-dé-ric ! » N'est-ce pas là une expérience unique dans une vie ?

Ça y est, tous les fans descendent sur la glace pour serrer la main de leurs joueurs. Allons-y, puisqu'il le faut. Je n'ai pourtant pas envie de faire du social ce matin, moi ! Je n'ai pas encore mis le pied sur la patinoire qu'une femme m'aborde déjà.

— Bonjour, madame. Vous êtes la mère de Frédéric Deschamps, je crois ? Les parents ont décidé d'amener les joueurs manger chez McDonald's pour célébrer cette belle victoire et la fin de la saison. Après tout, ils le méritent bien, nos petits gars ! Aimeriez-vous vous joindre à nous ?

— Mais oui, pourquoi pas ?

Puisqu'il le faut, pas question de refuser une heure ou deux de plaisir à mon fils. Pas si mauvaise mère que ça, après tout ! Tant pis pour mon projet de terminer la lecture du roman qui m'a tenue éveillée tard hier soir. Il attendra !

***

Rien ne ressemble plus à un *BIG MAC* qu'un autre *BIG MAC* ! Pouah ! Cette viande chimique recouverte d'un cornichon et à la saveur douteuse de mayonnaise, ketchup et relish savamment mélangés me répugne. Les vedettes de la matinée ont dévoré leur « menu pour enfants » en quelques minutes et se sont empressés d'aller s'amuser dans l'aire de jeux du restaurant. Me voilà attablée en compagnie de six parents de l'équipe. Tous des couples. Des inconnus pour moi, qui semblent bien se connaître. Je me sens examinée sous cape avec curiosité.

— Vous êtes madame Deschamps, n'est-ce pas? Dommage que notre cher Robert ait manqué cette partie-là.

La femme maquillée et habillée à la dernière mode me regarde avec des yeux écarquillés cachant mal sa déception. Elle dit s'appeler madame Saint-Amour et ne cesse de donner du «cher Robert» à mon mari, la coquine!

— Oui, mon mari se trouve à Toronto depuis quatre jours.

— Il s'absente pourtant rarement les fins de semaine! Et le petit Matthieu, vous ne l'avez pas amené? Va-t-il mieux?

De quoi se mêle-t-elle, celle-là? Pour quelle raison devrais-je justifier l'absence de mon mari et de mon fils? Je m'efforce de me montrer polie et affable tout en maintenant les distances. Mine de rien, je fais une tentative de détourner la conversation sur un autre sujet et entreprends moi-même de poser des questions aux autres parents. L'enquêteuse prend le pas sur la mère du champion et l'épouse du «cher Robert».

— Chacun de vous habite-t-il dans les environs de l'aréna?

Une jeune femme assise au bout de la table se fait le porte-parole des autres.

— Mais oui! Même que mon mari et moi sommes les propriétaires du dépanneur, en face de l'aréna. D'ailleurs, vous pourrez dire à Robert que j'ai reçu les cigares extrafins qu'il m'a demandé de lui commander spécialement. Dites donc, comment s'est passé son tournoi d'ouverture de la saison de golf? Le terrain n'était pas trop détrempé, toujours? Il semblait avoir tellement hâte.

Quoi? Mon mari fait venir des cigares haut de gamme par le dépanneur, lui qui ne fume pas? Sans doute veut-il les offrir à ses clients, je n'en sais rien! De plus, on semble déçu de son absence et on s'informe de ses activités de la semaine dernière... Eh bien, dis donc! Robert, à cause de ses fonctions d'économiste consultant pour une importante banque du Québec, possède une vie parallèle bien à lui, je l'admets. Banquiers, hommes d'affaires, avocats, comptables, commerçants, secrétaires et bien d'autres font partie de son univers dont je suis naturellement exclue. Même chose pour les villes étrangères, hôtels, restaurants, grands salons et bureaux administratifs qu'il visite un peu partout dans l'Est de l'Amérique. Mais qu'un réseau de parents de joueurs de l'équipe de hockey de notre fils le connaissent intimement, de cela je ne me serais jamais doutée! Ah bon…

Soudain, un étrange sentiment de solitude s'empare de moi. Je me sens subitement à part des autres mères. Suis-je normale de n'avoir pas envie de venir au hockey? N'ont-elles pas, la fin de semaine, à se taper l'épicerie, le lavage, le magasinage, l'entretien et le renouvellement des vêtements des enfants et parfois même de ceux de leur homme? Qu'ont-elles donc de plus que moi pour se sentir si détendues, en ce jour ensoleillé, et créer des liens d'amitié dans les estrades de cet affreux aréna à l'air humide et glacial?

Au fond, je n'ai pas à me plaindre de mon régime de vie car ma carrière me tient loin des ennuyeuses tâches ménagères. Nous avons les moyens de nous offrir, chaque fin d'après-midi, les services de notre gardienne Jojo, puis ceux de notre femme de ménage qui ne lésine pas, deux fois par semaine, sur les brassées de lavage. Nous profitons aussi d'un jardinier et d'un déneigeur, sans oublier ma couturière. Je sais, je sais, je vis à l'envers de la norme et passe plus de temps au bureau qu'il ne faudrait. Je ne compte plus les soirs où mes retours à la maison coïncident avec l'heure du conte pour Matthieu ou de la jasette avec Frédéric, sur le coin de son lit.

Une des jeunes femmes devine-t-elle mon état d'âme? Elle se met à m'interroger.

—Vous êtes sergent-détective, n'est-ce pas? Quel métier passionnant!

— Oui, chaque jour fournit sa dose de surprises, d'imprévus, de défis à relever.

— Et aussi sa dose de saloperies, je suppose. Je ne sais pas comment vous faites pour supporter ça!

— Je fais comme l'oncologue. Il n'a pas le choix de tourner la page à la fin de sa journée et il se doit de tout oublier même s'il a lutté sans succès contre des cancers et côtoyé sans cesse des patients condamnés. Mon univers familial s'occupe de me changer les idées lorsque je rentre le soir. Le monde n'est pas pourri partout, quand même!

Parce que la femme semble m'examiner comme une bête curieuse, je préfère ne pas développer le fil de ma pensée, ni lui parler de ma satisfaction de protéger et même de sauver parfois des vies, ni du sentiment du devoir accompli. Le «j'ai fait de mon mieux» qui remonte à la surface chaque soir me console et jette un voile sur ces heures harassantes où je me mesure, avec mon humble potentiel humain, à plus grand et plus fort que moi dans un contexte de malfaisance et de misère humaine.

— Ça ne doit pas toujours être une sinécure, particulièrement dans le quartier ouvrier de la ville où vous êtes affectée.

Comment cette étrangère peut-elle connaître l'endroit où je travaille? Je soupçonne Robert de ne pas avoir eu la langue dans sa poche!

— Vous avez raison. Les canailleries y sont monnaie courante et souvent désastreuses. Beaucoup trop d'enfants souffrent en silence dans cette société…

Évidemment, je me garde bien de lui raconter que lorsque je sens la déprime s'emparer sérieusement de moi, je m'empresse de téléphoner à ma cousine Geneviève, elle aussi confrontée à la misère humaine par son travail. On se rassure mutuellement et elle ne manque jamais de me remonter le moral: «Dis-toi bien, ma vieille, que toi et moi, on contribue à améliorer le sort des malheureux. Un tout petit peu, peut-être, mais au moins, on fait avancer le monde. » Elle réussit toujours à me redonner l'élan et, chaque fois, j'accroche le combiné en regrettant de ne pas la fréquenter plus souvent.

La conversation à table tombe à plat tandis que je vois revenir en courant mon champion compteur, le souffle court et la tignasse en bataille, suivi de ses amis tout aussi excités.

— Maman, maman, Patrick invite toute la gang chez lui cet après-midi. Est-ce que je peux y aller ?

— Mais oui, mon amour. J'irai te chercher avant le souper.

Peut-être aurais-je dû moi-même prendre cette initiative d'inviter les copains à la maison du grand gagnant ? Sauf pour son anniversaire, les amis de Frédéric viennent rarement chez nous. Franchement, je n'y ai même pas songé ! Faire plaisir à mon fils et en même temps me ressourcer auprès de jeunes garçons heureux et insouciants, cela m'aurait fait du bien et changée de tous ces enfants de la DPJ négligés, battus, bafoués, mal aimés…

On quitte finalement le restaurant sur un ton joyeux, en se donnant rendez-vous pour la saison prochaine. Je prends mentalement la résolution d'assister plus souvent aux joutes de hockey de mon fils. Pour le moment, déjà installé dans la fourgonnette de son copain, il a oublié de me saluer. Parti pour le bonheur, mon joueur de hockey préféré !

Qu'importe, dans mon for intérieur, je me réjouis de voir ce dîner se terminer aussi rapidement. Je pourrai m'occuper de mon petit malade à la maison. M'inquiète un peu, cet enfant-là. Il met trop de temps à se remettre de sa mauvaise grippe qui a mal tourné et s'est transformée en pneumonie. Sa convalescence n'en finit plus ! S'il dort, je pourrai retourner à mon roman et ensuite préparer mentalement ma journée de demain, au bureau. Le dossier plutôt obscur du bébé secoué m'intrigue au plus haut point. Je dois préparer minutieusement mes interviews de la jeune Tania et surtout de Chantal Laplante, la mère du bébé, étonnamment accusée par sa propre mère.

En me dirigeant vers ma voiture, je me retrouve nez à nez avec Florian Laliberté. Mon cœur se met à battre à tout rompre.

—Tiens! Ma détective préférée! Quelle bonne surprise! Comment allez-vous, ma belle Isabelle?

Sans me laisser le temps de répondre, il me plaque un baiser sonore sur chaque joue. J'en reste certes étonnée, mais il s'agit, cette fois, de baisers d'amitié tout à fait typiques. Le bel Adonis semble déterminé à maintenir, comme il le fait au travail, une distance respectueuse entre nous. Je m'en réjouis car, moi qui croyais cette histoire irrémédiablement close, je me surprends à le trouver toujours aussi irrésistible dans son chandail bleu comme ses yeux, ses jeans moulants et ses pieds nus dans des *loafers*. Tout pour séduire!

Du calme, ma fille, du calme! Ressaisis-toi et respire par le nez! Florian vient de te donner un bec d'amitié, Isabelle Guay, un pur et simple bec d'amitié. Alors, arrête de t'énerver.

—Je vais bien. Et vous, sergent Laliberté, quel bon vent vous amène par ici? Je vous croyais niché au centre-ville.

—En effet, j'y ai loué un condo sur une grande artère. Mais je travaille dans ce secteur-ci présentement et, croyez-moi, je viens de passer une nuit pas mal mouvementée. J'ai fait, incognito, la tournée des parcs de la région. Hum! Il s'en passe des belles par ici! Nous soupçonnons un nouveau réseau de trafiquants de s'y installer tranquillement. Il va falloir agir vite et très bientôt. Et vous… euh… et toi? Dis donc, on peut se tutoyer? Ça avance, ton enquête sur le bébé secoué?

—Je n'ai pas encore terminé les entrevues, mais certaines preuves se dessinent tranquillement. C'est une histoire à suivre.

—Dis donc, je m'en allais prendre un café avant de retourner chez moi pour dormir un bon coup. Tu viens au restaurant avec moi?

—Euh… c'est-à-dire que… Et puis, oui, pourquoi pas!

Pourquoi pas, en effet? Ce n'est pas une petite demi-heure de gardiennage de plus qui va faire mourir Marie-Hélène et son petit frère, après tout! Et ce n'est pas au restaurant, non plus, devant une tasse de café par un beau dimanche midi, que Florian Laliberté va me sauter dessus. N'avions-nous pas établi un pacte d'amitié?

Alors, allons-y pour l'amitié!

CHAPITRE 13

Le jour suivant, une petite note attire mon attention sur le dessus de la pile de dossiers encombrant ma table de travail : Yves Montpetit m'attend dans son bureau. Habituellement intimidant, le patron me reçoit cette fois avec un sourire fort accueillant.

— Bonjour ma chère. Félicitations ! Vos premières recherches sur l'adoption illégale ont finalement abouti : Marlyn Wilson et ses trois complices se trouvent déjà sous arrêt et demeureront probablement derrière les barreaux pour quelques années. Nous sommes très satisfaits de votre travail, Isabelle.

Encore un encensement ? Je sens monter une bouffée de chaleur. Rougir jusqu'aux oreilles ne trahit-il pas la timidité et l'embarras ? S'il m'arrive, à quelques occasions, de mettre en doute mes qualités de bon parent, je sais tout de même remporter des victoires dans d'autres sphères. Mon patron ne saura jamais à quel point ses félicitations me font du bien. Aujourd'hui, il me donne envie d'aller de l'avant. Plus loin, plus vite, plus haut, même si le chemin m'apparaît parfois ardu et chaotique.

— Merci, patron ! Apprendre qu'on n'a pas travaillé inutilement fait toujours plaisir, car… ce n'est pas toujours le cas !

— Il s'agirait maintenant d'accélérer un peu les choses concernant l'affaire Marie-Soleil Beauchemin.

Il me semblait aussi… Après les fleurs, le pot ne manquera pas de venir !

— Ça n'avance pas aussi rapidement que je le voudrais, mais je ne peux aller plus vite que le violon ! Je ne pourrai soumettre mon rapport avant quelques jours. Cet après-midi, j'interroge la mère de l'enfant secouée accompagnée de la jeune Tania, la fille de Charles Beauchemin. Il me reste aussi le père à revoir et certaines choses à préciser dont les résultats de l'écoute électronique chez la grand-mère. D'ici peu, nous serons en mesure de remettre le dossier au procureur en souhaitant avoir établi suffisamment de preuves pour porter des accusations.

— La mère de l'enfant, madame Chantal Laplante, vient justement de téléphoner. Elle se dit dans l'impossibilité de venir aujourd'hui et demande de la rappeler pour un autre rendez-vous. Avez-vous une objection ? Par contre, son mari vous amènera Tania, à deux heures, cet après-midi, tel que prévu.

— Non, non, au contraire, je préfère ça ! Ce matin, j'ai quelques vérifications à effectuer à l'extérieur et une tonne de travail m'attend sur mon bureau. Je disposerai de plus de temps pour mettre mes affaires à jour. Je voudrais justement préparer un interrogatoire des plus serrés pour cette Chantal Laplante.

— Parfait. Vous avez raison : mieux vaut y mettre plus de temps et aller au fin fond des choses. Oh ! j'oubliais… Voici le second rapport des médecins de l'Institut pédiatrique. Je viens tout juste de le recevoir. Je vous souhaite une bonne journée, Isabelle.

« Vous avez raison… » Wow ! Merci monsieur Montpetit ! C'est tout ? Pas d'arrogance ? Pas de trip de pouvoir ? Pas de silence insupportable ? Pas de regard d'acier pour m'en imposer et me faire fondre ? Bravo, patron, je vous aime comme ça : simple et ordinaire !

Satisfaite, je m'attelle aussitôt à la tâche et plonge, tête première, dans le rapport des médecins daté de ce matin.

À partir de son hospitalisation, le mardi 10 mai, l'enfant est demeurée aux soins intensifs durant cinq jours, puis nous l'avons transférée sur les étages pour d'autres examens. Nous considérons présentement la vie de Marie-Soleil Beauchemin hors de danger, mais elle devra ultérieurement passer plusieurs mois en réadaptation, compte tenu des séquelles dont elle souffre : somnolence, strabisme, cécité dans un œil et paralysie corporelle du côté gauche. Ses fonctions cognitives semblent également altérées. Une valve permanente draine, dans son système digestif, le liquide continuellement exsudé par son cerveau. Nous avons également retiré la ventilation artificielle des premiers jours et l'enfant respire maintenant normalement. Elle sera transportée incessamment au Centre de réhabilitation dès qu'une place se libérera.

« L'enfant respire maintenant normalement... » Je frémis. Est-ce cela, vivre ? Respirer normalement mais dans la condition d'enfant-légume, à moitié aveugle, à moitié paralysée et à moitié débile ? Quel humain, ou même quel démon, voudrait cela pour un petit être innocent, à part un monstre complètement détraqué qui mériterait la pendaison au bout d'une corde ou, à tout le moins un retrait total de la société pour le reste de ses jours ?

Présentement, je me pose de sérieuses questions. Le ou la coupable d'avoir secoué Marie-Soleil porte de toute évidence la responsabilité de son geste inadmissible. Mais comment évaluer, doser cette responsabilité ? À quel point cette personne doit-elle répondre des conséquences involontaires et absolument non souhaitées de ce geste ? On ne peut taxer un être humain normal d'une telle cruauté, je n'arrive pas à le croire. On « pogne les nerfs », on perd le contrôle et on secoue un bébé en s'imaginant qu'il va se taire, mais jamais, au grand jamais, on n'agit réellement dans le but précis et planifié de le rendre légume. On veut l'arrêter de pleurer. Uniquement, seulement cela. Pas lui briser la vie ! Ni Rita, ni la mère, ni le père ne me paraissent susceptibles d'une telle méchanceté qui relèverait, selon moi, de la maladie mentale. On ne peut haïr un bébé à ce point-là, fût-il le plus grand braillard de la terre. Comment, alors, établir la marge entre la simple gaffe et l'intention réellement malveillante ? Comment faire la part des choses entre un mobile malicieux et la stupide et malencontreuse maladresse d'avoir brassé trop fort ?

Chantal Laplante, Charles Beauchemin, Rita Laplante… Une de ces trois personnes a commis un geste sauvage et mérite une punition, bien entendu. Mais punira-t-on simplement cette personne pour sa violence envers un enfant ou bien spécifiquement pour les répercussions horribles mais imprévues de son geste ? Jugera-t-on le geste lui-même ou bien ses conséquences ? Faudra-t-il condamner le ou la responsable à quinze ou vingt ans de prison ou simplement punir un acte banal mais malheureux de violence un peu exagérée ? Lequel est le plus coupable ? Le père qui frappe avec force son enfant pour qu'il ne retourne pas risquer sa vie au milieu de la circulation ou l'autre qui brasse un peu trop fort un bébé dans le seul but de lui changer les idées et de le calmer ? Un de ces enfants est devenu prudent, l'autre un légume…

Quel automobiliste n'a pas eu une distraction au volant, un jour ou l'autre ? Changer de chaîne à la radio ou insérer un nouveau CD dans le lecteur, allumer une cigarette, répondre à son téléphone portable, calmer les petits qui font du chahut derrière… La plupart du temps, ce manque momentané d'attention n'entraîne pas de graves répercussions, mais si, par malchance, cela cause un accident mortel, on n'envoie pas en taule le responsable de ce moment de distraction, ni pour sa négligence bien humaine, ni parce qu'il a causé sans le vouloir la mort de personnes. On ne fait que lui reprocher son inattention. Sa police d'assurance s'occupera du reste. Sa police d'assurance et sa conscience... Où se trouve la véritable justice dans la condamnation d'un éventuel coupable, peut-être involontaire, d'avoir secoué abusivement Marie-Soleil?

Et pendant ce temps, la petite fille continuera de « respirer normalement » pour le reste de ses jours, incapable de rien d'autre...

Me voici soudain confuse. Marie-Soleil semblait un bon bébé, toujours d'excellente humeur sauf en arrivant à la garderie, selon les dires de chacun. Seule Rita Laplante affirme l'avoir entendue pleurer parfois. On peut imaginer le cercle vicieux: plus le bébé pleure, plus la grand-mère s'énerve. Et plus la grand-mère s'énerve, plus le bébé pleure.

Ou, autre scénario possible tout à fait différent: la mère perd son sang-froid à un moment donné. Chantal Laplante s'en est montrée très capable. Sa gifle cinglante flanquée à son mari, le premier jour à l'hôpital, m'a paru fort significative. Dans la nuit du jeudi au vendredi, le bébé a peut-être braillé à cause de coliques et s'est montré inconsolable comme cela arrive parfois à tous les bébés du monde. Elle a cédé à la panique et, à l'insu du père, elle l'a secoué pour ne plus l'entendre. Le lendemain, elle s'est bien gardée de parler à son mari de cet événement auquel elle n'a pas attaché d'importance et elle a amené l'enfant à la garderie comme si de rien n'était. Étrange femme que cette Chantal Laplante-Beauchemin! J'ai hâte de l'interroger. Vite, fixer un autre rendez-vous. Quant au père qui ne cesse de larmoyer... Mise en scène ou authenticité?

Me voilà à des années-lumière de ma propre réalité. Console-toi, ma vieille, il existe pire que tes petits soucis d'ordre familial... et sentimental!

— Un petit café, Isabelle?

Tiens, tiens, revoilà justement mon séduisant ami! Depuis notre rencontre de l'autre dimanche, je n'ai pas revu le beau Florian et je préfère cela ainsi. Aucun Florian Laliberté au monde ne viendra plus perturber l'harmonie de mon couple et de ma famille en dépit des orages qui la déstabilisent parfois, je me le suis juré et me le jure encore.

Ce jour-là, au restaurant, tout s'est passé correctement et selon les normes d'une rencontre amicale. Florian se trouvait, par contre, en mal de confidences. Tout y a passé : sa jeunesse, la dérive de son couple, son départ de Rimouski, son travail d'enquêteur pour l'escouade des stupéfiants. Par miracle, il n'a semblé voir en moi qu'une compagne de travail empathique, capable de l'écouter et de le comprendre, sans plus. Bien sûr, cela m'a secrètement déçue. Il semble s'être vite consolé sa peine d'amour de courte durée ! Quelques jours et hop ! il a renoncé à séduire le prétendu objet de ses rêves. Si mon cœur se sent légèrement dérouté, mon orgueil de femme en prend un sérieux coup !

— Un café ? Avec plaisir ! Noir, s'il vous plaît.

— Noir, oui, oui, je le sais. As-tu quelques minutes pour une pause ? On pourrait aller à la cafétéria.

— Pourquoi pas, ça me fera du bien. Pas plus de dix minutes, toutefois. Une sérieuse entrevue m'attend par la suite.

Je n'ai pas hésité une seconde à accepter. Comme je l'espérais, la cafétéria est déserte à cette heure de l'après-midi. À mon tour, je pourrai lui confier mes doutes professionnels. Peut-être l'ami qu'il affirme être devenu saura-t-il comprendre ma confusion soudaine et mes interminables questionnements sur la responsabilité, la culpabilité, la justice, le jugement et la sentence ? Ne pratique-t-il pas le même métier que moi ?

Les dix minutes se multiplient en près de cinquante minutes. Assis l'un en face de l'autre, nous nous confions nos états d'âme inhérents à notre métier. Je n'aurais jamais pensé que lui aussi puisse parfois souffrir d'incertitude. Ses confidences me surprennent et me rassurent en même temps.

La veille, il a arrêté un homme, revendeur de drogue comme tant d'autres au coin d'une rue. Lorsqu'il lui a demandé ses papiers, le type, effaré, lui a remis son portefeuille d'une main tremblante. Il contenait des photos d'enfants. Cet homme était un père de famille et il faisait sans doute vivre les siens avec les profits de son trafic. L'envoyer en prison, c'était vraisemblablement condamner trois enfants et une femme à la misère pour des mois, voire des années.

— Mais je l'ai fait, Isabelle, j'ai fait mon devoir. Un jour, j'ai cessé de me poser des questions et je me suis contenté d'exercer honnêtement mon travail de policier. Rendre justice ne relève pas de nous. Les avocats et les juges s'occupent de ça. Toi et moi n'avons pas à porter de jugements. Nous devons seulement faire respecter les règlements et combattre les infractions afin d'éviter d'exposer les citoyens au danger, et cela doit nous suffire. À chacun son rôle. En empêchant cet homme de faire son sale boulot, j'ai peut-être évité indirectement à bien des jeunes de consommer de la drogue et de devenir des loques humaines. Dans le cas qui t'intéresse, n'oublie pas qu'une fois arrêté, le ou la coupable d'avoir secoué le bébé ne reproduira plus son geste de violence envers un autre enfant, tu comprends? Ainsi s'établit une forme de justice pour tous les enfants du monde qui ne méritent pas de tels traitements: ils ont droit à notre protection.

Il a raison, et son discours me réconforte. Je sais déjà tout cela, mais de l'entendre me le répéter en ce moment même me fait du bien. Exécuter proprement mon travail, main dans la main avec la DPJ, rien de plus. La DPJ protège l'enfant et la police s'occupe du criminel. Voilà!

C'est la raison, d'ailleurs, pour laquelle j'ai voulu devenir policière et, cinq ans plus tard, postuler pour un poste de sergent-détective: lutter contre le crime et, par ce moyen, favoriser la sécurité et la qualité de vie des citoyens, particulièrement celle des enfants. Mon habileté à communiquer, mes capacités de synthèse et d'analyse, mon esprit méthodique ont contribué à ma réussite aux examens d'admission pour cette nouvelle fonction d'enquêteuse. Quand Yves Montpetit m'a affectée à ce poste, je me suis sentie réellement à ma place, et à cette place, il n'existe d'espace ni pour le doute ni pour le jugement.

Merci Florian. Je possède maintenant un ami, un ami précieux. C'est fou mais je n'oserais rien confier de cela à Jennifer. Elle exerce pourtant la même profession, poursuit les mêmes objectifs. Notre bonne entente reste plutôt professionnelle puisque nous travaillons en équipe sur les mêmes dossiers. Bien sûr, certaines confidences fusent souvent à propos de notre vie personnelle, mais nous avons si peu en commun! Moi, la mère de famille aux prises avec des problèmes d'enfants et elle, libre et célibataire, rêvant pourtant de trouver LE candidat idéal pour fonder un foyer. D'ailleurs, je la sens souffrir terriblement de sa récente déception amoureuse. Jamais elle ne s'est montrée aussi zélée au travail.

Je la vois justement se pointer dans la cafétéria un café à la main. Je voudrais devenir entremetteuse, je ne peux m'empêcher d'y songer. Une fille aussi gentille, jolie et intelligente et Florian, tellement sympathique et attachant, nouvellement libre… Je me surprend à les imaginer ensemble et je m'empresse de les laisser seuls. Pour le reste, faisons confiance au destin et… à l'amour!

— Bon, je me sauve, c'est l'heure de mon interrogatoire.

De retour à mon bureau, je sors fébrilement un dossier de mon classeur. L'heure de rencontrer la jeune Tania vient de sonner.

Dans la salle d'attente, une fillette de six ans fait sauter une poupée Barbie sur ses genoux. Brunette, visage plutôt carré, teint foncé, elle ressemble par son regard fixe et droit à son père assis à côté d'elle.

— Bonjour, monsieur Beauchemin, bonjour, mademoiselle Tania.

Je me penche au-dessus de l'enfant en affichant mon plus beau sourire.

— Tu veux bien me suivre, Tania?

La fillette se renfrogne au fond de sa chaise.

— Papa, viens avec moi!

Je tente alors de la prendre gentiment par la main.

— Écoute-moi bien, Tania, je préférerais que tu viennes toute seule. Toi et moi, on a des secrets à se dire, tu comprends? Un autre jour, ce sera le tour de ton papa. Il va nous attendre ici bien sagement pendant que nous deux, on va faire une petite jasette derrière la porte que tu vois devant nous. Ça va durer seulement quelques minutes et tu vas trouver cela facile, tu vas voir.

— Non!

Comme le père ne bronche pas devant l'obstination de l'enfant, je me vois dans l'obligation d'user de manigances.

— Viens, je pense qu'il y a des bonbons dans le tiroir de l'un des bureaux. Tu en voudrais un?

La promesse d'une gâterie vient à bout de son entêtement et, quelques minutes plus tard, je me retrouve devant une bambine plus intéressée par son suçon que par mes questions. Il me faudra des tonnes d'imagination et surtout de patience, et mille questions pour tirer les vers du nez de Tania Beauchemin.

Je finis par apprendre qu'elle n'a jamais connu sa mère biologique. D'un autre côté, elle déteste Chantal, la nouvelle femme de son père. Selon ses dires, sa nouvelle mère la frappe quand elle n'obéit pas et se montre insupportable ou bien quand elle refuse de faire ses devoirs. Je me sens tout de même rassurée: à ma demande, un médecin a examiné la fillette peu après le drame et il n'a décelé aucune marque de violence sur son corps. L'alimentation, la propreté et les soins corporels ne semblent pas laisser à désirer en ce qui concerne la fille aînée de Charles Beauchemin, la demi-sœur de l'enfant secouée.

Par contre, quand il s'agit de savoir si son père et sa nouvelle femme se disputent souvent, l'enfant n'hésite pas à sortir enfin de sa coquille.

— Ah! oui, Chantal, elle se choque toujours.

— Contre qui?

— Bien, contre nous autres! Contre papa, contre moi, contre ma petite sœur.

— Quand elle se fâche contre toi, est-ce qu'elle te frappe?

— Oui, elle me fait mal. Hier, elle m'a prise par le bras pour me jeter sur le mur. Regarde…

La fillette retrousse sa manche jusqu'à l'épaule et désigne de légères marques bleues sur son avant-bras, puis elle baisse son pantalon afin de me montrer une minuscule ecchymose sur sa hanche.

— Et ta maman te fait ça souvent?

— Très souvent, mais elle n'est pas ma maman. Je l'haïs.

— Et qui s'occupe surtout du bébé à la maison?

— Papa. C'est tout le temps lui qui prend soin de Marie-Soleil. Il ne se fâche jamais, lui, au moins!

— Le matin où Marie-Soleil est tombée malade, Tania, te rappelles-tu si elle était en forme quand elle a quitté la maison?

— J'sais pas.

Cette fois, je veux insister et connaître la vérité. Je me lève et viens m'accroupir devant la fillette pour me mettre à son niveau et la regarder directement dans les yeux. Doucement, je saisis ses mains et prononce ma question-clé.

— Raconte-moi comment ça se passe quand Chantal s'enrage contre ta sœur Marie-Soleil.

— Bien… L'autre jour, elle l'a garrochée sur le tapis du salon parce qu'elle ne voulait pas manger. Ma sœur, elle, elle pleurait très très fort.

— Tu penses que ça lui a fait mal ?

— Oui, un peu mais pas trop. L'autre jour, quand elle l'a jetée très fort dans son parc, Marie-Soleil a crié un peu, mais ça ne devait pas lui faire trop mal parce qu'elle s'est endormie tout de suite après.

— Ça fait longtemps de cela ?

— Non, pas tellement.

— Peux-tu te rappeler quel jour ?

— N…on.

— Montre-moi, Tania, de quelle manière ça s'est passé.

L'enfant se lève aussitôt et accomplit le geste que j'appréhendais plus que tout. Elle prend sa poupée Barbie et la tenant à bout de bras, elle la propulse en avant de toutes ses forces, comme si elle la lançait dans un parc. À n'en pas douter, ce mouvement est porteur de rage. Je jette un œil rapide sur la caméra dissimulée dans un cadre du mur pour m'assurer de l'enregistrement de la scène.

Les candides déclarations de Tania et surtout son dernier geste sèment le doute dans mon esprit. Mon cent pour cent de certitude sur la culpabilité de Rita Laplante vient de prendre une puissante débarque. Confuse, je refile une autre sucette à l'enfant avant de la laisser sortir de la salle.

La vue de Charles Beauchemin attendant paisiblement sa fille dans la salle d'attente éveille en moi un souvenir bien précis. J'entends encore la gifle retentir quand il demande à sa femme, dans la chambre des soins intensifs : « C'est pas toi, Chantal, qui…? ».

Je fixe un rendez-vous avec lui le plus tôt possible.

CHAPITRE 14

Les pieds nus dans l'herbe, le nez en l'air et les yeux à demi fermés, je me cale au fond de ma chaise afin de m'imprégner jusqu'à la moelle de cette chaleur bienfaisante. Ah! comme le soleil m'a manqué, ces derniers temps! Au-dessus de moi, très haut, dissimulé par les feuilles bruissant doucement dans la brise, un oiseau murmure à répétition une courte ligne mélodique. Je ne peux identifier ce chant, mais il m'emporte au loin, hors de ma vie, hors de mon quotidien, hors de moi. Je ne suis plus Isabelle Guay-Deschamps, je suis devenue une fleur qui se dore au soleil. Je ne pense plus, je ne rêve plus, je ne respire plus. Je suis là, et c'est tout. Et je me sens bien.

— Prendrais-tu une bière, mon amour?

Revenir à la réalité avec une bière glacée à la main servie par l'homme de ma vie, pourquoi pas? J'ouvre les yeux et lui souris amoureusement. Robert vient tout juste de poser son livre. Lui aussi semble devenu zen. Lui aussi se repose. Il en avait besoin autant que moi. Toute la famille avait besoin de cette pause de trois jours dans la nature. Le sort s'est mis de la partie et nous gratifie d'une canicule au milieu de ce mois de mai parfumé, tout grouillant de vie. Ce matin, j'ai vu une marmotte sortir de son trou, le museau frémissant de curiosité. Quelques minutes plus tard, une famille de bernaches traversait tranquillement le chemin, papa, maman et huit adorables petits qui suivaient à la queue leu leu en se dandinant. Et autour de notre terrain, les écureuils roux se courent après comme des petits fous. Conquêtes amoureuses ? Duels d'amants ? Il y a de la frénésie dans l'air !

Plus près de moi, Matthieu construit des châteaux sur la petite plage délimitant d'un côté notre emplacement de camping. Quoi de plus beau qu'un enfant silencieux accroupi dans le sable, tout concentré dans son univers ? La tête pleine de rêves, mon fils est en train de rebâtir le monde. Assis sur le bout d'une chaloupe à moitié tirée sur le sable, mon autre fils, lui aussi enfermé dans sa bulle, lance sa ligne au loin dans l'espoir d'attraper la prise du siècle. Cinq fois, dix fois, cent fois. On ne renonce pas facilement à l'espoir…

Même Marie-Hélène me paraît enfin heureuse. Pour lui faire plaisir, nous avons accepté d'inviter son amie Stéphanie à se joindre à nous pour ces trois jours de camping sur les rives du grand fleuve. Elles dorment dans la minuscule tente montée à côté de notre tente-roulotte. Si camper avec papa et maman peut s'avérer ennuyeux pour une adolescente, la présence d'une copine change complètement l'ambiance. Les séances de crémage-maquillage-bronzage-babillage se sont répétées *ad nauseam* aujourd'hui, interrompues seulement par notre « promenade de filles » à la lisière du bois en début d'après-midi.

À ce moment-là, sur le chemin du retour, nous avons décidé de nous arrêter quelques instants toutes les trois sur un banc près du terrain de jeu du camping. Moment privilégié dont j'ai profité de façon impromptue pour faire l'éducation de ma fille après que mon regard se soit posé tout à coup sur un petit objet vert foncé traînant sur le sol derrière un buisson. Il s'agissait d'un paquet de cigarettes Export 'A' encore dans son emballage de cellophane. Je voyais les deux adolescentes convoiter discrètement le paquet comme s'il s'agissait d'un véritable trésor.

Mes instincts de mère-éducatrice ont aussitôt fait un bond. Je me suis soudain rappelé qu'au même âge, je me sentais incapable de fumer cette marque de cigarettes vraiment très fortes et d'un goût, à mon avis, archi-mauvais. Histoire d'écœurer à jamais Marie-Hélène de fumer, j'ai pris la décision de lui donner une leçon. Elle et Stéphanie allaient assurément s'étouffer, s'époumoner, tousser, éprouver des haut-le-cœur à fumer une Export 'A', de quoi ne plus jamais avoir envie de toucher à une cigarette.

— Dites donc, les filles, si on en fumait une ? Puisque ça nous est tombé du ciel…

— Quoi ? Toi, maman, tu voudrais fumer ?

— Ben quoi ? Je veux juste voir si je me rappelle comment. J'ai fumé jusqu'au moment où je suis tombée enceinte de toi, tu sauras !

— Mais non, on ne peut pas fumer !

L'espace d'une seconde, j'ai nourri la vaine illusion de la voir brandir un argument concernant notre bonne santé. Mais elle a vite crevé mon ballon.

— On n'a pas d'allumettes !

— Comme je suis bête ! On fumera une fois revenues à nos tentes, alors.

Robert, lui, n'a pas semblé trouver mon idée géniale. Cependant, il s'est gardé d'émettre des commentaires et, bon prince, a accepté d'allumer nos cigarettes avec le briquet au propane trouvé dans l'équipement de la tente-roulotte.

À mon grand étonnement, ni l'une ni l'autre des filles n'a réagi comme je l'avais prévu, même en aspirant profondément la fumée. C'est plutôt moi qui ai ressenti quelque dégoût et finalement laissé ma cigarette se consumer au bout de mes doigts sans plus la porter à ma bouche. Pouah ! De toute évidence, les filles n'en étaient pas à leur première séance de fumage. Quelle naïve je faisais ! La leçon s'est imposée à moi plutôt qu'à elles : je dois cesser de considérer encore mon aînée de quinze ans comme une petite fille. Avec dépit, j'ai lancé le paquet de cigarettes parmi les bûches destinées au feu de camp. Tant pis pour l'éducation de Marie-Hélène en fin de semaine !

Il va sans dire que certains campeurs de leur âge n'ont pas manqué de reluquer nos deux jolies demoiselles. Ce soir, en cette fin de journée mémorable, je les vois soudain revenir au tournant du chemin, flanquées de deux représentants de la gent masculine. Déjà on se tient par la main. C'est le printemps, je veux bien le croire, mais… Dieu que les jeunes sont vite en affaire ! Le plus âgé des deux garçons, précisément celui devant lequel ma fille semble tombée en extase, affiche un air quelque peu fanfaron. Trop déluré à mon goût, cet air ! Et je n'aime surtout pas son regard fuyant. Cheveux longs et sales, barbe négligée, jeans troués, il se traîne les pieds dans des savates dont même l'Armée du Salut ne voudrait pas ! Le plus jeune, devenu le digne chevalier de Stéphanie, semble plus normal et ordinaire. Marie-Hélène nous le présente d'abord.

— Maman, papa, je vous présente mon copain Jimmy. Tu parles d'une coïncidence ! Il est venu camper ici par hasard avec son cousin. Et voici Nicolas. Jimmy est un gars de ma classe, il a déménagé dans notre quartier dernièrement, tout près de chez nous. Tu te rappelles, maman, c'est chez lui que… que… que je suis allée chercher mon livre de maths, l'autre soir.

Si je m'en rappelle ? Bien sûr que je m'en rappelle ! Je jette un regard noir sur le Jimmy en question qui détourne aussitôt les yeux. À vrai dire, il ne m'inspire pas davantage confiance que l'autre, le cher cousin Nicky qui ne cesse de regarder par terre ! Je ne peux croire que ma fille va s'enticher d'un pareil énergumène. D'ailleurs, quel âge peut-il avoir, celui-là ? Vingt ans, au moins, si ce n'est vingt-cinq !

— Maman, pourrions-nous inviter nos amis à se joindre à nous, ce soir, devant notre feu de camp ?

— Euh… bien sûr, ma grande, mais il ne faudra pas faire trop de bruit.

Je ne croyais pas si bien dire. À dix heures du soir, la radio de l'un des gars nous casse toujours les oreilles. Adieu, veau, vache, cochon, couvée… et tranquillité ! Par contre, les deux garçons maintiennent une distance convenable vis-à-vis des filles. Pas trop de minouchage ou de mamours non plus au bord du feu, ce qui m'aide à supporter leur vacarme. Grands dieux ! Pour quelle raison les jeunes ont-ils besoin d'autant de bruit ? Faut-il donc être vieux pour avoir envie, de temps en temps, d'écouter le chant des rainettes au loin et le cri du huard, là, juste devant soi, dans l'obscurité mystérieuse du fleuve ? Et pour regarder les étoiles dans le silence de la nuit ?

Affairé à alimenter le feu et à griller des guimauves pour les petits, Robert ne me voit pas trépigner d'impatience sur ma chaise en jetant un coup d'œil à gauche et à droite dans l'espoir de voir surgir l'un des gardiens du parc pour nous avertir de faire moins de bruit. Heureux homme que mon mari, rien ne semble le déranger ! C'est pourtant lui qui demande de fermer la radio, une fois passée l'heure du couvre-feu. Matthieu et Frédéric dorment maintenant comme des anges à l'intérieur de la tente-roulotte. À la longue, Robert et moi commençons à bâiller à s'en décrocher la mâchoire.

— Avez-vous l'intention de jaser encore longtemps, les jeunes ? Vous n'allez tout de même pas passer la nuit tous les quatre devant le feu, hein ?

— Oh ! papa, laisse-nous encore une petite heure. On va rester sages et on ne fera pas de bruit, promis !

— Ta mère et moi allons rentrer. Dans deux heures, maximum, je veux vous voir couchées toutes les deux. Compris, les filles ? Et n'oubliez pas de jeter de l'eau sur le feu, au cas où le vent se lèverait.

Robert ronfle déjà avant même de déposer sa tête sur l'oreiller. Quant à moi, bercée par le gazouillis des jeunes que j'entends jaser et rire à quelques mètres à peine de la tente-roulotte, je sens le sommeil me gagner quelques minutes plus tard. Lorsque je me réveille en sursaut vers deux heures du matin, un silence apaisant règne tout autour. Je me lève et passe rapidement la tête dans la porte. Plus personne ne se trouve devant le feu où meurent les dernières braises. Au-dessus des eaux calmes du fleuve, la pleine lune sourit au monde. Paix sur terre…

Robert a déjà mis la cafetière en marche et le soleil se trouve déjà haut lorsque je reprends mes esprits. Frédéric a sorti sa bicyclette et Matthieu a retrouvé sa plage de sable. Évidemment, Marie-Hélène et Stéphanie dorment encore. Je fais tout pour limiter le bruit autour de leur tente, mais quand midi se pointe, je ne résiste plus et entreprends le tintamarre du siècle, au grand plaisir de mes deux gars qui se mettent à exécuter avec moi une danse d'Indiens des plus bruyantes.

— Hé! Debout là-dedans! Vous allez attraper des plaies de lit! Il fait beau, il faut en profiter, les filles!

Rien ne bouge. Des ados, ça dort dur et longtemps! Mais tout de même… Je remonte doucement la fermeture-éclair de la petite tente et me pointe le bout du nez à l'intérieur. Il ne s'y trouve personne.

— Ne me dis pas, Marie-Hélène, que vous avez couché chez ces deux gars-là! Vous les connaissez à peine! Je n'en reviens pas!

— Capote pas, maman. On a voulu finir la soirée sur leur terrain pour ne pas vous déranger et… et on s'est endormies là-bas, c'est tout!

— Ils n'ont pas de parents, ces jeunes-là?

— Non, ils sont venus camper seulement tous les deux.

— Et comme par hasard, ils se sont retrouvés ici, m'as-tu dit, hier. Je ne te crois pas, Marie-Hélène! Je ne te crois plus.

Je me mords les pouces, j'aurais dû me méfier et m'informer. Je me tourne vers Stéphanie. Peut-être n'osera-t-elle pas me mentir, elle? Dire que ses parents me l'ont confiée pour la fin de semaine... La belle affaire!

— Dis-moi, Stéphanie, vous aviez informé vos copains que nous venions camper dans ce parc, n'est-ce pas?

La jeune fille n'ose me répondre et se contente de baisser la tête. Mais son silence m'en dit aussi long qu'un aveu franc et net. Marie-Hélène aussi garde les yeux rivés sur le sol en faisant des ronds sur le sable avec le bout d'une branche.

— Comme ça, vous vous êtes endormies dehors sur leur site, devant leur feu, et vous avez dormi là, assises bien droites sur une chaise et ce, jusqu'à midi! Me prenez-vous pour une valise? Allons donc, voir si je vais croire ça! Pour qui me prends-tu, Marie-Hélène Deschamps? Et puis, regarde-moi donc, toi... Tu as l'air du lendemain de la veille. Vous avez bu ou fumé quelque chose, toutes les deux, n'est-ce pas, avant d'aller dans leur tente? Et pas que des Export 'A'! Je n'ose imaginer la suite...

J'aurais envie de lui arracher sa branche des mains et d'en asséner un bon coup à chacune. Qui entraîne qui? Stéphanie semble une bonne petite fille pourtant. Et si c'était le fameux Nicolas? Cousin, mon œil! L'intuition féminine, ça ne se trompe pas. Alcool, drogue, couchette, ça ne vient pas de nulle part, tout ça!

Depuis quand, Seigneur, ma fille fornique-t-elle avec ce gars-là? Je veux savoir, je dois savoir. Une excellente mère n'a pas le droit de se défiler devant la vérité.

— Tu as couché avec Nicolas, avoue-le, Marie-Hélène Deschamps!

— …

— T'es-tu protégée, au moins? Tu pourrais attraper toutes sortes de maladies, tu sais. Sans parler d'un bébé! Y as-tu réfléchi, espèce de tête en l'air?

— Ça fait six mois que je prends la pilule, maman.

CHAPITRE 15

Au lendemain du camping, il me faut bien l'avouer, mon travail de policière minimise mes problèmes d'ordre familial et les relègue dans l'oubli. Dès le début de la journée, Jennifer m'annonce une visite à rendre immédiatement à une certaine Alexandrine Marchand. Une tonne de boulot m'attend pourtant au bureau, particulièrement dans le dossier de l'enfant secouée qui avance trop lentement, mais je n'ai pas le choix. La vérification de plaintes portées à la DPJ fait partie de notre tâche et les urgences ont incontestablement la priorité. Nous nous acheminons donc vers un HLM[8] du centre-ville.

— Bonjour Alexandrine. Je m'appelle Isabelle et voici Jennifer. Tel qu'on a dû te l'annoncer, nous venons faire une petite jasette avec toi. Comment vas-tu ?

La jeune fille nous reçoit avec un air effaré. Chétive, la chevelure longue et blondasse, les yeux gris fuyants, elle nous offre poliment d'entrer tout en repoussant un peu plus loin une marchette d'enfant. Dans l'entrée, j'ai le temps de remarquer, sur une petite table, un énorme cendrier rempli à ras bord de cendre et de mégots. Par

---

8. Habitations à loyer modique.

terre traîne aussi un large bol vert contenant de la nourriture pour animal.

À seize ans, Alexandrine est la mère d'un petit garçon de sept mois. Quelques semaines plus tôt, elle a volontairement quitté son foyer d'accueil en emportant son bébé, avec l'assentiment des services sociaux, afin d'aller vivre chez sa mère biologique avec laquelle elle avait renoué peu de temps avant l'accouchement.

Toujours en contact avec le père du bébé, un homme dans la quarantaine, Alexandrine a composé hier le 911 pour la troisième fois en moins de deux semaines afin de demander de l'aide d'urgence : « Au secours, il va revenir et il va me tuer ! » Au moment de ce dernier appel, elle semblait si mal en point qu'on a jugé bon d'envoyer une ambulance pour accompagner la voiture de police. Comme la fois précédente, à l'arrivée des secours, l'agresseur avait filé à l'anglaise. Cependant, la jeune fille, morte de peur, a refusé de révéler le nom et l'adresse du type en question, connu d'elle seule et dont elle semble, de toute évidence, craindre les représailles. La mère d'Alexandrine, quant à elle, a disparu du décor depuis un certain temps. Une fois à l'hôpital, on n'a pas tardé à renvoyer la jeune fille chez elle après l'avoir soignée pour une crise d'asthme et vu l'absence de marques évidentes de violence.

Le dossier a finalement abouti sur le bureau de Jennifer Daigle. À nous deux d'investiguer ce cas afin de déterminer le bien-fondé des appels et de vérifier si la jeune fille, sous la protection de la DPJ jusqu'à ses dix-huit ans, court un réel danger. Le propriétaire du logement nous a affirmé, en entrevue préliminaire, que « ça brasse souvent en haut ». Mais Alexandrine refuse avec obstination de porter plainte officiellement contre son agresseur. À la suite de chacun de ses appels au secours, elle est revenue sur sa parole en affirmant avoir téléphoné pour rien dans un moment de panique.

Jennifer prend un ton doucereux et maternel en s'assoyant à côté d'elle.

— Dis-moi, ma belle Alexandrine, pourquoi tu ne vis plus avec ta maman depuis quelque temps.

— Ma mère ne s'entendait pas bien avec mon *chum* et elle refusait de le laisser entrer pour voir son bébé. Elle et moi, on se disputait tout le temps. Après tout, c'est lui, le père! L'autre jour, elle s'est éclipsée avec mon chèque d'aide sociale et elle n'est pas revenue depuis. Maman, elle boit trop…

— Donc, tu vis maintenant avec le père de ton garçon?

— Non, non, il a une femme et quatre enfants dans l'ouest de la ville. Mais il vient de temps en temps faire un tour et…

— Et quoi? Ça va bien entre vous deux?

— Euh… pas tout le temps! Il veut toujours coucher avec moi, et je n'en ai plus tellement envie. Des fois, il… il me fait peur!

Depuis notre arrivée, Alexandrine a le souffle court et la respiration sifflante, une respiration d'asthmatique au bord de la crise majeure. Je fais mentalement le lien entre le cendrier et la présence certaine d'un ou de plusieurs chats dans la maison, probablement dissimulés sous le lit ou derrière le divan. Il suffit d'ajouter un peu d'anxiété pour déclencher la crise.

Pauvre, pauvre petite fille! Peut-on se trouver plus seule et démunie? Et vulnérable, par-dessus le marché! Père en prison, mère alcoolique et dysfonctionnelle qui lui vole son argent, frères et sœurs inconnus puisqu'on a éparpillé la famille quand les enfants maltraités étaient en bas âge, et maintenant, amant violent dont elle a peur. Sans parler de sa responsabilité de voir seule au soin d'un bébé… À part la travailleuse sociale avec qui elle ne semble pas bien s'entendre, il n'existe personne pour la soigner, l'encadrer, l'encourager, la conseiller, lui donner un coup de main.

Un sentiment aigu d'impuissance m'écrase soudain. De quelle manière pourrais-je aider cette malheureuse adolescente, sinon d'insister pour lui faire remplir un formulaire de plainte officielle afin de la protéger contre son abruti de *chum*? Au moins, cela nous permettrait de surveiller cet agresseur potentiel et peut-être de le mater. Maigre ébauche de solution, à n'en pas douter, pour des problèmes qui dépassent l'entendement… Et les risques me paraissent grands de voir éventuellement cette mère prématurée reproduire avec son fils, un jour ou l'autre, le seul et même *pattern* de vie qu'elle a connu. Je n'entrevois qu'une solution.

—Dis-moi, Alexandrine, une travailleuse sociale s'occupe toujours de toi. Tu devrais lui demander de retourner dans un foyer d'accueil avec le petit. Là-bas, plus personne ne pourrait venir t'achaler sans ta permission, et tu t'y sentirais plus en sécurité. Vu ton jeune âge, on pourrait t'y obliger, tu sais ça, n'est-ce pas?

—Non! S'il vous plaît, non! Ne faites pas cette recommandation, je vous en supplie! J'aime mieux rester ici. Au moins ici, je peux mener ma vie comme je le veux. Et puis ma mère va finir par revenir, ça va aller mieux, vous allez voir.

—Et ce fameux *chum*? Est-ce lui qui te brutalise?

—Rien de grave ne s'est réellement passé, il n'a jamais mis ses menaces à exécution.

—Quelles menaces, Alexandrine?

—Rien, rien du tout! J'ai fait le 911 pour rien. Par panique. Il s'agissait de simples disputes d'amoureux. Je me suis énervée, voilà tout!

—Nous aimerions connaître le nom de cet homme, le père de ton petit garçon. Fais-nous confiance, on est venues ici pour t'aider, rien de plus. On veut ton bien, Alexandrine, seulement ton bien.

La jeune fille se réfugie dans le mutisme le plus complet. De toute évidence, elle s'est préparée psychologiquement à nous recevoir et s'est parfaitement conditionnée à ne pas nous divulguer l'identité de son assaillant. Elle a peur de lui, cela crève les yeux.

Mais Jennifer revient à la charge.

— Tu sais, ma chouette, même si tu nous racontes ce qui s'est passé, ça ne veut pas dire qu'on va l'arrêter, ton chéri. Tu as raison : tous les amoureux au monde peuvent se disputer un jour ou l'autre, c'est normal. Par contre, certains hommes deviennent parfois dangereux, et il faut arrêter ça, tu comprends ? Et puis, si tu ne veux plus coucher avec lui, il n'a pas le droit de t'y forcer, tu le sais bien ! On appelle ça un viol. Et pire, un viol de mineure…

— S'il apprend que j'ai donné son nom à la police, il va revenir et là, il va me tuer. Il me l'a dit.

— Il t'a dit ça ? Mais il s'agit de menaces de mort, ma grande, et c'est très grave !

— Non, non, il a juste dit ça comme ça, sur le coup de la colère. C'était sans arrière-pensée, je vous le jure.

— As-tu peur de lui ?

— N…on !

Cette adolescente est paralysée de terreur et elle nous ment, j'en mettrais ma main au feu. Elle me fait pitié et je tente d'adopter un ton plus doucereux.

— Dis-moi, ma chouette, cet homme a-t-il un droit officiel de visite à l'enfant ?

— Non, il n'a jamais voulu admettre officiellement sa paternité.

— Raconte-nous au moins ce qui s'est passé les fois où tu as signalé le 911.

— Non, non, tout ça est fini maintenant. Je ne veux plus en parler.

Je la vois se tordre les mains, inquiète, et j'entends sa respiration prendre tout à coup un rythme effréné. Pour l'aider à retrouver son calme, je tente vainement de créer une diversion en m'éloignant quelque peu du sujet des agressions.

— Où se trouve le petit présentement? Est-il aussi beau que sa maman? Un petit blond, je suppose.

— Il dort dans la chambre, juste là où la porte est fermée.

Je frissonne. Un autre petit innocent mal tombé, peut-être déjà en danger… Sans m'en rendre compte, je reviens vite aux questions qui m'obsèdent.

— Son père s'occupe-t-il de lui de temps en temps?

— Bien… l'autre jour, il est venu me porter deux boîtes de couches, mais il m'a obligée à lui payer la moitié de la facture. Moi, je ne voulais pas. Je me charge déjà des vêtements, du lait et de la nourriture de bébé, c'est bien assez. Mon fils fait des allergies au lait de vache et le lait de soya, ça coûte cher!

— Alors?

À ma grande surprise, je la vois porter soudain les mains à son cou en éclatant en sanglots. Avons-nous réussi à faire crever l'abcès? La résistance vient de faiblir, la révolte gronde. Elle n'en peut plus. Va-t-elle enfin sortir le chat du sac et identifier le monstre?

— Il…il m'a jetée sur le lit et m'a mis les mains à la gorge. Puis il a commencé à serrer, serrer. J'étouffais, je ne trouvais plus mon souffle. Ah! mon Dieu, j'ai eu tellement peur! J'ai pensé mourir.

La résistance s'avère malgré tout plus solide que je ne l'aurais cru. La jeune fille s'arrête ensuite net de parler et, tremblante, essuie finalement ses larmes. La peur l'emporte encore. Je me penche au-dessus d'elle en plongeant un regard direct dans ses yeux.

— Continue, Alexandrine, continue!

— Vous vous inquiétez pour rien, madame. Il ne m'a pas tuée, après tout! Il voulait seulement m'effrayer et il a réussi. Quand les ambulanciers se sont présentés, je suffoquais à cause de l'asthme et non pas à cause de… de lui! De cela, je suis certaine. Ils ont confondu une agression et mon problème de santé.

— Alexandrine, tu as toujours refusé de donner le nom de cet homme. Même sur le registre de naissance de ton fils, on a écrit: « de père inconnu ». Pour quelle raison? C'est lui qui a exigé ça?

— Oui.

Es-tu encore en amour avec lui?

— J'sais pas.

Jennifer risque une dernière tentative et passe son bras maternellement autour des épaules de la frêle adolescente.

— Alexandrine, tu es encore une petite fille. J'ai l'impression que tu t'exposes à un certain péril à fréquenter ce type-là. Moi, je te conseille de retourner au centre d'accueil au plus vite, là où tu te trouveras en sécurité. Il vont accepter de te reprendre, j'en suis certaine. Et surtout, surtout, remplis ce formulaire de plainte pour agression et menace de mort que nous t'avons apporté. Cela nous aidera à te protéger. De grâce, donne-nous le nom de ton *chum*. Il en va peut-être de ta vie et de celle de ton enfant, tu sais. Cet homme nous paraît très dangereux.

— Non, non, maman va revenir. Elle m'a téléphoné hier pour me dire qu'elle a décidé d'arrêter de boire. Je ne signerai rien.

— Bon, comme tu veux! Mais je t'avertis, que tu le veuilles ou non, on va t'obliger à retourner dans un nouveau foyer d'accueil dont on ne divulguera pas l'adresse. Tiens, voici notre carte. N'hésite pas à nous rappeler si cet homme revient te menacer ou fait le moindre geste de violence envers toi, compris?

Nous la quittons presque à regret. Quelques minutes plus tard, à deux ou trois rues de là, Jennifer arrête la voiture le long du trottoir sans me prévenir et se tourne vers moi, les yeux pleins d'eau.

— Isabelle, on n'a pas fait notre travail comme il faut! On ferait mieux de retourner chez Alexandrine pour jeter un coup d'œil sur le bébé dans sa chambre et nous assurer que l'adolescente en prend bien soin, compte tenu du climat morbide dans lequel elle évolue.

— Tu as raison. Et on pourrait en profiter pour la convaincre que la cigarette et les chats ne vont pas de pair avec l'asthme.

Cette seconde visite nous rassure. Le bébé dort paisiblement dans une chambre en désordre mais relativement propre. Nous alertons tout de même la DPJ, avec recommandation de transférer d'urgence la jeune fille dans un milieu plus sain et sécuritaire, dans le pire des cas, dans une résidence pour femmes battues. Une fois au bureau, je tenterai tout de même de retrouver la mère biologique, connue des services sociaux, afin d'obtenir le nom de l'agresseur de sa fille.

À la fin de cette journée harassante, je me dirige à la maison en songeant à cette malheureuse Alexandrine. Je n'ai pas réussi à retrouver sa mère ni à retracer l'identité du tortionnaire. Ce soir, la jeune fille et son bébé dormiront dans un foyer d'accueil, de gré ou de force mais bien en sécurité, et cela me rend le cœur plus léger.

Marie-Hélène prend la pilule et rien d'aussi grave ne peut donc lui arriver. Elle évolue au paradis en comparaison de cette jeune mère de seize ans. Rien d'aussi grave, mais… Aujourd'hui, ma chère fille n'a pas réintégré le paradis après l'école, comme à l'accoutumée, et a négligé de nous prévenir.

Bien entendu, Robert et moi l'attendons avec une brique et un fanal. Si mon angoisse de mère a monté d'un cran, je sens la colère du père prendre aussi une tournure inquiétante. Il fait les cent pas devant la fenêtre du salon comme un animal en cage depuis je ne sais combien d'heures.

— Ça va faire, les escapades sans permission, j'en ai ras-le-bol ! Si elle ne veut rien comprendre avec nous, je vais l'envoyer à l'école de réforme, la vaurienne !

— Voyons, Robert, tu exagères ! D'ailleurs, les écoles de réforme n'existent plus. Marie-Hélène est seulement en amour. Et elle a oublié de nous téléphoner pour nous avertir qu'elle s'en allait souper avec son Nicky après l'école, voilà tout !

— Je ne te l'ai pas dit pour ne pas t'énerver, mais en arrivant ici, à cinq heures, j'ai trouvé un message du collège sur le répondeur pour nous informer de son absence, cet après-midi. Après le dîner, elle n'est simplement pas retournée en classe.

Je me cale dans mon fauteuil et préfère me réfugier dans le silence. Mieux vaut taire les hypothèses horribles qui me trottent dans la tête. Après notre fin de semaine de camping, les choses ne se sont pas améliorées à la maison. Re-voyage de Robert aux États-Unis, re-fugue de Marie-Hélène un soir de rave, re-mauvaise humeur de ma part. Les punitions n'ont pas l'effet escompté, les discussions tournent à vide, les larmes, les miennes comme les siennes, n'impressionnent plus personne. Marie-Hélène est devenue inaccessible et, en dépit des conseils que m'a donnés ma cousine Geneviève, experte en la matière, je ne sais plus comment réagir.

Elle ne saura jamais avec quel soulagement nous l'entendons enfin repousser la portière d'une voiture inconnue vers onze heures trente. Tranquillement, elle s'achemine saine et sauve vers la maison en titubant. Elle n'a pas son sac d'école et elle porte un chandail outrageusement décolleté. Un chandail que je ne lui connais pas. Je l'entends ouvrir discrètement la porte et sursauter en nous voyant nous jeter sur elle.

— Ah… vous êtes là ?… Je croyais… euh… je pensais…

— Marie-Hélène, tu as bu ?

— Euh… Allo, ma tite maman d'amour.

— Marie-Hélène, réponds-moi !

Notre fille n'a pas bu, elle a pris de la drogue. Son incohérence, ses divagations, sa façon de se laisser tomber de tout son poids dans mes bras, son rire convulsif et surtout ses yeux rouges et vitreux ne me laissent pas de doute : Marie-Hélène est complètement gelée. J'aurais envie de la frapper, de l'étriper, de la lancer contre le mur. De la secouer au risque de la rendre légume, tiens ! Étrangement, c'est son père qui me ramène sur terre.

— Calme-toi, Isabelle, tu vas seulement empirer les choses. Pour le moment, il n'y a rien à faire.

Il a raison. Je dois garder mon sang-froid, je le sais, mais je me demande bien comment. Il prend les devants.

— Viens te coucher, ma grande. On jasera demain.

Doucement, Robert prend sa fille par la taille et l'aide à monter l'escalier. Le visage mouillé, je monte à pas lents derrière eux. Une fois dans sa chambre, Marie-Hélène trébuche et s'affale de tout son long sur son lit. Elle tremble de tous ses membres.

Pendant que Robert se retire, non sans me jeter un air abattu, je prends la relève et aide gentiment Marie-Hélène à enlever son affreux chandail afin d'enfiler une robe de nuit plus chaude. L'inscription sur l'étiquette attire soudain mon attention : il s'agit d'une griffe de vêtements de prix inabordable. Où s'est-elle procuré ça ? Certainement pas avec son argent de poche ! Intriguée, je lâche tout et me mets à fouiller, d'une main fébrile, ses tiroirs et sa garde-robe. À mon grand désarroi, je trouve trois autres chandails de même marque et tout aussi tape-à-l'œil, dissimulés derrière ses autres vêtements. L'ombre de l'existence d'un entremetteur vient soudain de faire basculer mes dernières illusions dans l'abîme. Non, non…

Dans son lit, Marie-Hélène continue de grelotter, et je ne résiste pas à mon instinct maternel. Je m'allonge tout contre elle, étire mes jambes le long des siennes, colle mon ventre sur ses reins et passe mon bras autour de ses épaules. Dans son oreille, je me mets à lui murmurer des mots doux.

— Marie-Hélène, ma chérie, ma toute petite, mon amour…

CHAPITRE 16

Tôt ce matin, cris, insultes, affrontements, discussions, disputes, sermons et crises de larmes ont agrémenté le déjeuner chez la famille Deschamps. J'ai alors décidé d'aller moi-même reconduire Marie-Hélène au collège car elle me paraissait plus enragée que désolée, n'ayant émis aucun regret, ni même une promesse ou l'ébauche de bonnes résolutions de reprendre le droit chemin. Au moment de quitter la voiture, je lui ai refilé une enveloppe scellée à remettre à la directrice du collège. Elle s'est contentée de la glisser dans son sac sans même s'informer de son contenu.

Au fond, c'est mieux ainsi. Elle n'a pas vu que, dans son court message, sa mère a menti et prétexté un mal de ventre subit et un oubli de sa part d'aviser le collège, tout ça afin de la disculper et réduire la gravité d'une absence non motivée et non signalée. Quel mauvais exemple je lui donne ! Mentir pour ménager sa dignité, cela ne vaut guère mieux que les mensonges dont me gratifient souvent les témoins interrogés ici, dans la salle attenante à mon bureau, justement pour sauver la face !

Quand elle a quitté la voiture sans m'embrasser, je lui ai seulement lancé sur un ton désespéré :

— Tu dis que tu as eu mal au ventre, hier. Rien de plus, compris ?

M'a-t-elle entendue ? Elle s'est contentée de claquer rageusement la portière sans même me saluer. Tout à coup, je ne me sens pas fière de moi. Ce billet signé de ma main ne réglera en rien le véritable problème de Marie-Hélène, dont il faut arracher les racines en profondeur. Ce problème épineux et effrayant dont j'ignore la nature et la raison profondes.

En cet après-midi pluvieux, sans doute trop impressionnées par une visite à domicile que nous venons d'effectuer, Jennifer et moi roulons dans le trafic sans émettre un son depuis près d'une demi-heure. J'ai beau prétendre trouver épouvantable de devoir affronter des ennuis familiaux par les temps qui courent, mes épreuves ne soutiennent pas la comparaison avec les drames qu'ont parfois à affronter certains humains.

Une jeune femme dans la trentaine, réfugiée temporairement dans un centre d'accueil, vient de nous raconter son histoire. Une véritable histoire d'horreur. Souffrant depuis sa naissance de paralysie totale des jambes mais disposant de toutes ses facultés intellectuelles, Sophie a accouché d'un premier enfant tout à fait normal, il y a quelques années. À cause de son incapacité à subvenir seule aux besoins du bébé, on l'a obligée, à son grand désespoir, à le placer dans un foyer nourricier lorsque son conjoint l'a quittée.

Deux ans plus tard, elle s'est trouvé un nouvel amoureux et a mis au monde un deuxième enfant, normal lui aussi. Un soir, parce que le bébé âgé de six mois ne cessait de pleurer, le père, un homme reconnu pour sa violence, a piqué une crise de nerfs et l'a brutalement secoué. L'enfant est tombé dans le coma et y est resté pendant fort longtemps. Voyant cela, la brute a aussitôt pris la poudre d'escampette et n'est plus jamais revenue. De crainte qu'on ne lui retire son petit comme la fois précédente, la mère s'est bien gardée de signaler l'agression ou d'amener le bébé à la clinique, décidant plutôt de le soigner elle-même, de peine et de misère.

C'est seulement quelques mois plus tard qu'un médecin a examiné l'enfant par hasard lors d'une visite pour un vaccin. Évidemment, l'enflure de la tête et le retard intellectuel du bébé lui ont mis la puce à l'oreille et il a réclamé des explications et des analyses médicales plus poussées. La malheureuse mère s'est alors effondrée. Cette fois, malgré la crainte de se faire retirer de nouveau son enfant, elle n'a pas hésité à se vider le cœur et à révéler la terrible vérité. Elle a même accepté de signer un formulaire de plainte contre son ex-conjoint. D'ici peu, le sauvage sera formellement accusé et mis au rancart. Et la travailleuse sociale qui nous accompagnait a promis à la jeune mère de lui chercher un logis adapté et de l'assistance quotidienne. Cette fois, sa divulgation de la vérité ne lui fera pas perdre son enfant.

L'image de cette femme pleurant silencieusement à chaudes larmes devant nous me revient sans cesse à l'esprit comme une obsession. Une femme handicapée et sans voix pour dire au monde sa douleur, pour crier à l'injustice, pour hurler sa révolte. Une femme qui souffre sans faire de bruit depuis des années, sans moyens et sans témoins...

Ce matin, devant la promesse de la travailleuse sociale, Sophie pleurait-elle d'anéantissement ou bien de soulagement? Peut-être bien gémissait-elle sur sa totale dépendance vis-à-vis de la société pour retrouver, en dépit de ses jambes immobiles, un semblant de vie normale auprès de ses deux petits dont le deuxième semble déjà largement amoché? Une vie «à peu près» normale, précisons-le, avec le potentiel physique amoindri qu'elle traîne elle-même depuis sa naissance. Il faut la voir déambuler dans sa chaise roulante le long des corridors pour comprendre. J'ai envie de crier à l'injustice.

En attendant à un feu rouge, Jennifer se tourne tout à coup vers moi.

—Penses-tu à la même chose que moi, Isabelle?

— Ouais… Pas drôle le drame de cette femme-là. Au moins son histoire pathétique a des chances de bien se terminer. Ça donne du courage pour continuer notre boulot, tu ne penses pas?

— Tu as peut-être raison, je n'avais pas envisagé les choses de cette manière. Dis donc, Isabelle Guay, te voilà bien morose, aujourd'hui. Ça n'a pas l'air d'aller trop fort depuis quelques jours, toi. Est-ce à cause du travail? Que se passe-t-il donc? Rien de grave, j'espère!

Il n'en faut pas plus pour me faire éclater. Jennifer gare la voiture contre le trottoir et écoute religieusement mes confidences de mère folle d'inquiétude au sujet de sa grande fille en train de devenir toxicomane.

— T'en fais pas trop, ma pauvre amie. Tous les adolescents vivent tôt ou tard une période de crise. À cause de notre métier, on redoute toujours le pire. Il faut éviter de trop dramatiser, voyons, ma petite Isabelle! À cet âge-là, moi, j'ai vécu exactement la même chose. J'ai fait l'école buissonnière, j'ai couché à gauche et à droite, j'ai même consommé de la coke pendant plusieurs mois! Mais mes parents sont restés là pour me tendre la main et m'aider à m'en sortir. Tu sais, quand la base est solide, l'édifice ne s'écroule pas, même dans les pires cataclysmes.

— Qui t'a dit ça, Jennifer?

— Ma mère.

— Ta mère? Tu parles! La mienne m'a ressassé la même phrase je ne sais combien de fois. Les bonnes sœurs ont dû leur rabattre les oreilles avec ça, à l'époque. Sans doute avaient-elles raison…

— Écoute, Isabelle, ta fille passe une période difficile, voilà tout. Ça va bientôt se terminer, fais-lui confiance. Le jour de ses noces, tu ne t'en rappelleras plus, ha! ha! Regarde, moi, je n'ai pas si mal tourné pourtant, je suis devenue une police!

— Ah! Tu appelles ça bien tourner, toi, devenir une police?

Nous voilà toutes les deux emportées par un rire à nous en tenir les côtes. Un rire fou, à la fois troublant et joyeux, qui coule dans mon cœur comme une eau de source. Un rire complice, libérateur et réducteur de toutes les tensions, non seulement celles de nos vies personnelles, mais aussi du désabusement provoqué par des confrontations éprouvantes et renouvelées quotidiennement avec la déchéance humaine. Libérateur aussi de l'amertume issue de nos interventions parfois inefficaces…

Merci, Jennifer, de me comprendre et de me rassurer. L'espoir existe toujours. Marie-Hélène, ma chérie, l'espoir existe toujours, ne l'oublie jamais… M'entends-tu, ma grande? L'espoir existe! Pendant une fraction de seconde, j'imagine ma fille penchée sagement, en ce moment même, au-dessus de son pupitre au milieu de sa classe.

— Dis donc, t'aurais pas envie d'un beigne et d'un café comme des vraies polices, toi? On le mérite bien, après tout!

Une fois dans le stationnement du restaurant, Jennifer pose une main amicale sur mon bras comme je m'apprête à sortir de la voiture.

— Moi aussi, Isabelle, j'ai une confidence à te faire. Une confidence heureuse. Tu sais pas quoi? Je pense avoir trouvé un prétendant. Oh! rien de sérieux encore, mais…

— À la bonne heure!

— Tu ne devineras jamais qui… Florian Laliberté!

— Florian Laliberté te fait la cour? Ah bien, tu parles! Un nouvelle comme celle-là mérite au moins deux beignes. Et deux beignes au chocolat!

Les deux policières en civil qui se tiennent par la taille en pénétrant chez Tim Horton ne passent sûrement pas inaperçues tant elles affichent un air joyeux. Personne ne pourrait deviner, par contre, le petit pincement au cœur que j'éprouve en sourdine malgré ma satisfaction de voir se réaliser une aventure galante entre ma copine et le beau policier. Ainsi, Florian a décroché de moi bien avant que moi-même je ne décroche de lui.

Je l'avoue, dans le coin le plus refoulé du fin fond du creux de la pointe de mon cœur, une flamme cachée continuait de brûler, faible et vacillante mais réelle, réchauffant ma solitude intérieure et me réconfortant, les jours de tumulte. J'en retirais une telle force ! Quelqu'un, quelque part, brûlait d'amour pour moi, de cet amour passionné que Robert n'éprouve plus, de cet amour fatal qui donne envie de parcourir l'univers entier pour l'échange d'un seul baiser.

Je n'arrive pas à oublier ces mots que je ne voulais pas entendre, que je refusais d'entendre : « Je vous aime, Isabelle. » En dépit de ma résistance, ils se sont rendus jusqu'au fond de moi et ils ne cessent de me bercer, ces mots tabous, ces mots sacrilèges.

En dépit de mes efforts, j'arrive difficilement à transformer l'amour en amitié dans ma relation avec Florian Laliberté. Comment réduire cette force d'attraction, refréner le désir de cette bouche, l'envie de posséder ces bras, cette poitrine, ce grand corps offert, cet homme tout entier ? Où se trouve la frontière précise entre l'amour et l'amitié ? J'aime pourtant Robert profondément, mais je ne saurais définir le dosage de l'amour et de l'amitié qui ciment maintenant notre union après toutes ces années. Étrange paradoxe que celui de l'amour d'un vieux couple, devenu à la fois plus tiède et plus profond.

Florian… Malgré le danger, j'ai secrètement laissé brûler sa flamme dans ma lanterne, au risque de mettre le feu à ma vie et à celle des miens. Chaque matin, en arrivant au bureau, j'ai entretenu malgré moi le fol espoir de le voir surgir, inquiète de ses absences trop nombreuses. Travail sur le terrain, rendez-vous à l'extérieur, changements d'horaire, certes, mais n'avait-il pas envie, tout comme moi, de plonger de nouveau son regard dans le mien, même sous le faux prétexte de rencontres amicales? De toute manière, juste de le voir de loin entrer et sortir du centre opérationnel, plus préoccupé par ses dossiers que par moi, me satisfaisait, me rassérénait.

J'avale mes deux beignes de travers en me gardant bien d'interroger Jennifer au sujet de sa nouvelle relation. Qu'on me fasse grâce des détails, tout de même!

❧

De retour au centre opérationnel, je trouve sur mon bureau le compte rendu de l'écoute électronique à la résidence de Rita Laplante, la fameuse gardienne sur laquelle convergeaient tous nos soupçons au départ. Soupçons quelque peu mitigés maintenant, depuis l'interrogatoire de Tania. J'installe d'une main fébrile les écouteurs sur mes oreilles pour entendre grésiller la voix de notre chère grand-mère.

Ses dires, et surtout son attitude anormalement désinvolte face à la gravité de la situation, ajoutent de rares faits nouveaux et de peu de valeur pour l'enquête, mais ils viennent toutefois renforcer ma conviction de sa culpabilité.

Les premiers jours après l'événement, Rita ne cesse de répéter d'une voix monocorde à ceux et celles qui s'informent de l'état de santé de sa petite-fille qu'elle se tient en contact quotidien avec sa fille et son gendre afin d'obtenir des nouvelles fraîches. Cela se révèle absolument faux puisque pas une seule fois on ne l'entend les appeler. Chantal et Charles Beauchemin auront à le confirmer plus tard. Après vérification, Rita Laplante ne s'est jamais pointée à l'hôpital non plus.

Par ailleurs, elle donne des versions différentes et souvent contradictoires aux parents qui appréhendent de voir leur enfant développer la même fameuse gastro, quelques jours plus tard.

Devant l'un, elle prétend avoir vu sa petite-fille faire une crise d'épilepsie. À l'autre, elle soutient que l'enfant s'est évanouie puis a commencé à vomir après avoir retrouvé ses esprits, tout ça « à cause d'un virus archi-rare qui ne s'attrape probablement pas, selon les médecins ».

Cependant, à la longue, Rita Laplante change du tout au tout sa version des faits et cesse radicalement de mentionner aux visiteurs la perte de conscience de Marie-Soleil au moment où elle se trouvait à la garderie. Elle ne parle plus que de « gastro dont les séquelles ont possiblement dégénéré jusqu'au cerveau ».

Devant tous, elle traite sa fille d'incompétente pour lui avoir confié l'enfant au lieu de la conduire directement à l'hôpital, le premier jour de sa maladie. Elle se garde bien, évidemment, de parler à qui que ce soit de son appel à Info-Santé en présence de sa voisine, le vendredi matin du 6 mai.

Justement, cette voisine, Monique Pelletier, vient chaque jour s'enquérir de l'état de santé du bébé et ne cesse de demander des précisions à Rita au sujet de la visite de la police à son domicile, le lendemain du drame. La gardienne évite systématiquement les questions et change alors de sujet, tentant désespérément de détourner la conversation vers diverses banalités. Pour la voisine, la véritable raison de l'hospitalisation reste une grave gastro-entérite, et la grand-mère affirme haut et fort que tout va maintenant pour le mieux.

Bref, à part hausser le ton à quelques reprises, Rita se montre d'une patience et d'une tolérance exemplaires envers les quatre ou cinq enfants de la garderie. Et même si elle donne à tous les parents des nouvelles fort rassurantes de Marie-Soleil, elle commence tout de même à annoncer à l'un et à l'autre que le père et la mère de sa petite-fille ont décidé de ne plus la faire garder chez elle pour une période indéterminée, vu son état de santé encore fragile et précaire.

Cela n'empêche pas une mère de se présenter un bon matin pour annoncer froidement à Rita qu'elle retire définitivement son fils, déclarant ne plus lui faire confiance à cause de blessures et de marques apparaissant trop fréquemment sur le corps du jeune garçon. Rita se met à protester et jure sur son âme que la veille, le petit est tombé dans la salle de bain, d'où son nez tout noir. Jamais, assure-t-elle, elle ne frapperait un enfant. La femme ne revient pas sur sa décision et ferme la porte à toute volée en lui faisant ses adieux.

Selon le vacarme entendu sur la cassette, Rita donne l'impression de lancer des objets sur les murs, démontrant à quel niveau peut monter sa colère quand elle perd les pédales.

En fait, le seul nouvel indice de taille révélé par l'écoute électronique consiste en la venue de quelques représentants occasionnels de la gent masculine qui n'ont certainement rien à voir avec l'amour avec un grand A. Ces soirs-là, c'est la fête chez la grand-mère et l'alcool coule à flot. Cet état de choses complique l'enquête. Qui sait si le fichu vendredi, le pseudo-Mohamed ou un autre, s'éternisant toute la nuit pour une quelconque raison, n'a pas secoué le bébé qui l'empêchait de dormir à six heures, le lendemain matin? Connaissant maintenant l'entêtement de Rita Laplante, je sais qu'elle ne dévoilera jamais le nom de ses amants. Je comprends maintenant son refus de passer au détecteur de mensonges.

Quant à ses conversations téléphoniques avec certaines amies ou membres de sa famille, elles n'apportent rien de nouveau ni de valable au dossier. Deux constantes perdurent cependant tout au long des enregistrements répartis sur plusieurs jours: ses mensonges et son manque d'intérêt. Pas une seule fois Rita Laplante ne s'inquiète réellement ou n'interroge qui que ce soit sur le drame survenu à sa petite-fille. Jamais même elle ne prononce le nom de Marie-Soleil. L'indifférence semble totale.

En fin d'après-midi, je quitte le bureau fatiguée et quelque peu confuse. La nuit a été trop courte et la journée trop longue. Je m'achemine à petite vitesse vers le collège pour aller chercher Marie-Hélène. Si elle ne se trouve pas là, tel que convenu, je sens que je vais hurler. Dieu merci, parmi la cohue près de l'entrée, je retrouve avec soulagement mon adolescente des beaux jours. Avec une grande fierté éclairant son visage, elle me tend aussitôt son examen de géographie réussi avec mention honorable. Il n'a pas eu lieu aujourd'hui même, mais bon. Entre ça et un examen raté…

L'espoir existe, je veux m'en convaincre. Un peu plus et je me mettrais à genoux pour remercier le ciel. Pour l'implorer aussi. N'ai-je pas une peine d'amour?

CHAPITRE 17

Obèse, la mère du bébé secoué serait plutôt jolie si elle s'attifait mieux. Ces bottes blanches à talons hauts montant sur un étroit legging noir et cet affreux chandail rose fuchsia enserrant son énorme poitrine me paraissent du plus mauvais goût. À vrai dire, cette femme se caractérise surtout par son manque d'expression et sa froideur. Réfugiée derrière de longs cheveux platine lui couvrant une partie de la figure, la jeune femme affiche la rigidité des statues de pierre.

— Bonjour! Dois-je vous appeler madame Laplante ou madame Beauchemin?

— Laplante, Laplante, appelez-moi Chantal Laplante, de grâce!

— Bonjour, madame Laplante, je suis la sergent-détective Isabelle Guay-Deschamps. Tu permets qu'on se tutoie? Ça rendrait les choses plus faciles. On t'a mise au courant, je suppose, de ton droit de recourir aux services d'un avocat. Notre rencontre sera enregistrée et tout ce que tu diras pourra être retenu contre toi. Par contre, tu as le droit de ne pas répondre et tu peux te lever et partir quand tu le voudras.

La femme reste sans réaction et incline à peine la tête en signe d'assentiment. J'ai beau scruter discrètement son visage à travers les mèches blondes, je ne décèle aucune trace de nervosité dans son comportement. Si elle éprouve la moindre anxiété, Chantal Laplante arrive parfaitement bien à dissimuler ses états d'âme derrière un masque incroyable d'impassibilité, si ce n'est d'indifférence. La digne fille de sa mère.

— Depuis combien d'années es-tu mariée avec Charles Beauchemin?

— Pas tout à fait deux ans.

— Parle-moi de vous deux. Vous faites bon ménage?

— Euh… oui.

— Ce bébé, vous le désiriez tous les deux?

— Non.

— Si tu le permets, j'aimerais bien avoir des explications plus précises.

— Je me suis mariée enceinte. Je songeais à me faire avorter, mais Charles tenait absolument à ce que cet enfant vienne au monde. Il rêvait à «un enfant de nous deux». Comme nous vivions déjà ensemble depuis quelque temps, il m'a demandée en mariage et j'ai accepté. Il l'a eu, son «enfant de nous deux»! On est bien avancés, maintenant! J'aurais dû suivre ma première idée, je ne me serais pas embarquée dans cette galère.

— Cette galère? Dois-je comprendre que tu n'es pas heureuse? Comment ça se passe avec ton mari?

La femme semble enfin se réveiller et son visage s'allume quelque peu. L'interrogatoire ne sera peut-être pas aussi difficile que je le craignais.

—Nous avons failli nous séparer bien des fois, même avant l'apparition de ma grossesse. À vrai dire, lui et moi, on se dispute continuellement et on a très peu de choses en commun. Quand je suis tombée enceinte, je ne désirais pas du tout ce bébé, j'en avais bien assez de supporter cette chère Tania et ses caprices. Une vraie petite peste, celle-là! Charles m'a manipulée et a fait miroiter un avenir tout rose, et j'ai finalement accepté sa demande en mariage pour des raisons de stabilité. J'en avais assez de la vie de fou que je menais depuis dix ans et je voyais là une belle occasion de m'en sortir, convaincue qu'avec un enfant bien à moi, je ne me retrouverais plus jamais toute seule au monde. J'allais posséder une fille à moi, quelqu'un m'aimerait, et j'aurais quelqu'un à aimer. Mais j'ai vite déchanté. C'est de l'esclavage, un enfant, un vrai «ruine-liberté»!

— Et avec Charles, les choses se sont-elles améliorées?

—Non, au contraire, elles ont empiré, surtout depuis… depuis… les derniers événements. De savoir notre enfant en danger à l'hôpital augmente les tensions, vous pensez bien!

—Charles se comporte-t-il en bon père?

—Ça, oui, il adore sa fille Tania et notre petite Marie-Soleil. Mais le mariage n'a pas rendu notre relation plus facile. Les hauts et surtout les bas continuent d'exister entre nous, principalement à propos de l'argent. Il a insisté pour que je retourne sur le marché du travail peu de temps après l'accouchement. Tout est alors devenu compliqué. Tania a continué d'aller au service de garde de son école, mais on a dû placer Marie-Soleil dans une garderie privée. Malheureusement, la gardienne est tombée malade récemment et on s'est retrouvés dans l'embarras. Hélas, les listes d'attente s'étalent jusqu'à un an ou deux dans les centres de la petite enfance. Ma mère a alors accepté de nous dépanner en attendant qu'on déniche une place ailleurs. Ça fait son affaire puisque je la paye rondement.

—Tu parlais de galère, tantôt…

— Ce qui est arrivé à notre bébé et l'atmosphère électrique de la maison ne nous aident pas. Tania se montre insupportable et son père exaspérant. Entre Charles et moi, c'est la chicane perpétuelle. On se dispute pour des niaiseries, on s'engueule continuellement. La vie est devenue pratiquement invivable. Je ne sais pas du tout où on s'en va. Si c'est pas ça, la galère…

— C'est normal, tous les couples vivent ça un jour ou l'autre, au moment de périodes de stress et d'épreuves difficiles. Moi-même…

La femme ne me laisse pas poursuivre ma fiction sur moi-même, pourtant porteuse d'empathie. Les digues de froideur et d'indifférence se sont rompues, et la jeune femme poursuit sur un ton intime, emportée par un torrent de confidences sans doute trop longtemps retenues.

— Je ne sais pas pourquoi je vous raconte tout ça !

— Dis-moi, Chantal, compte tenu de l'atmosphère tendue de ta maison, arrive-t-il parfois à l'un de vous deux de perdre patience avec les enfants ?

— Charles, pratiquement jamais, il est un ange de patience. Moi, quand Tania ou Marie-Soleil m'énervent, je les remets à leur père et je sors de la maison. D'autres fois, je laisse brailler la petite dans son parc et je renvoie Tania dans sa chambre. C'est presque toujours Charles qui s'occupe des enfants, de toute façon. Avec mes heures de travail à la boulangerie, surtout le soir et les fins de semaine en plus du temps supplémentaire qu'on m'impose régulièrement, je trouve très peu de temps pour jouer à la mère.

— Qu'on t'impose ?

— Pour dire franchement, je n'y suis pas vraiment obligée mais c'est payant. Alors je ne refuse jamais quand on me propose d'allonger mes heures.

— À l'hôpital, tu as frappé ton mari quand il t'a demandé si c'était toi qui avais fait ça au bébé, t'en rappelles-tu?

— Comment savez-vous ça? Charles vous l'a rapporté? Mon mari n'avait pas le droit de m'accuser, l'écœurant! Je l'aime, moi, cette petite-là, même si je la trouve parfois encombrante, et jamais je ne lui aurais fait de mal. Maintenant, on ne sait plus ce qu'elle va devenir, c'est à en devenir fou.

— Se peut-il que tu la lances parfois brusquement?

— Votre mot «lancer» me paraît bien mal choisi. Il m'arrive parfois de la déposer sans trop de douceur dans son lit ou sa chaise haute comme le font probablement toutes les mères du monde quand elles ont les nerfs à bout. De là à la lancer… non! N'exagérez pas, quand même! Si vous me croyez responsable d'avoir rendu ma petite fille comme ça, madame, vous vous trompez radicalement.

— Pourrais-tu me jurer, Chantal, que Marie-Soleil était en bonne forme quand tu l'as conduite à la garderie, le matin du vendredi 6 mai?

— Je peux bien le jurer si vous le voulez. Ce jour-là, je l'ai habillée et lui ai donné à déjeuner, et elle se trouvait dans son état normal et en parfaite santé comme chaque matin. En tout cas, je n'ai rien remarqué d'anormal. Quand va-t-on cesser de me questionner sur ce matin-là précisément? La prochaine fois que je vais la reconduire à la garderie, je vais lui prendre le portrait avec une caméra, bonne mère! Si jamais il y a une prochaine fois…

Au bord des larmes, la jeune femme renifle un bon coup. Mais je ne lui laisse pas le temps de s'abandonner à ses pensées moroses face à l'avenir et je reviens rapidement à la charge.

— Et toi, Chantal, te sentais-tu de bonne humeur, ce vendredi-là?

— Encore ce jour-là? Mais c'est devenu une vraie obsession! Tout le monde ne cesse de m'en parler, le docteur, les infirmières, la travailleuse sociale de l'hôpital, et maintenant, la police! Sacrez-moi patience! Oui, j'étais de bonne humeur ce jour-là, comme d'habitude! Pourquoi toujours insister sur ce vendredi-là en particulier? Parce que Marie-Soleil a commencé à faire une gastro? Revenez-en, Seigneur! Voulez-vous bien m'expliquer cette affaire-là, vous?

Le ton caustique de cette dernière réplique me fait sourciller. La femme a définitivement quitté son masque pour dévoiler maintenant des traits maquillés d'irritation et d'animosité. J'essaye de garder mon calme, mais je précise tout de même les règles du jeu.

— Je regrette, Chantal, c'est moi qui pose les questions. Parle-moi de la veille alors, le jeudi soir. Marie-Soleil allait-elle bien?

— Je ne peux rien en dire, je n'étais pas là! Après la fermeture de la boulangerie, à neuf heures, je suis allée prendre un verre avec une amie. Quand je suis rentrée, les enfants dormaient, évidemment. Charles ne m'a rien raconté de particulier. On s'est couché, rien de plus.

— Marie-Soleil s'est-elle réveillée au cours de la nuit?

— Oui, je me souviens qu'elle a pleuré vers deux heures du matin. Je me suis levée pour lui donner sa suce. Je me rappelle de l'heure parce que j'ai eu de la difficulté à me rendormir.

— Justement, ses pleurs auraient-ils pu te mettre en colère, toi, la femme épuisée? La petite se montrant inconsolable, tu as peut-être eu à te relever à plusieurs reprises. Finalement, tu l'as rageusement brassée pour l'arrêter de hurler. Et elle s'est calmée enfin. Moi, ça m'est déjà arrivé avec l'un de mes enfants, en tout cas. Ces petits-là, ça joue souvent sur notre système nerveux, surtout la nuit!

— Jamais dans cent ans! Marie-Soleil s'est aussitôt rendormie. D'ailleurs, quand elle se réveille la nuit, c'est Charles, en général, qui va la consoler. Mais pas cette nuit-là.

— En supposant que tu l'aies un peu brassée, peut-être l'as-tu trouvée un peu poquée le lendemain, mais tu t'es bien gardée d'en parler à ton mari ? Ta mère, elle, ne s'est aperçue de rien non plus quand tu la lui as mise complètement endormie dans les bras.

Mes prétentions provoquent l'effet escompté. La jeune femme, le visage en feu, se lève d'un bond et se met à taper du poing sur le rebord de la table.

— Vous n'avez pas le droit de dire ça, c'est complètement faux ! Tout d'abord, Marie-Soleil ne dort jamais quand je l'emmène chez ma mère. C'est toujours en braillant qu'elle arrive à la garderie. Et puis, je vous le répète : elle se trouvait dans son état normal en quittant la maison, ce vendredi-là. Elle a commencé à vomir au cours de la journée, ma mère a dû vous le dire. Et le lendemain, comme elle n'allait pas tellement mieux, Charles l'a amenée à la clinique. Je vous le redis : ma fille faisait une gastro, il n'y avait donc pas lieu de vraiment s'énerver. Et si quelqu'un l'a secouée ce jour-là, comme le prétendent les docteurs, eh bien ! ce n'est pas moi ! CE N'EST PAS MOI !

— Marie-Soleil n'a pourtant jamais souffert de diarrhée, semble-t-il, ni ce jour-là ni au cours de la fin de semaine.

— Que voulez-vous que je vous dise ? C'est pas moi le docteur ! Info-Santé l'a annoncé à ma mère le vendredi et un médecin l'a confirmé à la clinique, le samedi. Que cherchez-vous de plus ? Venez pas me badrer avec ça ! Et elle a commencé à loucher seulement dans la journée de lundi. Moi, je pense que c'est ce jour-là que quelqu'un l'a secouée, pas avant !

— Justement ! Parle-moi de ce fameux lundi. Dans quel état se trouvait Marie-Soleil, ce jour-là ?

— Le lundi matin, elle allait beaucoup mieux puisqu'on a décidé de la ramener à la garderie. Cependant, à son retour vers cinq heures, je l'ai trouvée méconnaissable, tellement moche avec son œil croche et ses membres flasques.

Je m'attendais à voir la mère s'effondrer en relatant ces moments pathétiques, mais elle s'est de nouveau réfugiée sous son armure.

— Selon toi, Chantal, qui a secoué ta fille ?

— Ma mère, Rita Laplante, je n'ai aucun doute là-dessus. Jamais je n'aurais dû lui laisser ma fille. Une des rares fois où je suis allée la chercher à cinq heures, la petite pleurait à fendre l'âme dans son parc et Rita semblait s'en ficher. D'autres enfants jouaient dans le salon sans que la barrière de l'escalier soit refermée. Et ma mère regardait la télé avec une cigarette au bec ! Une vraie sans-cœur !

— Et ces trois dernières semaines, tu as quand même couru le risque de confier Marie-Soleil à ce genre de femme ?

— Je n'avais pas eu le choix en attendant une réponse d'un CPE. C'était ça ou le chômage, les dettes et la misère.

La jeune mère plisse les lèvres et serre les poings. Je viens de toucher à un point sensible; cette réaction ne trompe pas. Chantal et sa mère Rita Laplante ne voguent certainement pas sur des eaux calmes et amicales.

— Parle-moi de ta relation avec ta mère, Chantal. Tu t'entends bien avec elle ?

— Non, je la déteste. Je suis même restée dix ans sans la voir.

— Comment cela ?

— Ma mère s'est toujours montrée méchante envers moi, je n'ai jamais compris pourquoi. Au cours de mon enfance, elle me battait pour rien. Des claques dans la face et des coups de pied, j'en ai mangés ! Elle… elle… et mon père…

La jeune femme s'arrête net de parler. Je vois son menton trembler comme s'il essayait de retenir une monstruosité, un jet de vomissure innommable qui ne demande qu'à jaillir.

— Ton père ? Parle-moi de ton père, Chantal.

Chantal secoue la tête et refuse de répondre. Le mutisme est redevenu son refuge inexpugnable, comme il a dû l'être pendant combien d'années? Dix, quinze, vingt ans?

— Ton père, est-ce qu'il te battait lui aussi?

Alors l'explosion se produit, ignoble et dégueulasse.

— Mon père, il me violait. Devant ma mère. Et elle ne disait rien.

— Ah! ma pauvre, pauvre enfant…

Je me retiens pour ne pas me lever et la prendre dans mes bras. J'ai devant moi une autre femme à l'enfance maltraitée, marquée pour le reste de ses jours.

— Je ne sais pas pour quelle raison je vous raconte tout ça. Je ne l'ai jamais dit à personne, pas même à Charles. Heureusement, mon père a disparu du décor quand j'avais dix ans, alors j'ai eu la paix durant quelques années. Une fois mon père parti, des hommes ont commencé à entrer chez nous comme dans un moulin. Ma mère m'enfermait alors dans ma chambre. À dix-sept ans, je me suis sauvée parce qu'elle voulait que je me prostitue moi aussi. Ma jeunesse, je l'ai vécue à la dure, ça, je peux vous le dire! Je me suis mise à danser dans les bars pour gagner ma vie. J'ai fait ça pendant près de dix ans. Oh! l'argent rentrait mais le milieu ne s'avérait pas le plus facile. Il faut savoir se défendre dans cet univers-là, vous savez. Et garder la tête froide.

— Es-tu devenue violente à partir de ce moment-là, Chantal?

— Arrêtez de me traiter de violente! Je deviens violente quand c'est nécessaire, un point, c'est tout!

— As-tu déjà frappé Tania, Chantal?

— Non. Tania n'est pas ma fille. Son éducation ne me regarde pas. Tania… je me contente de l'endurer!

— Elle m'a pourtant montré des bleus sur ses bras. Ils viennent d'où, alors?

— Vous m'avez demandé si je l'avais déjà frappée, pas si je lui tords le bras de temps en temps. C'est le seul moyen pour qu'elle me fiche la paix et, croyez-moi, elle le mérite! Il faudrait bien que quelqu'un l'élève, un jour, cette enfant-là! Et puis, tous les enfants peuvent se faire mal en jouant, rien de plus normal!

— Et quand le bébé pleure et te tape sur les nerfs, t'arrive-t-il de perdre le contrôle? Ça peut arriver à n'importe qui, tu sais.

— Je vous ai dit que c'était ma mère la responsable. Pas moi! Elle est capable de tout, ma mère, j'en sais quelque chose!

— J'aimerais bien savoir pourquoi, quand tu allais la reconduire chez elle, le matin, Marie-Soleil n'était pas enjouée comme tous les enfants du monde à cette heure-là?

— Je vous l'ai dit tantôt: en arrivant chez ma mère, la petite pleure tout le temps à fendre l'âme, mais j'ignore pourquoi. À six heures du matin, il est beaucoup trop tôt pour la recoucher. Ma mère a reçu l'ordre de lui donner un biberon et de la remettre au lit vers les huit heures et demie.

— Rita Laplante a pourtant affirmé le contraire: Marie-Soleil dormait quand tu as sonné à sa porte, aussi bien le vendredi que le lundi. Qui sait si elle ne se trouvait pas sans connaissance après une séance de secouage chez toi? Qui dois-je croire? Toi ou ta mère?

— Pourquoi ne me croiriez-vous pas? Je ne suis pas une menteuse, moi!

Je toussote légèrement. Ce que je m'apprête à dire s'avère de prime importance et la réaction de la femme sera cruciale.

— Tu sais, Chantal, tout le monde peut perdre patience et s'énerver un jour ou l'autre. À moi, cela m'arrive en tout cas. Ça ne veut pas dire que tu n'aimes pas ton bébé et que tu es une mauvaise mère. Ce serait tellement plus facile si tu avouais simplement que jeudi soir dernier, en revenant de ta sortie ou au cours de la nuit de jeudi à vendredi, tu t'es énervée et as secoué ta fille plus qu'il n'aurait fallu. Le lendemain matin, tu as emmené la petite chez ta mère même si elle ne voulait pas se réveiller. Tu ne pensais pas lui faire autant de mal et tu le regrettes infiniment. Si tu me le disais, là, tout de suite, tu te sentirais tellement mieux. Ça doit te faire de la peine de voir ton enfant aussi mal en point...

— Ma peine, ça vous regarde pas! Et laissez-moi vous dire que vous êtes dans l'erreur totale si vous me croyez coupable d'avoir brassé Marie-Soleil assez fort pour la rendre dans l'état où elle se trouve. J'ai rien à voir avec ça, moi!

Mon ton mielleux et condescendant ne vient pas à bout de la résistance de la jeune femme. Je la vois se lever promptement, s'emparer de son manteau et se diriger rapidement vers la porte en faisant claquer ses talons aiguille sur le plancher.

— J'espère que vous avez fini. Je ne pourrais supporter aucune autre de vos maudites questions.

— Oui, j'ai terminé, Chantal.

— Bon, bien, moi, j'en ai assez. Si vous avez encore besoin de moi, je viendrai en compagnie de mon avocat. Salut! Et j'espère ne jamais vous revoir!

— Tu peux repartir. Mais il n'est pas impossible que je te fasse revenir.

Plus confuse que jamais, je la regarde quitter la salle sans dire un mot. Quelle tristesse! La mère accuse sa fille et la fille accuse sa mère. Si les deux prétendent le contraire sur l'état de l'enfant à son arrivée à la garderie, les deux affichent la même froide indifférence quant au drame de ce malheureux bébé de quinze mois. Peut-on imaginer pire?

Écœurée, je quitte le poste d'un pas rapide. En me dirigeant vers ma voiture, je croise inopinément Florian Laliberté qui se contente de m'envoyer un signe de la main. Tiens, tiens, on se défile maintenant ! Et mon bec d'amitié ? Ce geste, plus que n'importe quelle parole, me fait l'effet d'un adieu et met un terme définitif aux douces chimères qui m'ont momentanément bercée.

CHAPITRE 18

Les trois dernières journées se sont écoulés dans le calme. Depuis un moment, je pensais ma fille aguerrie et remise sur le chemin de la sagesse mais, hier, la femme de ménage m'a appelée au bureau durant l'après-midi afin de me demander la raison pour laquelle j'avais négligé, pour une deuxième fois consécutive, de lui laisser son enveloppe de paye sur l'armoire. L'autre jour, quand elle s'en est plainte, j'ai cru à une distraction de ma part, mais cette fois, je suis formelle : ce matin, j'ai bel et bien inséré dans une enveloppe blanche la paye d'aujourd'hui et une autre en remplacement de celle de l'autre jour, et j'ai consciencieusement déposé le tout contre le panier de fruits au bout du comptoir de la cuisine comme à l'accoutumée. Si la femme de ménage dit vrai, une seule autre personne est susceptible de s'être emparée de l'argent : Marie-Hélène Deschamps.

Ce méfait, plus que n'importe quel autre, me bouleverse. Si les cordonniers sont mal chaussés, comme policière, je suis servie : ma fille prend de la drogue, se dandine dans des vêtements dont j'ignore la provenance et, le comble, elle m'aurait volée ! Non seulement je n'arrive pas à y croire, mais je ne sais plus où donner de la tête. La honte, l'inquiétude, la révolte se bousculent en moi en même temps que l'incompréhension. Et je ne parle pas des insupportables sentiments de culpabilité qui m'anéantissent au suprême degré. Robert et moi ne nous considérons pas comme des parents parfaits, bien entendu, mais nous adorons nos enfants et faisons en sorte de les rendre heureux et de leur inculquer de bonnes valeurs. Alors? Où et quand avons-nous failli à notre rôle au point de voir notre fille régresser jusque dans la délinquance, je me le demande! Menteuse, fugueuse, courailleuse, parfois droguée, et maintenant voleuse! À quand la prochaine folie?

La prochaine folie? Marie-Hélène l'a déjà amorcée, hier soir, sans donner l'alerte à mes instincts de détective. Dès son retour de Winnipeg vers dix heures trente, Robert s'est mis à pousser des cris furieux quand je lui ai raconté la dernière bêtise de sa fille.

— Quoi? Elle nous a volés? Cette fois, le vase déborde. Elle va me le payer, la canaille!

— Calme-toi, Robert, rien ne sert de s'énerver.

— Pas s'énerver, pas s'énerver… Tu en as des bonnes, toi!

En moins de deux, nous nous sommes retrouvés dans la chambre vide de Marie-Hélène partie avec ma permission jusqu'au lendemain chez son amie Stéphanie, dans le but précis de préparer avec elle un travail de fin d'année très important. Ahurie, j'ai vu mon mari commencer à fouiller chacun des tiroirs de la commode et vider les tablettes de la garde-robe. Il jetait rageusement par terre tous les vêtements sans aucune précaution.

— Pour l'amour du ciel, que fais-tu là, Robert?

— Je cherche… ça!

Entre le sommier et le matelas, plusieurs petites enveloppes contenant une substance brune avaient été glissées. De la marijuana. Notre fille fumerait-elle du pot régulièrement? Ce que nous avons interprété, l'autre jour, comme un accident de parcours serait-il devenu une habitude ? Ou pire, un besoin ? Peut-être même une manie… Une toxicomanie ? La marijuana n'ouvre-t-elle pas la porte sur d'autres drogues plus dangereuses ? Les drogues dures ?

— Qu'est-ce que ça fait ici, cette cochonnerie ? Qui nous dit qu'elle n'en vend pas, la scélérate ! Je n'en reviens pas, c'est à s'arracher les cheveux !

Robert ne tenait plus en place et martelait le mur à grands coups de poing. Je me suis ressaisie la première.

— Notre enfant a besoin de nous, Robert. Pas de notre rage, mais de notre amour.

— Facile à dire ! Moi, j'en ai assez !

— On doit s'empêcher de prendre le mors aux dents. Peut-être pourrions-nous recourir aux services d'un psychologue ? Je ne sais trop… Il faut chercher de l'aide pour Marie-Hélène, voilà ce qu'il faut faire. Et surtout, éviter la panique.

Cela n'a pas suffi à calmer mon mari bouillant de fureur.

— Il y a toujours bien des limites ! Je n'attendrai pas jusqu'à demain, je veux en avoir le cœur net maintenant, aujourd'hui, ce soir. Tout de suite. Tu m'entends, Isabelle ? Tout de suite ! Viens-t'en, on s'en va chercher Marie-Hélène. Où se trouve-t-elle, déjà ?

— Mais voyons, mon amour, il est passé onze heures. Ça peut attendre jusqu'à demain. Que vont penser les parents de Stéphanie de nous voir arriver affolés chez eux à cette heure-ci sans avertir ! Des gens qu'on connaît à peine.

— Tant pis ! Il s'agit de notre fille et c'est urgent. Tu peux toujours les appeler pour les prévenir qu'on s'en vient la chercher, si tu veux.

—Vas-y, Robert. Moi, je ne vais pas t'accompagner. On ne va tout de même pas laisser Frédéric et Matthieu tout seuls ici, en pleine nuit. L'un d'eux pourrait se réveiller en notre absence.

—Viens, j'y tiens! Les petits ne se réveillent jamais la nuit. Et puis on s'absentera seulement quelques minutes. Cette chère Stéphanie ne doit pas demeurer très loin, je présume.

—Non, non. Cinq ou six rues d'ici. Attends, je cherche son adresse.

Je me suis bien gardée de révéler à mon mari que le carnet d'adresses de ma fille contient un certain nombre de nouveaux noms de personnes dont je n'ai jamais fait la connaissance. Mes tentatives téléphoniques à la résidence de Stéphanie étant restées mystérieusement sans réponse, nous nous sommes donc retrouvés, le cœur battant la chamade, sur le pas de la porte d'entrée située sur un petit balcon du deuxième étage d'une maison à logements. Après avoir sonné à plusieurs reprises sans résultat, je m'apprêtais à rebrousser chemin.

—On ferait mieux de s'en retourner, Robert. Je n'aime pas enfreindre le règlement et laisser nos enfants tout seuls. Et puis, tout le monde a l'air de dormir à poings fermés dans cette maison-là, tu le vois bien!

—M'en fiche! Je VEUX voir ma fille! Si tu penses qu'ils ne répondent pas au téléphone et à la porte parce qu'ils dorment tous trop dur, tu te leurres, ma femme. Y a personne ici!

—Tu as raison. Je m'en doutais, mais je préférais me mettre la tête dans le sable pour éviter de regarder la vérité en face. Tu as raison, Marie-Hélène n'est pas là.

S'acharnant lui aussi à pratiquer la politique de l'autruche, Robert a commencé à frapper à coups de pied et à coups de poing dans la porte et la fenêtre du salon d'où aucune lumière ne filtrait. Je commençai à tirer sur sa manche.

— Allons-nous-en! Ça ne sert à rien.

— Mais alors… où se trouve Marie-Hélène?

Me gardant bien de révéler mes sombres pensées, j'ai alors imaginé le pire. Bar du centre-ville, gang de rue, boisson, drogue, prostitution. Le témoignage de Chantal Laplante m'effleura l'esprit : « Je dansais pour gagner de l'argent… » Hélas, je connais bien le scénario! Notre fille m'a magistralement bernée avec ses histoires de travaux scolaires de fin d'année.

Nous nous sommes alors dirigés vers le parc le plus près. Là non plus, pas âme qui vive. Robert devenait de plus en plus déchaîné. Soudain, j'ai aperçu une ombre de forme un peu bizarre sur un banc derrière un bosquet. Nous nous sommes aussitôt dirigés de ce côté pour voir l'étrange silhouette se préciser au fur et à mesure que nous approchions. Une fille était assise à califourchon sur un homme et les deux s'enlaçaient et s'embrassaient pour ne former qu'un tout homogène. Nous sommes arrêtés net, estomaqués. Je n'osais y croire. Il s'agissait de Marie-Hélène et de Nicolas, le grand bonhomme pouilleux rencontré au terrain de camping, en train de s'embrasser et de se frotter l'un contre l'autre.

Trop contente d'avoir enfin retrouvé ma fille, mes sentiments maternels ont pris le pas sur ma colère.

— Ah! Marie-Hélène, enfin te voilà!

Robert, lui, toujours mû par la colère, n'a pas hésité un instant. Il s'est saisi de Marie-Hélène pour la retirer des bras de son amant d'une main leste, en laissant en plan le don Juan pétrifié.

— Toi, mon maudit, tu fais mieux de disparaître de ma vue avant que je t'étripe. Pis je t'avertis, ça peut cogner dur! Quant à toi, Marie-Hélène Deschamps, tu vas rentrer à la maison immédiatement. Tu as des explications à nous donner au plus sacrant et tu fais mieux de nous dire la vérité!

Au lieu de protester, Marie-Hélène s'est mise à rire, d'un rire fou, sardonique, railleur. Un rire de droguée. Ayant réussi à se libérer, elle a tenté de retourner vers le banc de parc en trébuchant. À la lueur du lampadaire, ses yeux vitreux ont confirmé mes appréhensions les plus sinistres. Mais Robert l'a rattrapée aussitôt. Au même instant, j'ai vu le grand Nicolas s'éloigner discrètement d'une démarche tout aussi vacillante.

— Qu'est-ce que tu fais ici, ma fille?

— Voyons, p'pa… On faisait rien de mal, tu le sais bien! Nick et moi, on s'aime, c'est tout! Hi! Hi! Hi!

J'ai frissonné en l'entendant bafouiller d'une bouche on ne peut plus pâteuse. Et ce rire, oh! ce rire…

— C'est comme ça que tu étudies chez Stéphanie?

— Stéphanie? Qui, ça, Stéphanie? Ah oui, mon amie Stéphanie! Elle habite chez sa grand-mère, cette semaine. Ses parents sont partis en vacances, j'sais pas trop où… Tiens, regarde, j'ai la clé de sa maison. C'est là que je vais aller me coucher tantôt, Hi! Hi! Hi!

— Quoi?

La baffe de son père a claqué sèchement sur la joue de Marie-Hélène, mais cela n'a pas suffi à la ramener à la réalité car elle a continué à rire tout en se frottant le visage.

Ce ne fut pas difficile pour nous d'imaginer les événements prévus par les deux compères pour le reste de la nuit: bonne baise dans le lit des parents de Stéphanie, à coup sûr! Mais avant et après la partie de jambes en l'air, que se passerait-il? Autres joints? Piquerie? Quelques sniffes d'une ligne de poudre blanche? Pour la couchette, passe encore, ses quinze ans peuvent toujours l'excuser. La nature, l'amour, la jeunesse fougueuse… Mais pour la drogue, ouf!

Inopinément, à l'autre bout du parc, du côté où l'amoureux a finalement réussi à déguerpir malgré ses jambes flageolantes, j'ai remarqué une moto et une voiture louches s'approcher très lentement, tous phares éteints, et se stationner en douce de notre côté, le long d'une rue balisant le parc. J'ai soupçonné l'arrivée de quelques membres d'un gang de rue. Il ne manquait plus que ça! Devant le danger imminent, j'ai insisté pour réintégrer notre voiture et retourner chez nous au plus vite avant que Robert, hors de lui, ne les aperçoive et ne nous fasse remarquer davantage.

Une fois à la maison, Frédéric et Matthieu hurlaient de terreur dans le vestibule, réveillés pour je ne sais quelle raison. Devant notre disparition, les pauvres petits n'ont pas mis de temps à s'affoler.

Avant de refermer la porte derrière moi, j'ai fait une grimace à la lune qui semblait me narguer au bout de la rue. Il passait largement minuit. Marie-Hélène s'est acheminée directement vers sa chambre en nous lançant un «Bonsoir, la compagnie!» pathétique. Elle s'est étalée de tout son long sur le couvre-lit sans même remarquer le désordre total dans lequel nous avions laissé les lieux. L'interrogatoire serré prévu par Robert n'a même pas eu lieu.

Ce matin, quand je songe aux événements de la nuit, je me demande quelle bêtise j'ai bien pu commettre durant une vie antérieure pour mériter cela, moi? Je voudrais ne pas voir le jour se lever. Seulement reculer le temps, loin, très loin en arrière, et recommencer. Mais comment?

Pourtant, j'ébauche déjà des projets et me propose de chercher de l'aide à tout prix. Je pourrais toujours demander conseil à Florian, notre spécialiste en la matière, mais cela... jamais! Trop dangereux. Il peut bien aller au diable, le beau spécialiste, je me débrouillerai bien toute seule! Ma vie privée ne regarde pas le prétendant de Jennifer Daigle.

CHAPITRE 19

Dès mon arrivée au bureau, je téléphone au collège de Marie-Hélène pour prendre un rendez-vous avec la psychologue.

— Justement, madame, j'allais vous appeler. Nous éprouvons quelques difficultés avec votre fille et nous aimerions en discuter avec vous, ses parents. À deux heures cet après-midi, ça vous convient ?

J'accepte avec angoisse et soulagement à la fois. Mon enquête sur l'enfant secouée attendra à demain et le client de Robert aussi. Raison majeure. Marie-Hélène n'a pas été convoquée à cette rencontre, mais je l'ai obligée, ce matin, à monter dans l'autobus scolaire malgré sa nuit tumultueuse, dût-elle dormir toute la journée sur son pupitre. Sa place se trouve à l'école, pas dans ses draps à se vautrer pour se remettre des affres de la veille. Tant pis, tu n'avais qu'à bien te tenir, ma fille !

Dans le bureau de la psy, je me sens tendue et crispée, contrairement à Robert calé bien confortablement sur sa chaise, donnant l'impression d'un homme au-dessus de ses affaires, de celui qui a la conscience en paix et vient froidement régler un problème quelconque. Mais il fanfaronne. Cette désinvolture dissimule un désarroi aussi intense que le mien et une colère mal retenue, il l'a largement démontré hier soir.

Durant toute la nuit, nous nous sommes posé des questions qui ont tourné à blanc, tout comme la nuit, d'ailleurs ! Robert ne trouvait pas de réponses, moi non plus. De quel vide, de quel mal-être Marie-Hélène cherche-t-elle à s'évader par la drogue ? Et surtout, comment arriverons-nous à empêcher ses folies de prendre de l'ampleur et de causer sa perte ? Malheureusement, à quinze ans, l'influence des parents perd de son importance et ne vaut guère contre celle du beau ténébreux dont elle s'est amourachée. Dans la chambre d'à côté, notre grande dormait d'un sommeil de plomb plus artificiel que naturel, une espèce de torpeur inconnue de nous. Je lui en ai voulu amèrement.

Madame Lacroix, psychologue tout à fait décontractée, semble de nature avenante. Confrontée continuellement aux problèmes troublants d'une jeunesse en feu dont le mal de vivre s'exprime par des comportements antisociaux, la femme offre une écoute plus empathique que simplement professionnelle. Tout de même, je doute qu'une étrangère plutôt jeune et connaissant très peu notre Marie-Hélène arrive à mettre le doigt sur la raison précise de ses agissements.

— Bonjour, monsieur et madame. On vous a sûrement mis au courant des absences non motivées et de plus en plus répétées de votre enfant, sans oublier quelques examens loupés sans motif depuis un certain temps.

Énervée au plus haut point, je saute directement au cœur de mes préoccupations et m'empresse de lui dresser la liste des récentes bêtises de Marie-Hélène, le vol d'argent, la présence de vêtements coûteux et d'une grande quantité de drogue dans sa chambre, ses mensonges et sa disparition au parc où nous l'avons trouvée complètement droguée et en fort mauvaise compagnie.

— On ne sait plus quoi faire !

— Vous me devancez, madame Deschamps. Voilà justement la raison pour laquelle j'avais l'intention de vous rencontrer. Nous ne possédons pas encore de preuves formelles, mais nous soupçonnons Marie-Hélène et un autre élève du nom de Jimmy de vendre de la marijuana dans la cour de l'école. Quelqu'un les a vus, à deux reprises, recevoir de l'argent en échange d'un paquet mystérieux. Nous les avons donc mis tous les deux sous étroite surveillance.

Jimmy, Jimmy, ce nom me dit quelque chose… Ah! je sais: il s'agit de l'autre garçon rencontré au camping, le fameux compagnon de classe récemment déménagé dans notre quartier à qui elle devait emprunter un livre de mathématiques, un certain soir.

— Christ! Ça dépasse les bornes!

Robert vient de perdre son calme et ne peut se retenir de donner un violent coup de poing sur le bureau de la psychologue, faisant rebondir crayons et cartables. Cette vive réaction n'impressionne guère la femme, témoin obligée de la détresse de nombreux parents d'adolescents aux prises avec ce genre de difficultés.

— Calmez-vous, mon bon monsieur. Vous me paraissez tous les deux des parents préoccupés par le comportement de votre fille. Son bien-être et son avenir aussi. Voilà déjà un premier point de réglé. Et le plus important, croyez moi! Certains jeunes sont tellement laissés à eux-mêmes… Des solutions existent sûrement, et nous allons essayer de les trouver ensemble.

Anéantie, je me mets à pleurer comme un bébé, moi, la femme forte, la mère parfaite et fière de sa progéniture, moi, la policière habilitée à manipuler les plus durs criminels pour leur tirer des aveux. Je me sens tout à coup honteuse et démunie, et dépendante d'une parfaite inconnue pour régler un problème d'ordre personnel et familial bien plus que scolaire.

La femme nous donne le temps de retrouver nos esprits avant de poursuivre avec une série de questions qui sont loin de me rassurer.

— Marie-Hélène aurait-elle vécu dernièrement un événement qui aurait pu la perturber, la perte d'un être cher ou un changement de lieu d'habitation ou de quartier, par exemple ?

— Non, elle mène une vie stable depuis sa naissance.

— Pas de séparation de votre part ou de disputes perpétuelles à la maison non plus ? Une peine d'amour ou d'amitié alors ? Ou un rejet, un échec, un revers malencontreux ?

— Non, rien de tout cela, madame.

Je regarde la femme griffonner des notes sur une page blanche. Me voilà suspendue à ses gestes et à ses dires comme le cancéreux doit se sentir devant son médecin, seule personne au monde détenant le pouvoir de lui sauver la vie. Cette femme peut-elle nous sauver du désastre ?

— Considérez-vous votre fille comme une enfant gâtée ?

Robert semble accorder une connotation péjorative au terme « enfant gâtée » car je vois sa joue trembler, signe d'un certain agacement. Il ne se gêne pas pour répondre sur un ton sans équivoque.

— Non, madame. Nos enfants sont bien élevés, vous saurez, car ils ont de bons parents. Ils ne sont pas des enfants gâtés dans le mauvais sens du terme, sachez-le !

— Certains parents « idéals » veulent faire de leurs enfants des enfants « idéals ». Ils les obligent à performer en tout, oubliant de leur laisser vivre leur simple vie d'enfants libres et heureux.

— Eh bien, ce n'est pas notre cas, madame ! Marie-Hélène a toujours réussi de façon remarquable à cause de ses talents, et non grâce à nous.

Je sursaute. Et si la psychologue avait raison ? À combien de cours, d'activités l'avons-nous inscrite depuis sa naissance, à partir des cours de natation puis de patinage avant même ses cinq ans ?

Elle a ensuite tâté du dessin, de la danse folklorique, du plongeon, du piano, sans oublier le ski alpin et le scoutisme. Qui sait si Marie-Hélène n'a pas abandonné ses cours de musique et, plus tard, de patinage artistique parce que ses prouesses n'arrivaient pas tout à fait à la hauteur de nos attentes?

Actuellement, sa seule activité para-scolaire consiste à jouer au basketball. Un doute m'assaille soudain : si elle persistait à y retourner uniquement parce que l'entraînement et les parties ont lieu après la classe? Voilà une activité bien à elle, choisie par elle et à laquelle ni Robert ni moi ne pouvons assister à cause de l'heure hâtive. Sans doute s'y sent-elle plus à l'aise, dans un petit univers qui lui appartient, sans contrainte et sans obligation de se montrer la meilleure. Meilleure à l'école, meilleure dans les sports, meilleure dans les activités artistiques. Meilleure en tout, quoi! Ne désirons-nous pas toujours la voir de cette manière : meilleure en tout? L'espace d'un moment, j'entrevois l'image de Frédéric porté en triomphe après avoir marqué le but gagnant de son équipe de hockey. Il n'existe pas de mots assez forts pour décrire ma fierté : divine, sublime, transcendante...

Comme si la psychologue m'entendait réfléchir tout haut, elle fait écho à ma dernière pensée.

— Se montrer meilleur en tout, surtout dans des sphères choisies par d'autres que soi-même, peut s'avérer un objectif fort contraignant à l'arrivée de l'adolescence. À cet âge de l'émancipation, les jeunes commencent à découvrir leur identité, leurs besoins, leurs goûts, leurs désirs, leurs propres attentes face à la vie. Les leurs, et non pas ceux de leurs parents! Les pousser à réussir à tout prix risque de générer de l'anxiété. Une anxiété morbide, difficile à supporter.

Je sens Robert sur le point d'exploser.

— Eh bien, ce n'est pas le cas de notre fille, madame. Vous feriez mieux de chercher ailleurs.

À n'en pas douter, mon mari se trouve à des lieues de la sérieuse remise en question parentale. Comme si les performances de sa fille, surtout scolaires, ne lui tenaient pas à cœur ! Pourtant, quand je songe à l'intérêt de Robert pour les exploits de Frédéric au hockey, je n'éprouve aucun doute face à ses aspirations et aux miennes au sujet de nos autres enfants. Est-ce donc un défaut de nous montrer ambitieux pour eux quand il s'agit d'avenir ?

Je me permets alors une intervention audacieuse.

— Madame Lacroix ne fait pas fausse route comme tu le prétends, Robert. Tu as protesté le premier quand Marie-Hélène a commencé à nous apporter des bilans scolaires moins brillants.

— Ben quoi ? Il faudrait s'en ficher, alors ? Ne viens pas me dire, Isabelle, que notre fille se drogue parce qu'on la pousse à obtenir de bons résultats en maths et en français, quand même ! Fais au moins la part des choses, ma chère !

Cette fois, je veux bien faire la part des choses et m'accuser d'une trop grande ingérence à ce sujet, en mère poule trop couveuse. Tous les jours, je vérifie si ses devoirs ont bien été exécutés. De plus, je connais l'horaire de tous ses examens et, comme une obsession, je l'oblige chaque fois à s'y préparer minutieusement. La remise des bulletins et la visite parentale m'angoissent toujours. Peut-être ai-je oublié qu'elle a maintenant quinze ans, mais tout cela suffit-il à mettre trop de pression sur le dos de Marie-Hélène ? Je n'arrive pas à croire que l'encouragement des parents en matière scolaire peut se révéler nuisible à ce point.

La psychologue s'empresse d'intervenir.

— Il ne faut pas en venir trop rapidement aux conclusions. Il est primordial d'encourager les enfants à réussir à l'école. À moins d'exagération, la clé de votre problème se trouve probablement ailleurs. Mais de constater certaines choses constitue déjà un pas dans la bonne direction. On appelle ça ouvrir des pistes de réflexion.

Robert se lève d'un bond, prêt à partir.

— Ça va finir par être nous autres les responsables, maintenant! Bon, bien, moi j'en ai assez, je vous quitte, j'ai du travail qui m'attend!

— Gardez votre calme, monsieur. Je ne vous ai jamais prétendu coupable. Au contraire! Mais il importe de soulever toutes les questions. Il revient à vous de savoir si vos attentes face à votre fille dépassent ou non les limites de la normale. Passons maintenant à autre chose. Passez-vous beaucoup de temps à la maison, tous les deux?

Robert, pas encore remis de ses émotions, se rassoit piteusement sur sa chaise et répond avec un certain détachement.

— Tout est dans la qualité et non la quantité d'heures que ma femme et moi consacrons à nos enfants, madame. Pour ma part, je passe mes journées entières à mon travail, comme tout bon père de famille soucieux d'offrir à sa famille une vie décente. Hélas, je n'ai pas le choix de m'absenter très souvent hors de la ville pour des périodes de quatre ou cinq jours, une ou deux fois par mois? Pardonnez-moi, mais je ne vois pas en quoi cela peut nuire à mes enfants. Je les laisse entre bonnes mains en la personne de leur mère, vous saurez. Et ils ne manquent de rien: on leur paye le collège privé, ils sont vêtus à la mode et ils possèdent tout ce qu'il leur faut et même davantage. Pas question de se sentir à part des autres, vous comprenez? Parce que ça aussi, ça génère des complexes!

— Et vous, madame?

— Moi, je travaille à temps plein sur une base hebdomadaire. Je quitte tôt, le matin, en même temps que les enfants. Par contre, j'ignore toujours l'heure à laquelle je vais rentrer. Mais les plus jeunes ne restent jamais seuls, une gardienne me remplace à la maison jusqu'à mon retour, sauf le mardi.

204 LA JEUNESSE EN FEU

— Et Marie-Hélène dans tout ça?

— À son âge, elle est assez grande pour se garder toute seule et même surveiller ses deux frères pendant une heure ou deux un après-midi par semaine. Quand je retarde, le mardi, je lui demande de conduire son frère à son cours de piano. Ça ne fait pas son affaire car elle manque alors son basket, ça je le sais. Mais que voulez-vous, on n'a pas toujours tout ce qu'on veut dans la vie! Après tout, elle doit apprendre à faire sa petite part, elle aussi.

— Lui imposez-vous très souvent des soirées entières de gardiennage?

— Assez souvent. Robert et moi aimons bien nous offrir un repas en tête-à-tête dans un bon restaurant. Non seulement on le mérite bien, mais on en a besoin!

— Et du temps que vous consacrez juste à elle, il y en a?

— Juste à elle? Euh… pas très souvent, à bien y penser. Elle a sa place d'aînée au sein de la famille, ça devrait suffire, il me semble.

J'ai beau fouiller dans ma mémoire, je n'arrive pas à trouver une seule occasion, une seule activité où je me suis retrouvée seule avec elle dernièrement. L'automne dernier, son père et moi avions bien formulé le projet de l'emmener avec nous passer deux jours à Québec, mais ma mère n'ayant pu venir garder Frédéric et Matthieu, notre escapade a été remise aux calendes grecques. Marie-Hélène, si elle a manifesté quelque regret sur le coup, n'en a plus reparlé. Je serre les dents. Faudrait-il donc organiser des voyages individuels avec chacun de nos enfants pour les rendre heureux et équilibrés? Allons donc!

— Et au cours de sa petite enfance, ça se passait bien?

Cette fois, c'est à mon tour de me retenir pour ne pas monter sur mes grands chevaux.

— Quand même, madame! Vous n'allez pas me faire croire que Marie-Hélène a des problèmes maintenant parce que nous l'avons mise en garderie durant sa petite enfance comme tous les enfants de la province! Jeunes mariés, nous avions besoin de deux salaires pour défrayer le coût des deux voitures et de notre nouvelle maison. Les centaines de milliers d'enfants présents dans les garderies du Québec vont-ils devenir des «fuckés» à l'adolescence parce que leur mère travaille?

— Non, non, loin de moi cette prétention, madame Deschamps. La plupart des jeunes de nos écoles secondaires sont passés par la garderie et ils fonctionnent très bien. Par contre, il en existe quelques-uns qui ont besoin plus que d'autres de stabilité et d'encadrement familial. Marie-Hélène fait peut-être partie de ceux-là?

— Non, non!

Un souvenir pénible remonte soudain à la surface de ma mémoire. Marie-Hélène, dans sa petite enfance, n'a jamais aimé la garderie. Combien de matins l'ai-je abandonnée, hurlant entre les bras d'une gardienne qu'elle ne voulait pas voir, de toute évidence. Je m'en allais alors travailler, le cœur serré, me sentant coupable de l'abandonner. Je finissais par hausser les épaules, impuissante devant la fatalité. Impossible de faire autrement! Mais je me hâtais d'aller la chercher tout comme je le fais pour Matthieu, d'ailleurs.

Sans s'en rendre compte, Robert vient à mon secours.

— De toute manière, madame, nous ne sommes pas venus ici pour entendre parler de garderie!

Cette dernière réplique n'empêche pas madame Lacroix de poursuivre son navrant questionnaire.

— Et les activités familiales?

— Nous revenons justement d'une fin de semaine de camping en famille, et nous y retournerons vraisemblablement une fois ou deux cet été quand les enfants reviendront de leur camp de vacances. L'hiver, on s'offre de temps en temps une journée de ski, tous ensemble. Mais ces sorties coûtent extrêmement cher de nos jours, vous savez! Et puis, chacun de nous a un horaire chargé et compliqué.

Madame Lacroix veut-elle nous faire prendre conscience d'une vie de famille déficiente? Je vois Robert recommencer à s'énerver sur sa chaise, encore prêt à éclater.

— Si j'en viens à la conclusion de cet entretien, madame, vous voudriez nous faire croire que notre fille est carencée et qu'elle se drogue à cause de nous, ses parents? Et à cause du contexte familial?

— Loin de moi cette idée. Il s'agit simplement de trouver pour quelles raisons Marie-Hélène s'est mise à chercher son plaisir dans la drogue. La drogue ou l'alcool constituent toujours une béquille, vous savez. Tout un ensemble de raisons causent probablement ses agissements. Là, je fais une supposition, mais il se pourrait que, plus jeune, elle ait développé à votre insu des incohérences, des manques, des complexes dont elle n'arrive pas à se débarrasser. Il suffit que quelqu'un d'attirant passe sur sa route et lui offre la substance chimique qui efface tout et la rend, à volonté, parfaitement sereine et heureuse, et vlan! elle tombe dans le panneau de l'illusion. Marie-Hélène possède-t-elle beaucoup d'amis?

— Euh… quelques-uns. En tout cas, ils occupent beaucoup de son temps, surtout au téléphone!

— Quels amis? Les connaissez-vous bien?

— Non, pas tellement. Nous connaissons bien Stéphanie mais pas les autres. Dernièrement, elle nous a présenté deux garçons: le fameux Jimmy et un autre devenu son amoureux. Un gars suspect, trop vieux pour elle.

— Elle le voit souvent?

— On ne le sait pas, justement! Elle couche en cachette avec ce type depuis je ne sais combien de temps. Il ne nous inspire rien de bon. Elle a avoué prendre la pilule depuis six mois et nous ne nous en doutions pas du tout. C'est avec lui qu'elle consomme de la drogue, je le crains. Hier soir, en tout cas... Il l'entraîne, je n'en doute pas un instant.

— Ah! je vois là un sérieux danger, sans doute la clé de l'énigme.

— À son âge, on ne peut tout de même pas attacher ni enfermer notre fille!

— Si je peux vous donner un conseil: renseignez-vous sur ce garçon, sa famille et ses activités. Faites discrètement votre petite enquête au cas où il serait l'instigateur de ses bêtises, le *pusher* comme on dit. Et insistez beaucoup pour que les amis de Marie-Hélène viennent chez vous, le *chum* en question, surtout. Et l'autre aussi, le Jimmy sur lequel le collège investigue justement en ce moment. Il faut se méfier des gangs de rue qui offrent aux jeunes l'affection, la solidarité, la camaraderie, le partage qu'ils ne trouvent pas à la maison. Je ne prétends pas que là se trouve la véritable raison des écarts de Marie-Hélène, mais je prêche la prudence. Il faut rester sur nos gardes et vérifier si ses besoins primaires sont satisfaits. Tout un programme, n'est-ce pas?

— Comptez sur moi, madame. J'exerce le métier d'enquêteuse à la police de la ville. Je vais certainement essayer de tirer les choses au clair car depuis hier, j'appréhende précisément l'existence d'un gang de rue.

La psy me regarde d'un drôle d'air. Ben quoi? Le cordonnier mal chaussé, je sais, je sais...

Robert prend un air dubitatif en écoutant ces conseils pourtant fort à propos.

— Tout ça ne va pas régler les problèmes de Marie-Hélène...

— Pas nécessairement, mais il s'agit d'un commencement, d'une ouverture. Pour l'instant, il s'avère important de resserrer les liens avec elle. Essayons cela d'abord. Bien sûr, il existe des solutions plus draconiennes, nous pouvons même lui offrir un programme d'aide spécialisé pour ce genre de problème de toxicomanie. Dans le pire des cas, je pourrai vous proposer un centre de désintoxication pour des jeunes de son âge. Mais nous n'en sommes pas là pour le moment. Il ne faut pas dramatiser ni perdre son sang-froid. De mon côté, je m'engage personnellement à rencontrer Marie-Hélène une fois par semaine d'ici la fin de l'année. Malheureusement, il reste peu de temps avant les vacances. On fera ensuite le bilan ensemble, le 20 juin, si la date vous convient.

Pour quelles raisons Robert et moi ne bougeons ni l'un ni l'autre de nos chaises, une fois l'entrevue terminée, je l'ignore. Peut-être nous imaginions-nous sortir de ce bureau comme on sort de chez le médecin, avec en main un petit bout de papier portant la prescription miraculeuse qui nous sortirait du gouffre dans lequel nous nous enfonçons depuis quelque temps. Au contraire, cette rencontre nous fait réaliser l'ampleur de nos ennuis.

Cette femme a tout de même semé un peu d'espoir et nous a fait prendre conscience de certaines choses. Moi, du moins, j'ai compris le message : donner plus de temps et d'amour à ma fille, lui manifester plus de respect et de compréhension, plus de confiance aussi. Et surtout, la laisser devenir elle-même et non celle que nous voudrions qu'elle devienne.

Mais ces mots, « programme d'aide spécialisé », « centre de désintoxication pour les jeunes » me donnent la chair de poule. Je les entends pourtant tous les jours au cours de mon travail, mais là, il s'agit de ma fille, de ma propre petite fille… Oh mon Dieu ! Je me remets bêtement à pleurer. Que va penser la psychologue de moi ? Quelle faiblarde je fais !

Robert sauve la face et la remercie en son nom et au mien avec une solide poignée de main.

— Merci madame. Espérons que les choses vont changer.

— Je le souhaite ardemment, pour vous et pour Marie-Hélène. Pour nous tous.

La femme me regarde alors droit dans les yeux et la compréhension que j'y lis me fait un bien énorme. Un peu plus et je l'embrasserais!

— Oh! j'oubliais une dernière chose: je serais surprise si le collège mettait votre fille à la porte d'ici la fin de l'année scolaire, à moins de la prendre de nouveau en flagrant délit de trafic ou même simplement de possession de drogues à l'intérieur des murs. Dans ce cas-là, il faudrait lui trouver une autre école pour l'automne prochain. Mais restons positifs. Je vous souhaite bon courage.

CHAPITRE 20

À la suite de notre visite à la psychologue du collège, la soirée d'hier s'est relativement bien passée. À tout le moins, je le crois. Au lieu de laisser Marie-Hélène revenir de l'école en autobus, Robert et moi avons attendu la fin des classes pour la faire monter dans notre voiture. Elle n'en revenait pas de notre démarche chez la psy à son sujet. À la tombée du jour, quand la nuit étale silencieusement son voile de paix jusqu'au fond des êtres et des choses, nous nous sommes assis tous les trois sur le patio et, pour une fois, nous avons parlé doucement à notre enfant des vraies choses, sans colère ni animosité. Nous lui avons fait part de nos angoisses et des questions ont vite jailli qui sont restées sans réponse.

Marie-Hélène a refusé obstinément d'ouvrir la bouche, mais en dépit de ce mutisme entêté, j'ai la conviction qu'elle nous a écoutés avec attention et a vraiment, sans l'avouer, compris la gravité de la situation. Elle restait là, sans broncher sur sa chaise d'osier, la tête baissée et les yeux rivés sur les nouvelles pousses de tulipes et de jacinthes autour de la terrasse, buvant à n'en pas douter nos paroles parfois tendres et réconfortantes, mais parfois aussi crûment dialectiques.

Quand son père s'est finalement levé pour aller se coucher, il a posé une main affectueuse sur son épaule.

— Il se fait tard, ma Poussinette, tu ferais mieux d'aller dormir toi aussi.

Elle a alors relevé la tête et plongé un regard empreint de tristesse dans celui de son paternel. Et lentement, silencieusement, une à une, les larmes ont commencé à perler sur son beau visage. Ne sachant trop comment réagir, Robert a reniflé et de nouveau tapoté tendrement l'épaule de sa fille, puis il est monté à notre chambre d'un pas pesant. La psychologie concerne surtout les mères, une fois de plus !

— Ça va aller, ma grande…

Marie-Hélène s'est alors tournée vers moi. J'ai décelé un tel désarroi sur son visage si jeune, trop jeune pour tant de souffrance que j'ai bondi sur mes pieds et l'ai prise spontanément dans mes bras. Ma petite fille, ma pouliche à moi, mon adorée…

Je ne sais combien de temps elle a sangloté, la tête blottie contre mon épaule, mais je l'ai laissée pleurer tout son soûl. Et j'ai pleuré avec elle, lui murmurant des mots d'amour dans le secret de mon cœur. Vide-toi, ma chérie, vide-toi de tout ce qui te fait mal, libère-toi de ces tensions, de cette anxiété, de ce besoin d'herbes malignes et de substances empoisonnées qui te consument et te font devenir une autre que toi-même. Pourquoi, pourquoi as-tu tant besoin de cette maudite béquille ? Mes bras de mère ne suffisent-ils pas à la petite fille que je vois encore en toi ? Je sais, je sais, tu n'es plus une fillette, maintenant. Et nos contacts sont devenus différents, plus rares, plus froids, plus éloignés. Plus impersonnels aussi. Ai-je négligé à ce point mon rôle de parent ? La vie m'emporte avec tant de fougue et de rigueur… Peut-être en as-tu conclu que ta mère ne t'appartient plus ? Pardonne-moi, mon amour, je suis là, je serai toujours là pour toi.

Après un laps de temps qui m'a paru une éternité, la respiration de Marie-Hélène s'est faite moins bruyante et plus régulière. Tranquillement, le calme est revenu et avec lui, un silence béni. Un silence porteur de l'amour entre nous. Ni elle ni moi n'osions faire un mouvement de peur de briser cette quiétude précaire, cette fragile accalmie répandant sur nos âmes un baume bienfaisant. Elle et moi, seules au monde, serrées l'une contre l'autre dans la nuit pour affronter l'adversaire invisible que Marie-Hélène, sans doute, n'avait même pas encore identifié comme un ennemi. Un adversaire que j'entrevoyais terrible et puissant.

Au loin, au tournant de la rivière qui cerne notre petite ville banlieusarde, le chant apaisant des rainettes berçait notre mélancolie. Chant d'espoir, d'appel à l'amour, chant de la vie qui palpite et continue.

Marie-Hélène a bougé la première et, d'une voix à peine audible, elle a prononcé les mots qui m'ont donné tous les courages.

— Tu sais, maman, je t'aime. Je t'aime beaucoup, beaucoup.

— Moi aussi, mon amour.

J'ai alors décidé de plonger. L'enquêteuse en moi sait qu'il faut profiter du moindre moment de sincérité pour poser LA question susceptible de dévoiler la vérité.

— Marie-Hélène, ce sont Jimmy et Nicolas qui t'incitent à manquer l'école et à prendre de la drogue, n'est-ce pas?

Contre ma poitrine, j'ai senti sa tête tracer légèrement un signe affirmatif. Mais elle s'est empressée d'ajouter :

— Nicky, je l'aime, maman. Je l'aime tant! Je ferais tout pour lui, je le suivrais jusqu'à l'autre bout du monde. Peux-tu comprendre ça?

— Oui, je peux comprendre ça, Marie-Hélène.

J'ai frissonné. Quand le cœur affronte la raison pour défendre un amour qui n'a pas le droit d'exister… Est-ce croyable ? Ma fille doit affronter le même genre de problème sentimental que sa mère : renoncer à un amour, moi par fidélité et sens du devoir, elle pour sauvegarder son intégrité. Je me garderai, cependant, de lui dévoiler l'orage qui gronde en moi, l'orage en train d'éteindre rageusement ma petite flamme.

Mais comment faire comprendre à une adolescente rêveuse qu'un vil personnage s'est incarné en un prince charmant s'ingéniant, par son influence néfaste, à l'embarquer dans une galère sur laquelle elle fera naufrage à coup sûr ? Comment trouver les mots, les arguments pour convaincre une jeune adolescente de donner raison à la raison contre un amour aberrant et périlleux ?

J'entends encore les conseils de la psychologue résonner dans ma tête : « Resserrez davantage les liens entre vous et elle. » Comme si la tendresse maternelle, quand on a quinze ans, pouvait suffire à remplacer l'amour d'un jeune et séduisant amant de vingt-deux ans, fût-il le plus méprisable des hommes ! Marie-Hélène n'admettra jamais que son bel amoureux lui tend la main uniquement pour l'emmener voguer sur une mer faussement calme vers des odyssées fantastiques mais chimériques et dangereuses. Une mer noire, sinistre et menaçante, qui engloutit sournoisement les petites filles avides d'amour et les précipite dans les abysses de la toxicomanie…

La psychologie n'étant pas mon point fort à moi non plus, je n'ai trouvé rien d'autre que de répéter les mêmes paroles prononcées par son père, en ajoutant tout de même quelques mots, quatre mots magiques dans lesquels je crois infiniment.

— T'en fais pas, ma grande, l'orage va finir par passer. SI TU LE VEUX !

Marie-Hélène, totalement rendue à bout, est ensuite montée lentement à sa chambre sans réagir à mes derniers mots.

Si tu le veux… Une fois seule sur le patio, je m'attarde, un verre de porto à la main, à humer les parfums de la nuit. Et toi, Isabelle Guay, le veux-tu vraiment? Cette fois, oui, je le veux. Le feu de ma lanterne ne brûlera plus, Florian Laliberté ne demeurera pas plus mon ami qu'il n'a été mon amant.

Aujourd'hui, je rencontrerai Yvonne Beauchemin, mère de Charles et grand-mère de Tania et de l'enfant secouée. J'ai hâte d'entendre la déclaration de cette autre grand-mère. J'essaye tant bien que mal de me préparer à la rencontre, mais deux cafés suffisent à peine à m'éclaircir les idées, tant les événements des deux derniers jours m'ont bouleversée.

Dans quelques minutes, je reléguerai mes problèmes personnels aux oubliettes et les remplacerai par ceux d'une autre femme déçue qui a pris elle-même l'initiative de venir me rencontrer au sujet de l'affaire de l'enfant secouée, sans avoir reçu de convocation. Ce rendez-vous suscite ma curiosité au plus haut point. Et si cette femme m'apportait enfin la preuve tangible que je cherche avec tant de zèle?

Par la porte entrouverte de mon bureau, je vois se diriger vers le comptoir d'accueil une femme vêtue à la diable, la soixantaine ridée et maigrichonne, et la chevelure complètement blanche. Elle marche la tête haute et ne se gêne pas pour me fixer d'un regard brun soutenu qui frise l'arrogance.

À peine installée sur sa chaise, elle se met aussitôt à déblatérer contre sa bru, Chantal Laplante, sans même me laisser le temps de lui demander la raison de sa visite.

— Ça fait dix fois que je veux la signaler à la DPJ et je n'en avais jamais le courage. Mais cette semaine, mon pauvre Charles m'a tout raconté au sujet de Marie-Soleil et j'ai décidé de venir directement à la police, au risque de me mettre mon fils à dos. Il me tuerait s'il me savait ici.

— Il vous tuerait ?

— Mais non, mais non ! C'est une façon de parler ! Il essaye toujours de protéger sa Chantal même si elle ne le mérite pas, la vache ! Il faut absolument lui retirer les enfants, à cette irresponsable ! Elle n'est vraiment pas capable de s'en occuper comme du monde !

La femme se lève et pose sa main comme une serre sur mon bras. Penchée au-dessus de moi, les yeux exorbités plongés dans les miens, elle exhale un parfum de violettes pour le moins insistant. Je vois ses lèvres trembler et des perles de sueur couler sur son front. J'appréhende une crise d'apoplexie ou, pire, la crise cardiaque.

Vivement, je tente de contourner le sujet de la bru, mauvaise mère, pour me concentrer plus directement sur celui qui m'intéresse.

— Cela a-t-il quelque chose à voir avec les malheurs survenus dernièrement à Marie-Soleil ?

Yvonne Beauchemin tient mordicus à son idée.

— Laissez-moi d'abord vous parler de la vie quotidienne de mes deux petites-filles chéries. Chantal n'en prend pas soin du tout ! Même si elle s'est mariée enceinte avec un homme extraordinaire comme mon gars, je ne lui donne pas un an, à cette folle, pour le sacrer là en lui laissant le bébé sur les bras. Parce que pour les sentiments maternels, on peut repasser ! Encore si elle arrêtait son maudit *overtime*… On n'accepte pas de travailler jusqu'à neuf heures le soir quand on a deux jeunes enfants, c'tu clair ? On en prend soin ! Des fois, les soirs où mon fils doit s'absenter, Chantal donne de l'argent à Tania pour aller s'acheter elle-même des cochon-neries au dépanneur en guise de souper. Ça a-t'y de l'allure, ça ?

— Ça se produit régulièrement ou c'est arrivé une fois ou deux ? Avez-vous des preuves de ce que vous avancez ?

—Régulièrement? J'sais pas trop! Je suppose que oui, vous n'avez pas remarqué la maigreur de Tania? Un vrai chicot!

—Charles Beauchemin a la réputation d'être un bon père, pourtant. Il doit sûrement superviser ce genre de choses, non?

—Mon pauvre fils… la bonté même! Je le sens toujours débordé, dépassé par les événements. Dire qu'en se mariant, il voulait procurer une maman à notre Tania. Quelle farce pathétique!

—Avez-vous déjà été témoin de violence envers les enfants?

—Tania a souvent des bleus sur les bras et les jambes quand elle vient chez nous. Hélas, je la vois de moins en moins souvent. Chantal n'est pas trop portée sur la parenté. Elle et moi, vous savez…

—Votre petite-fille se plaint-elle d'avoir reçu des coups de la part de l'un ou de l'autre de ses parents? Tous les jeunes enfants se font parfois des blessures en tombant ou se frappant un peu partout.

—Non, Tania ne se frappe pas partout, elle n'a pas quinze mois, voyons! C'est Chantal Laplante qui la bat, je peux vous le jurer. Une vraie cinglée, cette femme-là! Une ancienne danseuse mariée à mon fils, voir si ça a de l'allure! C'est elle qui a fait ça à Marie-Soleil, je gagerais n'importe quoi. Et moi, Yvonne Beauchemin, je suis venue jusqu'ici exprès pour le dire à la police.

—Avez-vous une idée de la manière dont ce triste événement se serait passé?

—Euh… pour ça, non! J'ignore où, quand et comment, mais je reste catégorique là-dessus: Chantal Laplante est coupable d'avoir secoué ma petite-fille Marie-Soleil, et personne d'autre.

—Si je comprends bien, vous croyez votre bru responsable mais ne pouvez apporter de véritables preuves.

— Hélas, vous avez raison ! Mais, madame, s'il vous plaît, jurez-moi que mon témoignage va compter. Cette épouvantable histoire me tue. Ma pauvre petite Marie-Soleil, l'avez-vous vue dans son lit d'hôpital ?

Je ne m'attendais pas à voir cette femme plutôt impétueuse se mettre à pleurnicher. En fait, ses prétentions n'apportent guère de preuves formelles à l'enquête, mais elles renforcent les affirmations de Tania. Quant à ses récriminations envers sa belle-fille au sujet de ses soins aux enfants, elles semblent ne présenter aucun élément criminel susceptible d'intéresser la police. Sans des preuves plus solides, sa plainte n'aboutira probablement à rien.

Je lui offre un papier-mouchoir et poursuis l'entrevue sans plus tarder.

— Pour porter plainte à la police pour des mauvais traitements, il faut une raison nettement plus sérieuse et concrète, madame. Une ou deux visites au dépanneur pour acheter à souper et des petits bleus sur les jambes d'une bambine ne suffisent pas, je suis désolée. Il vous faudrait faire un rapport à la DPJ pour effectuer les vérifications nécessaires et non à la police.

— Moi, je veux faire bouger la police, pas la DPJ. Regardez ce qui est arrivé à Marie-Soleil. Garantissez-moi que ça n'arrivera pas aussi à Tania, et je vais retirer ma plainte. Ma petite-fille de six ans se trouve elle aussi en danger et, moi, je veux la mettre à l'abri. Il faut absolument retirer les deux fillettes des mains redoutables de Chantal Laplante. Je m'offre pour les garder en toute sécurité, moi, la grand-mère.

— Vous trouvez Chantal brutale à ce point-là ?

— Certainement ! Essayez pas de la contrarier car vous allez y goûter. Elle a tout un caractère, la chipie !

— Donc, vous affirmez que votre belle-fille, Chantal Laplante, est réellement capable d'avoir secoué Marie-Soleil? J'espère que vous réalisez la gravité de cette affirmation.

— Je ne la crois pas CApable, madame, je la sais COUpable. Et je suis formelle là-dessus. Sinon, vous ne me verriez pas ici aujourd'hui.

— J'en prends note dès maintenant et vais vous faire signer une déposition. Y a-t-il autre chose que vous aimeriez me dire avant de partir?

— Oui. Pour l'amour de Dieu, faites quelque chose, je vous en supplie!

Ce surprenant élan du cœur de la femme, à la fois me chavire et m'embrouille l'esprit. Je me lève pour lui présenter un formulaire à remplir, et elle l'accepte en faisant la moue. Peut-être aurait-elle voulu en ajouter encore davantage sur le dos de sa belle-fille?

— Je vous remercie pour votre témoignage, madame Beauchemin. Si vous pensez à autre chose, n'hésitez pas à communiquer avec moi. Je vous prierais de demeurer à notre disposition au cas où nous aurions d'autres questions à vous poser.

Sans plus ouvrir la bouche, la grand-mère se tamponne les yeux et reprend son air frondeur du début. Après avoir signé au bas de la page d'une main sûre et sans même me saluer, elle se dirige vers la porte d'un pas ferme et décidé en laissant le formulaire sur la table.

Étrange femme, à la vérité, dont les affirmations m'ont paru vagues et imprécises. A-t-elle raison? Et s'il s'agissait seulement du coup de tête d'une grand-mère jalouse et frustrée de voir une autre femme la remplacer auprès de son fils et de ses deux petites-filles chéries? Une femme de petite vie et au passé douteux… Elle a relaté si peu d'événements concrets et intéressants à part cette histoire de repas achetés par l'enfant au dépanneur. Et si cela ne s'était produit qu'en de rares occasions? Je vais demander à Jennifer de vérifier auprès du dépanneur du quartier. Trop facile de généraliser quand on se sent brimé !

Qui ment, qui dit vrai dans toute cette histoire où tous et chacun s'accusent mutuellement ? J'arrive mal à accorder une entière crédibilité à la déposition de cette grand-mère peu sympathique. Message trop flou. D'un autre côté, si elle voyait juste ? Si Tania se trouvait réellement en danger ? Chantal Laplante a bel et bien giflé son mari sans hésiter à l'hôpital. Et j'ai vu les bleus sur le bras de Tania. Je devrai donc rédiger un rapport sur cette violence. Avec le formulaire de plainte signé par la grand-mère, ces blessures pourraient peut-être faire l'objet d'une nouvelle enquête. Espérons que le procureur accrochera là-dessus !

Quelle famille, tout de même, et quel univers morbide ! Pauvres, pauvres petits enfants pris au piège entre les mains de tels adultes. Ils n'ont pas le choix de grandir dans un milieu malsain duquel ils ne peuvent se sortir. Je pense soudain à Marie-Hélène qui pleurait dans mes bras hier soir. Jamais nous ne l'avons maltraitée, négligée, molestée. Que fuit-elle donc ? De quels reproches pourrait-elle nous accabler ? Notre milieu familial ne présente rien de pervers, que diable !

Tout à coup, là, au milieu de la place, je sens le besoin de me mettre à implorer le ciel de m'apporter la lumière, non pour l'exercice de mon métier – pour ça, je me débrouille- mais la lumière pour éclairer ma vie à moi. La lumière pour saisir le cœur de la souffrance de ma fille et la force de réussir à la tirer du gouffre. Comme Yvonne Beauchemin, j'ai envie de crier à quelqu'un : « Pour l'amour du ciel, faites quelque chose, je vous en supplie ! »

Je referme derrière moi la porte de mon local et tente de faire le vide. Lentement, je me mets à pleurer, la tête couchée sur mon bureau.

Un grand vide dans lequel j'aurais envie de sauter…

CHAPITRE 21

La femme qui nous ouvre la porte semble dans tous ses états.

— Il a disparu, Martin a disparu ! Et il va aller se pendre, il l'a dit ! Vite, il faut le rattraper ! Sauvez-le, je vous en prie, sauvez mon petit garçon !

Jennifer prend les devants et tente de calmer la malheureuse mère.

— Venez vous asseoir, madame. Il faut reprendre votre sang-froid, sinon vous n'arriverez pas à nous expliquer votre problème. Ne vous inquiétez pas, des patrouilleurs sont déjà partis à sa recherche. Ma compagne et moi venons pour l'enquête.

D'une voix entrecoupée de sanglots, la femme nous raconte la disparition de son fils de dix-sept ans au cours de la nuit. Délinquant, traînant déjà derrière lui des problèmes de drogue et de justice, le garçon s'est d'abord enfui, deux jours plus tôt, du centre pour la jeunesse où on l'obligeait à habiter sous bonne garde depuis quelques mois, à la suite de ses frasques.

Le soir de cette première escapade, Martin a aussitôt rejoint sa gang et il est tombé dans le coma après s'être piqué. Ses amis junkies l'ont alors traîné et abandonné derrière la maison de sa mère. Paniquée, la femme a appelé la police qui a fait transporter le jeune homme à l'urgence d'un hôpital où on lui a passé une camisole de force. Mais le lendemain, prenant du mieux, il a réussi à s'échapper de nouveau et s'est rendu à pied chez sa mère.

Les deux ont alors eu une sérieuse conversation. Après avoir obtenu de son fils la promesse formelle de retourner au centre d'accueil, la femme a aussitôt téléphoné aux autorités des lieux pour les avertir que Martin se trouvait en sécurité chez elle. Il réinté-grerait sagement l'établissement dès le lendemain.

Le moral dépressif du jeune homme a cependant alerté la femme. Il parlait d'en finir avec la vie car il n'y voyait rien de drôle. Il exprima même la certitude de ne pas voir ses vingt ans. La mère a vainement tenté de le réconforter. Elle l'a dorloté, traité aux petits soins, installé douillettement sur le divan du salon pour la nuit.

Quand elle s'est réveillée en sursaut aux petites heures du matin, elle a constaté sa disparition. Évidemment, Martin ne se trouvait pas non plus au centre d'hébergement où elle s'est empressée d'appeler dans l'espoir qu'il y soit retourné. En dernier recours, elle a téléphoné au bureau central de la police.

— Je veux que vous partiez à ses trousses car il est suicidaire. S'il vous plaît, il faut le retrouver. S'il est encore vivant…

L'espace d'une seconde, devant la détresse de cette mère, de sombres appréhensions me traversent l'esprit avec l'intensité d'un tsunami. Comment ne pas faire de lien? Marie-Hélène, drogue, déchéance, danger, suicide… Je chasse bien vite ces idées noires et compose plutôt un numéro de téléphone codé sur mon portable pendant que Jennifer tente vainement de se faire rassurante.

— Allons, madame, ne vous en faites pas, on va le retrouver rapidement, votre Martin. D'ici quelques heures, vous allez pouvoir le prendre à nouveau dans vos bras.

—On devrait le soigner mieux qu'on ne le fait à cet endroit choisi par la travailleuse sociale. Ses problèmes mentaux me dépassent, je ne sais plus quoi faire avec lui. Chaque fois qu'il vient ici, il me vole. Il me rend folle! Si au moins il prenait les pilules prescrites par le médecin. Mais non! Mon fils se croit grand, fort, solide, tout-puissant alors qu'il n'est qu'un petit animal malade mentalement et incapable de vivre sa vie sans sa médication.

Cette dernière précision me rassure. Marie-Hélène, parfaitement saine d'esprit, n'a pas besoin de médicaments pour bien fonctionner et réussir à l'école. Nous quittons la femme à regret, avec l'impression d'abandonner une mère à la dérive sur des eaux houleuses. Dieu sait si les patrouilleurs ne retrouveront pas son fils pendu à un arbre dans quelque coin retiré d'un parc, comme elle semble le craindre.

Sans doute trop impressionnées par la visite à domicile que nous venons d'effectuer, Jennifer et moi roulons dans la circulation sans émettre un son.

—Dis donc, s'exclame soudain ma copine, j'ai une faim de loup, moi! Si on allait se changer les idées dans un bon restaurant?

—Excellente idée!

Cet après-midi, travail de bureau exclusivement. Cela me permettra de rentrer de bonne heure et, qui sait, d'organiser une activité avec Marie-Hélène. Une petite excursion en vélo avec sa mère après le souper, pourquoi pas? Et un *banana split* au Dairy Queen en revenant. Ouais, je ferais mieux de surveiller ma ligne davantage, moi, après le repas gargantuesque de ce midi avec ma collègue! Bon, d'accord, un *banana split* pour ma fille et un café noir pour moi. S'ils en servent à la crémerie.

Monique Pelletier, la voisine de Rita Laplante, arrive en retard à son rendez-vous avec moi. La bouche en cœur, les cheveux savamment coiffés et la jupette sautillante au-dessus d'une paire de talons d'une hauteur incroyable, elle se dandine comme si elle venait pour la rencontre du siècle.

— Bonjour, Monique. Vous me reconnaissez ? On s'est rencontrées il y a quelques jours chez votre voisine, Rita Laplante. Assoyez-vous, je n'en aurai pas pour longtemps. Seulement quelques précisions. Tout d'abord, vous rappelez-vous si Marie-Soleil était bien réveillée ou si elle dormait quand sa mère est venue la reconduire, le fameux vendredi où elle est tombée malade et a commencé sa gastro ? Pensez-y comme il faut, ce détail s'avère de prime importance pour notre enquête.

— Euh… Ça commence à être loin dans ma mémoire. Il m'arrive souvent, le matin, de regarder arriver les enfants par la fenêtre de ma cuisine. Mais à 6 heures ce matin-là, sincèrement, je ne me rappelle plus. S'il s'était passé quelque chose de spécial, je m'en serais souvenue.

— Marie-Soleil arrive habituellement en pleurant, n'est-ce pas ?

— Oui. Par contre, je peux très bien vous parler de son allure quelques heures plus tard, ce jour-là. Oh ! là là ! La pauvre petite m'a paru comme une vraie poupée de guenille ! Elle ne se tenait pas la tête, ses yeux se révulsaient et la bave lui coulait sur le menton. Elle semblait même avoir perdu connaissance. Moi, à la place de Rita, j'aurais appelé l'ambulance et je me serais précipitée à l'urgence tout de suite sans même me poser de questions. Je lui ai offert, d'ailleurs, de garder les autres enfants pour le reste de la journée si elle voulait se rendre à l'hôpital avec le bébé, mais elle a refusé. « Ça va lui passer » qu'elle m'a répondu.

— Et vous l'avez crue ?

— Pas vraiment. Je lui ai alors suggéré d'aviser les parents et surtout de téléphoner au plus vite à Info-Santé pour avoir l'opinion d'une infirmière et lui demander des conseils. Rita n'a pas prévenu les parents mais elle a appelé Info-Santé devant moi.

— A-t-elle décrit correctement tous les symptômes?

— Oui, je l'ai bien entendue. Ils lui ont répondu de ne pas s'énerver, que l'enfant souffrait probablement d'une gastro-entérite, vu ses vomissements abondants. Il s'agissait de bien l'hydrater et de voir à ce qu'elle ne s'étouffe pas en régurgitant. Si, le lendemain, elle n'allait pas mieux, il faudrait alors la faire examiner. Rien de plus. La maladie devait suivre son cours, paraît-il.

— Vous avez entendu parler l'infirmière?

— Non, puisqu'elle se trouvait au bout du fil! Mais Rita m'a rapporté fidèlement ses paroles et ça ne m'a pas plu. Moi, les soins par téléphone… Je suis retournée chez moi pas trop rassurée car je n'avais pas envie d'attraper cette bébitte-là, moi! Quand j'ai appelé Rita dans l'après-midi pour prendre des nouvelles, Marie-Soleil dormait dans son parc. Selon sa grand-mère, elle allait beaucoup mieux.

— Savez-vous combien d'enfants vont chez votre voisine, chaque jour?

— À part sa petite-fille Marie-Soleil, Rita garde quatre ou cinq autres marmots quotidiennement.

— Le nom de Mohamed Abab, ça vous dit quelque chose?

— Non, pas du tout. Ça doit être un des nombreux… euh… des nombreux amis de Rita.

— Se pourrait-il qu'elle entretienne des amants?

— Se pourrait-il que des amants l'entretiennent, vous voulez dire! Oui, malheureusement! Il existe des petits vieux qui adorent les femmes de son âge, vous savez.

— Il en vient beaucoup?

— Deux ou trois par semaine, je ne sais trop, mais ils ne restent pas très longtemps. Quelques heures à peine.

— Se pourrait-il que l'un d'eux soit présent durant la journée?

— Oh non! Si ça se produit, je ne suis pas au courant.

— Aimeriez-vous me dire autre chose, madame Pelletier?

La femme hausse les épaules sans prononcer un mot.

— C'est bien, vous pouvez disposer. Je vous remercie de votre collaboration.

Je la regarde sortir comme elle est entrée, en se balançant les hanches de façon ridicule, au grand amusement des agents en poste qui ne manquent pas de tourner la tête avec un sourire en coin. Comme je m'apprête à lui emboîter le pas, remettant à demain la rédaction du rapport, l'un d'eux m'interpelle afin de me remettre un message parvenu au bureau pendant l'entrevue: on a retrouvé Martin sain et sauf, le fils de la femme visitée ce matin. C'est fou, cette bonne nouvelle m'apporte un soulagement démesuré. Puisse-t-il s'en sortir, le pauvre enfant!

Le contact avec l'asphalte surchauffé du stationnement me donne le sentiment de retomber tout à coup dans la réalité. Ma réalité. Je m'empare de mon téléphone portable.

— Marie-Hélène? C'est moi! Que dirais-tu si, au lieu de faire une simple promenade en vélo, on allait souper ensemble au restaurant, ce soir? Oui, oui, juste nous deux. Tu veux y aller à bicyclette? Pourquoi pas! Je vais demander à ton père de s'occuper de tes frères. C'est d'accord? *Yessssss*!

Et tant pis pour les kilos!

CHAPITRE 22

Cette nuit, Marie-Hélène a fait une autre fugue, si on peut appeler ça une fugue puisqu'elle m'avait mise dans le secret jusqu'à un certain point. Si la confiance fait partie de la thérapie, je suis encore prête à m'y investir !

Le fait que nous ayons consulté la psychologue du collège a dû l'impressionner car depuis, je constate de sa part des efforts dans la bonne direction, non seulement par son humeur moins massacrante, mais aussi par une certaine ouverture inespérée vis-à-vis de nous. De moi surtout car, par les temps qui courent, son père brille plutôt par son absence, constamment aux prises avec les problèmes financiers de ses employeurs.

À mon grand contentement, je trouve Marie-Hélène plus attentive à mes propos de quelque nature qu'ils soient. De prendre tout à coup conscience de la largeur d'esprit de ses parents prêts à l'écouter et à l'aider a dû la soulager. L'air de rien mais de plus en plus emberlificotée dans son réseau de mensonges et de cachotteries, notre fille devait se sentir au bord du précipice.

Au restaurant, elle et moi avons d'abord discuté de tout sauf de ses problèmes personnels. Étonnée, je l'ai vue prendre en considération ma carrière et ses enjeux. J'en ai profité pour lui parler de la principale enquête sur laquelle je travaille présentement. Le drame de l'enfant secouée a paru l'impressionner outre mesure et a suscité sa curiosité.

— L'as-tu vu, le bébé, maman? Penses-tu que la gardienne est coupable?

— Oui, je l'ai vu. Et oui, je crois toujours la grand-mère Rita Laplante coupable de ce geste, quoique certains doutes s'insinuent de plus en plus dans mon esprit au fur et à mesure qu'avance l'enquête. J'ai bien hâte de voir comment réagira le procureur.

— Vite, dépêche-toi de débarrasser la société de cette cinglée avant qu'elle n'en blesse un autre, la maudite! Tu es capable, maman, j'en suis sûre. Cette femme mérite la prison.

— Cette femme ou une autre… Il faut d'abord soumettre au procureur des preuves assez concluantes pour soutenir une poursuite judiciaire et amener un suspect à comparaître, tu comprends?

— Comparaître? Ça veut dire quoi?

— Ça veut dire informer une personne des accusations portées contre elle. Si cette personne plaide non coupable, le juge fixera une date pour une enquête préliminaire avec des avocats afin de déterminer si les preuves s'avèrent suffisantes pour citer l'accusé à un procès devant un juge.

Émue, je sentais ma fille manifester tout à coup de l'intérêt et même de l'admiration pour mon rôle social, rôle qu'elle n'avait jamais pris en considération auparavant. Soudain, je devenais à ses yeux une détective puissante et héroïque, promotrice de justice et ange gardien de la veuve et de l'orphelin.

Pour la première fois, Marie-Hélène s'intéressait à moi avec une certaine objectivité. Celle qu'elle avait regardée gérer la vie de toute la maisonnée depuis sa naissance se métamorphosait soudain en une personne occupant dans la société une fonction utile et même indispensable dans un univers inconnu d'elle. Au-delà de mon rôle de mère, je devenais une personne humaine avec des émotions propres, des désirs, des attentes, des rêves. Des défaites et des déceptions aussi. Quelqu'un dont elle n'avait jamais soupçonné l'importance hors du foyer. D'Isabelle Deschamps, procréatrice et éducatrice de Marie-Hélène, Frédéric et Matthieu, je passais à Isabelle Guay, femme professionnelle. Et cette femme polyvalente se montrait prête à lui tendre une main amicale. J'allais réussir à endosser ce rôle d'amie, indubitablement moins stéréotypé et plus fragile que celui de mère, je le sentais. Une policière devenue la grande copine de sa fille, quel beau rêve !

J'aurais souhaité voir ce souper s'éterniser durant des heures tant il me faisait du bien. À moi, et à Marie-Hélène aussi, je pense ! Après les fusions de l'enfance et la course obligatoire à l'autonomie étalée sur une quinzaine d'années, je sentais un lien nouveau en train de se tisser entre nous, un pont naturel et essentiel sur lequel une mère et sa fille auraient tout le loisir et surtout le bonheur de se rencontrer pour le reste de leurs jours. Ce pont, il nous incombait de le construire et, ce soir-là, nous en constituions déjà l'amorce.

Je ne me leurrais pas cependant. L'ombre menaçante d'un séduisant Nicky planerait sans doute encore longtemps entre nous, cet agent du diable travesti en beau mâle destructeur de ponts. Qui sait si, avec son influence néfaste, il n'arriverait pas à en entraver la construction…

Pour Marie-Hélène, l'ébauche d'un lien amical avec sa mère ne suffisait peut-être pas à régler ses problèmes actuels d'adolescente, mais il constituerait assurément un refuge réconfortant. Tranquillement, je voyais dans notre conversation les matériaux se mettre en place, s'imbriquer, se rassembler. Le pont de notre amitié nouvelle deviendrait grand et solide, il le fallait à tout prix. Même fantastique, je me devais d'y croire. Un lien pour le présent et pour le futur. Surtout pour le présent, je le souhaitais ardemment.

Au restaurant, Marie-Hélène elle-même a aiguillé la conversation vers ses problèmes au moment où je m'y attendais le moins. Je lui faisais remarquer, à travers la fenêtre, la beauté des mouettes en train de ramasser des miettes sur le pavé, ces magnifiques oiseaux blancs qu'on a fâcheusement tendance à considérer comme des charognards. Ne constituent-ils pas plutôt d'éblouissants symboles de liberté, d'indépendance et de joie de vivre? De débrouillardise aussi...

— Je plonge un peu dans cette ivresse-là, maman, quand je prends de la drogue. Je deviens tout à coup grande et belle et libre, et j'ai le sentiment de posséder le monde entier.

Bien entendu, j'ai immédiatement saisi la balle. Mais que répondre? Une gronderie de mère? Une semonce de policière experte? Le soutien d'une amie complice? La désapprobation de l'adulte qui connaît tout? Les conseils insistants de la mère psychologue qui détient toutes les solutions?

— Mais voyons, Marie-Hélène, tu es belle et grande et libre sans la drogue! Et le monde entier t'appartient! Et l'avenir aussi! Tu n'as aucun besoin de ces illusions chimiques pour t'en convaincre. Tu fais fausse route en consommant ce poison mortel. Il existe des murs partout dans l'univers des mirages créés par la drogue, des murs pour t'empêcher justement de le regarder, ce merveilleux monde que tu crois trompeusement posséder. Mur de la dépendance, de la pauvreté, de la perte de la réalité, mur de la déchéance et du crime. Mur de la prison. Mur de la mort aussi, car à la longue, la drogue finit par tuer. Le plus bel oiseau du monde risque de se briser les ailes et même de se tuer entouré de ce genre de murs, tu sais...

— ...

— De prendre conscience de tout cela constitue déjà un grand pas en avant, mon amour. Mais je me pose une question depuis tes premiers faux pas : que cherches-tu donc à oublier au cours de ces envolées artificielles ? J'aimerais tant le savoir !

— Tu ne peux pas comprendre, maman ! Il faut le vivre pour le réaliser. Je n'ai rien à oublier, j'ai juste envie de suivre l'homme que j'aime au cours de ses voyages dans son univers fantasmagorique. Nos *trips* ne ressemblent en rien à la réalité terne de l'existence en famille ni à la vie plate du collège, crois-moi ! C'est le bonheur parfait et total, extraordinaire. Le nirvana ! Mes *trips* avec lui me transportent au septième ciel, maman !

— Mais tout ça n'est que mensonge, Marie-Hélène ! Ça n'existe pas pour vrai ! Et ça dure seulement le temps d'un *trip*. Après…

— Après, après… Je me demande bien ce qu'il y a de mal là-dedans ! Fumer ça ou la cigarette, quelle différence ?

— Fumer, fumer… À la longue, tu en voudras toujours plus. Tu as déjà commencé à sniffer et avant longtemps, tu en viendras à te piquer, si ce n'est déjà fait ! Et la drogue démolit la santé, tu le sais bien !

— La cigarette aussi ! Et papa fume bien en cachette, lui ! Je l'ai surpris, l'autre soir, avec un cigarillo.

J'ai ravalé ma salive. Je n'allais tout de même pas faire le procès de Robert qui prétend avoir cessé de fumer. Je sentais ma fille sur le point de me tourner le dos et de redescendre de notre pont encore trop instable. Ah ! comment la prendre de nouveau dans mes bras pour la protéger des dangers comme je le faisais quand elle avait quinze mois ? Je cherchais les mots et les arguments pour la convaincre.

— Tu as raison, Marie-Hélène, la cigarette endommage les poumons, mais la drogue, elle, détruit la personne humaine dans son entier. Elle sabote son existence. Petit à petit, ton monde chimérique va prendre les couleurs de l'enfer. Après le hasch et la coke, tu voudras goûter au crack, à l'héroïne et quoi encore ? Admets-le, tu as déjà développé une dépendance et commencé à nous tromper et même à nous voler. Te sens-tu fière de ça ?

— Non. Pour ça, non ! Je n'aime pas vous mentir et encore moins vous voler, maman. Même que j'ai honte…

Le regard humide détourné par Marie-Hélène me rassure. Tout n'est pas complètement perdu. Un peu plus confiante, je poursuis mon discours moralisateur.

— La psychologue nous a même dit qu'au collège, Jimmy et toi avez été surpris en train de vendre du pot. Si tu continues ton petit commerce, on va te mettre à la porte. On pourra même t'obliger à suivre une thérapie dans un centre spécialisé. As-tu envie de ça ? Quitter la maison et aller t'enfermer pendant des semaines dans un institut pour jeunes en difficulté, des fuckés, pour la plupart, et avec lesquels tu n'as rien à voir ?

— Je sais, je sais… Ça n'arrivera plus. J'avais besoin d'argent pour payer une certaine dette. Et je voulais aider Nicky, encore plus endetté que moi.

— Quelle dette, Marie-Hélène ? Les prisons sont remplies de bonnes gens qui se sont rendus jusqu'au crime pour payer leurs dettes. De l'argent qu'ils devaient à leur *dealer*. Ton fameux Nick possède-t-il un grand réseau d'amis ?

— Tous ses amis sont devenus les miens, maman. On s'amuse ensemble, on tripe ensemble, on se soutient mutuellement. Il existe entre nous une telle chaleur, si tu savais ! Crois-moi, on forme une belle gang.

J'ai tourné ma langue dix fois pour ne pas prononcer à voix haute la fin de sa phrase : une belle gang… de rue ! Ma fille se trouve enfoncée encore plus profondément, plus ingénument que je ne l'aurais cru dans le gouffre souterrain de la toxicomanie. Vite, la ramener sur le pont en laissant le pas à la policière. Les paroles de la détective, en ce moment, auront plus de crédibilité à ses yeux que celles du parent qui n'y connaît rien même s'il s'imagine détenir la vérité. J'ai pris une longue inspiration et j'ai plongé.

— Crois-moi, je connais bien le scénario au sujet des gangs de rue.

— Gangs de rue? Mais il ne s'agit pas de ça, voyons!

— Ah non? Laisse-moi d'abord deviner au sujet de tes nouveaux amis: ils s'habillent de façon originale, ils ont l'air forts et au-dessus de leurs affaires et ils forment un clan bien solide. Tous sont des consommateurs de drogue et tous semblent apprécier triper avec toi, n'est-ce pas? Tu les rencontres chez l'un ou chez l'autre, souvent au parc quand il fait beau.

— Euh… oui!

— Tu as même reçu quelques beaux cadeaux de ton Nick, vrai?

— Comment sais-tu ça?

— Flair de détective, ma chère! Eh bien, laisse-moi te dire qu'un jour, sans que tu t'y attendes, ils vont commencer à se servir de toi pour leur rapporter de l'argent. Parce que la drogue, ça coûte cher, excessivement cher. Dans ce but, ils t'obligeront à commettre des actes répréhensibles. Des petits riens sans gravité, un service ici et là au début, livrer un paquet ou échanger une enveloppe, par exemple, mais… Tu as d'ailleurs commencé à voler à la maison et à vendre de la marijuana au collège, t'en rends-tu compte? Puis ils t'imposeront des activités plus graves comme le taxage, le trafic de stupéfiants dans les cours d'école ou dans la rue. Pire, ils te demanderont de te prostituer pour leur rapporter toujours plus d'argent. Et parce que tu ne pourras plus te passer de ta drogue, tu vivras sous leur contrainte et dans la peur. Sans parler du danger, car ça joue dur dans ce milieu-là, crois-moi, ça peut aller jusqu'à tuer! Tout ça, je ne l'invente pas, Marie-Hélène, je le constate chaque jour dans l'exercice de ma profession.

— Mais, maman, tu veux rire! Tu fais complètement fausse route! Nicolas n'est pas comme ça. Il m'aime pour vrai, je te le jure, et il n'aime que moi! Jamais il n'exigerait ça de moi, voyons! Il me veut toute à lui, seulement à lui…

— Dans ce cas-là, pour quelle raison t'es-tu emparée de l'enveloppe de la femme de ménage? Et qu'attends-tu pour l'amener à la maison, ton mec? Ton père et moi aimerions bien le connaître mieux car au camping, on l'a seulement entrevu. Et comme tu as passé la nuit avec lui sans nous prévenir, on n'en a pas gardé une très bonne impression. Tu ne nous as jamais dit d'où il vient, qui sont ses parents, ce qu'il fait dans la vie…

— Nicolas a perdu de vue sa famille depuis très longtemps et il demeure chez l'un de ses amis à une dizaine de kilomètres d'ici. Pour le moment, il a interrompu ses études. Il ne fait rien sauf se chercher un job intéressant. Il a l'intention de retourner à l'école à Vancouver, l'automne prochain, et il veut absolument me voir partir là-bas avec lui. Je ne lui ai pas encore donné ma réponse, mais j'aimerais ça l'accompagner au début de juillet. Seulement pour l'été… Ça me ferait une belle expérience et je pourrais revenir en septembre pour la rentrée scolaire. Tu vas dire oui, hein, ma belle maman d'amour?

Le feu que j'ai vu s'allumer dans les yeux de ma fille m'a fait l'effet d'un éclat de foudre destructeur. Quelle ingénuité! C'était à dresser les cheveux sur la tête. J'en ai été saisie de stupeur.

— Alors, ce fameux Nick, on peut l'inviter à souper, disons… dans deux soirs?

— Je veux bien, mais je ne sais pas si je réussirai à le rejoindre. On ne se voit qu'au parc et… pendant la nuit! Le jour, c'est Jimmy qui…

— Au parc, la nuit? Tu sors de chez nous la nuit, à notre insu, pour aller coucher avec lui au parc? Marie-Hélène, je n'en reviens pas! Combien de fois as-tu fait ça?

— Bah… je ne sais pas.

J'ignore où j'ai pris la force de garder mon calme. Jamais je n'aurais pensé que des escapades nocturnes de ma fille pour aller forniquer avec un voyou me passeraient sous le nez de la sorte. Ma fierté de détective en prend un coup! Dire que quelques minutes plus tôt, je traitais Marie-Hélène de naïve… Eh bien, telle mère, telle fille! Et pour la naïveté, je gagne le concours! Je me suis redressée pour rassembler mes instincts de mère, de celle qui tente de poursuivre froidement le dialogue alors que le cœur va lui éclater dans la poitrine.

— Pourquoi ne l'appelles-tu pas sur son téléphone portable, ton cher don Juan?

— C'est que… il ne veut pas me donner son numéro de téléphone. Pas encore. «Ça va venir» qu'il m'a dit.

— Dans ce cas-là, demain soir, tu vas faire un aller-retour rapide au parc pour aller gentiment lui dire que tes parents tiennent absolument à connaître le bel amoureux de leur fille. Quel est son nom déjà?

— Nicolas Saint-Ex. Je ne suis pas certaine de son nom de famille. En tout cas, ses amis l'appellent comme ça.

— Sa blonde ne devrait-elle pas connaître le véritable nom de son amoureux et son numéro de téléphone?

— Nicky me suffit. Et je sais où il habite.

Ainsi s'est terminée notre sortie au restaurant. Au retour, j'ai roulé derrière elle, la pédale alerte mais le cœur lourd. J'aurais aimé faire part à Robert de notre conversation, mais il dormait déjà à notre arrivée. Comme il devait prendre l'avion très tôt le lendemain, je n'ai pas osé le réveiller.

En ce moment, il est deux heures du matin. Hier soir, avec mon consentement, j'ai vu Marie-Hélène quitter la maison en douce vers onze heures, avec une invitation précise de ma part à transmettre à son prétendant et prétendu amoureux. Avec confiance – ou est-ce avec crédulité ? – je l'ai attendue, le nez collé sur la vitre du salon, convaincue de la voir revenir quelques minutes plus tard avec une réponse positive. Je n'avais pas prévu cet autre scénario.

La grande horloge du salon n'a de cesse de marteler le temps. Ma fille se trouve toujours en fugue et son téléphone portable me répond infailliblement par la voix de son répondeur. Et Robert qui ne rentre que demain… N'y tenant plus, je fais encore une fois le choix délibéré de délaisser momentanément mes deux fils endormis pour me diriger vers les parcs du quartier avec ma voiture. J'ai beau scruter à la lampe de poche tous les recoins et espaces verts, je ne vois personne. Aucun banc arborant une forme bizarre derrière un bosquet. De toute façon, il pleut à boire debout et même les gangs de rue ont dû se chercher un abri quelconque dans l'obscurité des ruelles. De Marie-Hélène, nulle trace.

Je retourne au bercail découragée et dévorée par le regret. Cette fois, je l'ai moi-même jetée dans la gueule du loup. Je lui ai donné une confiance qu'elle ne méritait pas. À bien y songer, est-ce là la bonne manière d'aider une adolescente aux prises avec la drogue que de l'envoyer seule au milieu de la nuit afin de retrouver un voyou que je n'ai même pas envie de rencontrer ? Quelle piètre mère je fais ! Mais existe-t-il d'autres manières plus sensées d'ouvrir les bras pour sauver le monde et ma fille en particulier ?

Oh ! Marie-Hélène, ma petite Marie-Hélène, où te trouves-tu en ce moment ? En train de fumer du crack ou de te shooter de la cocaïne dans les veines ? Ou pire, en train de coucher, moyennant un certain montant d'argent, avec un quidam qu'on t'a proposé ? Mais non, je divague, je mets toujours les choses au pire. Marie-Hélène n'en est pas rendue là, quand même ! Alors, qu'est-ce que je fais là, moi, à brailler dans ma voiture sur le coin de ma rue, à deux heures et demie du matin ? Comme si je me trouvais en filature dans une auto de police banalisée, en train de surveiller un bandit !

Brusquement, je quitte ma voiture devant l'entrée en faisant claquer la portière avec un fracas à réveiller tout le voisinage. Tant pis! À chacun ses problèmes! En pénétrant dans la maison, j'entends aussitôt des sanglots provenant de l'étage. Marie-Hélène! Elle est revenue pendant mon absence. Je n'ai pas le temps de lui demander comment elle a réussi à entrer en dépit de la porte fermée à double tour, qu'elle se jette sur moi. Je me rassure, elle est à jeun.

— Maman, maman-an… Nicky est parti. Il ne reviendra plus, Jimmy me l'a dit. Hou…hou…

— Parti où?

— Parti pour Vancouver. J'ai marché jusque chez lui, et il n'y avait personne. Quelqu'un avait suspendu une pancarte «À louer» sur sa porte.

— Tu as marché jusqu'au village voisin à cette heure de la nuit? Mais tu es folle, ma pauvre enfant!

— Nicky ne m'aime plus et il est parti sans même me prévenir. Ça ne se peut pas, maman, je n'arrive pas à y croire. Que vais-je devenir?

À la vérité, un poids de deux tonnes vient de quitter mes épaules de mère. À la bonne heure, le filou a déguerpi tout comme Florian Laliberté s'est réfugié dans les bras d'une autre. Voilà un problème de réglé. Ou plutôt deux problèmes de réglés!

— Et tu sais pas quoi, maman? Jimmy m'a annoncé qu'on l'avait mis à la porte du collège, hier matin.

— Ah! mon Dieu! Tu n'as rien fait de mal avec lui, hier, j'espère?

— Non, pas hier.

CHAPITRE 23

À moins qu'il ne possède des qualités exceptionnelles d'acteur ou de metteur en scène, j'ai beau l'interroger depuis trente minutes, je n'arrive pas à déceler, dans l'attitude de cet homme-là, l'ombre d'une dissimulation, ni la moindre trace de malice. Comme aux autres, j'ai réclamé la permission de le tutoyer afin de créer plus d'intimité et de confidentialité. D'allure bonasse, le regard bleu soucieux derrière ses lunettes métallique, la parole rarement hésitante et la réponse spontanée, Charles Beauchemin ne joue pas le personnage du père malheureux. Il EST malheureux. Le père le plus malheureux de la terre.

— Tu dis ne pas avoir vu Marie-Soleil depuis trois jours ?

— J'ai la grippe et je n'ose pas m'approcher d'elle. Pourtant, je m'en ennuie sans bon sens. Chantal prétend que je fais exprès pour ne pas l'accompagner à l'hôpital. Ce n'est pas vrai, j'adore cette enfant-là, elle est toute ma vie. Mais je ne la reconnais plus. Avant, elle m'accueillait tout le temps avec un sourire et elle venait toujours à moi en premier, en me tendant ses petits bras. Maintenant, elle ne bouge plus au fond de son lit, elle ne semble même pas me reconnaître. C'est affreux, affreux… Je veux pas qu'elle meure, je veux tellement pas qu'elle meure. Je ne suis plus capable de supporter cette épreuve-là. Je n'en peux plus, je vais devenir fou.

L'homme se met à sangloter comme un enfant. De mon côté, je me mords les lèvres dans l'espoir de retenir les larmes que je sens bouillonner au coin de mes yeux. Hé, ma vieille, garde ton sang-froid! Ah… presser cet homme contre moi et lui témoigner la compassion qui me dilate le cœur, lui dire : « Pleure, pleure, mon ami. La vie se montre parfois si dure envers ceux qui ne le méritent pas. Je sais à quel point ce qui touche nos enfants peut nous atteindre de façon aiguë. »

Mais en ce moment, à cette minute pénible entre toutes, mon statut professionnel doit l'emporter sur mon système émotionnel. Le sergent Isabelle Guay se contente alors de prononcer lentement, posément, clairement, les trois mots porteurs d'une vertu analgésique inestimable pour l'humanité, ces trois mots magiques qui pourraient changer le monde si chaque être humain les prononçait au moins une fois dans sa journée :

— Je te comprends.

Sous mon regard empathique, Charles Beauchemin continue de se laisser aller à son chagrin et me donne tout le loisir de réfléchir aux premières minutes de cet entretien alors qu'il s'est exprimé au sujet de son enfance et de sa jeunesse.

Fils unique, il a perdu son père en bas âge lors d'un accident de la route. Sa mère, Yvonne Beauchemin, l'a élevé avec sévérité mais correctement. À dix-neuf ans, il recevait le diplôme de machiniste qui l'aiderait, tout au long de son existence, à subvenir à ses besoins. Sa décision de rester célibataire pour le reste de ses jours ne l'a cependant pas empêché de courir les filles.

Un jour, une de ses conquêtes est venue le trouver pour lui annoncer qu'elle attendait un enfant de lui. Bouleversé mais encouragé par sa mère, Charles a décidé d'assumer ses responsabilités paternelles. Il a assisté à la naissance de sa fille Tania et s'est tout de suite pris d'affection pour elle. Au bout de quelques mois, il a dû prendre l'enfant totalement à sa charge, compte tenu des négligences et de l'indifférence de la jeune mère qu'on trouva plus tard pendue au bout d'une corde lorsque Tania avait un an et demi. Cependant, entourée d'un père aimant et de sa grand-maman Yvonne constamment aux petits soins, l'enfant a pu grandir normalement jusqu'au jour où une nouvelle amoureuse est entrée dans le décor : Chantal Laplante.

En très peu de temps – « trop peu ! » a-t-il cru bon de me préciser – l'homme a vu en Chantal l'occasion rêvée de donner une véritable mère à sa fillette de quatre ans. Quand la jeune femme lui a annoncé sa grossesse tout à fait imprévue, les résolutions de célibat de Charles ont été réduites à néant. Il a décidé d'emblée de demander officiellement la jeune femme en mariage en dépit de leurs nombreuses disputes et mésententes. Ensemble, ils allaient fonder un foyer.

Durant les premiers mois, les nouveaux mariés ont mené cahin-caha une existence à peu près acceptable, selon les humeurs du jour. La naissance de Marie-Soleil et la présence de Tania ont contribué à maintenir les morceaux du casse-tête ensemble pendant un certain temps. Mais à la longue, les fréquentes altercations ont constitué une menace à la survie de la petite famille.

Et maintenant, en cette période difficile, la terrible situation de Marie-Soleil augmente les tensions au lieu de rapprocher le couple. Il s'agit d'une question de jours ou de semaines avant la séparation définitive, Charles Beauchemin me l'apprend d'une voix chevrotante à peine intelligible.

— C'est devenu invivable. Invivable !

Invivable... Chantal Laplante n'a-t-elle pas employé le même terme en parlant de son ménage ? Le silence envahit soudain la pièce, entrecoupé par les soupirs de l'homme, soupirs déchirants, indices d'une souffrance innommable. J'ose à peine bouger de peur de briser l'intensité du moment. Mais la raison finit par l'emporter et je me racle la gorge pour ramener mon interlocuteur à la réalité présente. L'homme retrouve enfin son calme et lève bravement la tête, de nouveau prêt à affronter mes questions.

— Nous voilà au point culminant de l'entrevue, Charles. Cela va encore réveiller des émotions douloureuses, je le crains. Je te demande tout de même de te montrer clair et précis et, surtout, de me dire spontanément tout ce qui te vient à l'esprit, d'accord?

Charles cligne des yeux et donne tacitement son consentement par un simple signe du chef.

— Alors, allons-y. Depuis trois semaines, ta belle-mère, Rita Laplante, gardait Marie-Soleil pour une période temporaire, n'est-ce pas?

— Oui, nous étions pris au dépourvu et Rita acceptait de nous dépanner pour un temps limité, on s'était entendus là-dessus dès le début. Mais un jour, elle affirmait vouloir inscrire définitivement Marie-Soleil sur sa liste de garde, le lendemain, elle me disait de chercher ailleurs. Moi, j'avais hâte de sortir ma fille de là, je vous avoue. Ni Chantal ni moi ne lui faisions confiance.

— Ah non? Et pourquoi? Tu n'aimes pas Rita?

— Chantal ne vous a-t-elle pas raconté son enfance? Sa mère l'a traitée avec brutalité pendant des années. Je ne suis pas certain qu'elle ait changé tant que ça maintenant, la chère belle-mère, malgré ses promesses d'ivrogne et ses innombrables serments pour nous rassurer. La seule chose qui intéresse cette femme, c'est le chèque qu'on lui remet à la fin de la semaine.

— Vous la croyez encore violente?

— Dès la deuxième journée qu'elle a gardé Marie-Soleil, j'ai découvert des bleus et de la peau éraflée sous ses bras en lui donnant son bain. Quand Chantal a vu ça, elle a aussitôt voulu abandonner son travail et attendre de trouver une autre gardienne avant d'y retourner. Mais l'ampleur de nos dettes a relégué nos inquiétudes aux oubliettes. Chantal ne pouvait se permettre de quitter son emploi. Évidemment, le lendemain matin, quand elle a interrogé sa mère au sujet des bleus, Rita a répondu que les autres enfants de la garderie avaient sans doute essayé de soulever la petite. Chantal lui a vertement recommandé de voir à ce que ça ne se reproduise plus.

— Après les bleus, d'autres incidents du même genre se sont-ils produits par la suite?

— Un jour, Marie-Soleil est revenue avec une immense prune sur le front. Cette fois, la belle-mère a prétendu l'avoir vue tomber contre la rampe de l'escalier. Le lendemain, c'était une bosse derrière la tête. Cette fois, Rita Laplante n'avait pas d'explications. Et plus ça allait, plus Marie-Soleil pleurait, le matin, quand Chantal la remettait entre ses bras. Rita disait à Chantal de s'en aller au plus vite, que la petite cesserait dès qu'elle aurait franchi la porte.

— Donc, Marie-Soleil est toujours bien éveillée quand elle arrive à la garderie, si je comprends bien. Se pourrait-il que le matin du vendredi 6 mai, elle se soit endormie dans la voiture et que ta femme l'ait remise encore endormie à ta belle-mère?

— Je n'en sais rien, je quitte toujours la maison quelques minutes avant ma femme. Mais ça me surprendrait, car la petite n'aurait pas le temps de s'endormir entre chez nous et la demeure de Rita située pas très loin. D'habitude, à six heures du matin, Marie-Soleil est pleine d'énergie comme tous les enfants du monde, et ma belle-mère la recouche plus tard au cours de l'avant-midi.

— Ce fameux vendredi matin du 6 mai, avant de partir pour ton travail, as-tu remarqué quelque chose d'anormal chez Marie-Soleil? Paraissait-elle très en forme ou un peu malade? Réfléchis bien, Charles, ta réponse est de la plus haute importance.

L'homme me dévisage avec un air surpris, ne voyant pas l'intérêt de ma question.

— Elle semblait correcte. Je ne vois pas ce que je pourrais vous dire de plus. Si elle avait été malade, Chantal serait restée à la maison avec elle. De ça, je suis certain.

— Même chose pour le lundi matin ?

— Même chose pour le lundi matin.

— Connais-tu un amoureux à ta belle-mère, Charles ? Un homme qui viendrait la voir un ou deux soirs par semaine ?

— Euh…non ! Autrefois, elle… elle… avait plusieurs copains, mais maintenant, je n'en sais rien. Pourquoi me demandez-vous ça ? Ah ! je déteste cette femme !

— Explique-moi pour quelle raison.

— Cette façon qu'elle a de me regarder de haut… Comme si d'être la gardienne de ma fille lui conférait une certaine autorité sur moi ! Ainsi, j'aurais dû lui mettre mon poing dans la face, le vendredi où la petite est tombée malade, quand elle m'a dit sur un ton de je-m'en-foutisme évident que la prochaine semaine de gardiennage serait la dernière. Je l'entends encore me lancer par la tête : « Des enfants malades, j'en veux plus ! » Imaginez ! Sa petite-fille fait une gastro et elle se sert de ce prétexte pour la mettre à la porte. S'il y a quelqu'un au monde qui a pu secouer Marie-Soleil, c'est elle. Cette femme-là peut se montrer hypocrite et violente, vous n'avez pas idée. Demandez à Chantal ! Je ne suis pourtant pas un homme méchant et habituellement, je maîtrise mes émotions, mais elle, cette vieille mégère, elle me fait capoter ! Je n'ai aucune confiance en ma belle-mère. Aucune. Et ça, je peux vous le signer sur mille formulaires, si vous le voulez !

« À moi non plus, elle n'inspire pas confiance ! » J'ai failli le dire tout haut, mais je réussis tant bien que mal à garder ma réflexion pour moi-même. À mon tour de devoir me ressaisir afin de poursuivre placidement mon questionnaire.

— Les derniers jours avant l'incident, s'est-il produit quelque événement spécial? Le fameux vendredi qui nous intéresse, par exemple.

— Ce matin-là, il ne s'est rien passé d'anormal chez nous, à tout le moins, pas que je sache. Mais quand je me suis pointé à la garderie en fin d'après-midi, j'ai aperçu Rita en train de bercer ma fille endormie. Jamais je ne l'avais vue agir de la sorte. Elle a dit que la petite souffrait d'une gastro-entérite depuis le matin et qu'elle nous donnait une semaine pour trouver quelqu'un d'autre. Bizarrement, je n'ai pu réussir à réveiller Marie-Soleil à ce moment-là. En la déposant sur son siège d'auto, j'ai vu sa tête ballotter dans tous les sens. Au souper, encore somnolente, elle a accepté de prendre seulement la moitié d'un biberon qu'elle a régurgité une heure plus tard. Comme elle a pleuré toute la nuit, contrairement à ses habitudes, j'ai décidé de l'amener à la clinique du quartier le samedi matin où on a confirmé le diagnostic de gastro-entérite même si elle ne souffrait pas du tout de diarrhée.

— Et après la fin de semaine, l'enfant allait-elle mieux?

— Oui, assez pour la ramener le lundi matin chez sa grand-mère malgré son braillage incessant et son désintérêt pour ses jouets. Elle ne vomissait presque plus et avait réussi à garder la compote de pommes avalée pour le déjeuner.

— Et ensuite?

— Ensuite? Je n'en sais rien. Ce lundi après-midi-là, Marie-Soleil était complètement poquée et louchait d'un œil quand je suis allé la chercher. Sa tête dodelinait encore et elle n'avait plus aucune réaction.

— Comment Rita a-t-elle expliqué cela?

— Elle a affirmé ne pas avoir remarqué son œil croche de la journée. Allons donc, c'était pourtant flagrant! Elle s'est contentée de me dire que la petite paraissait fatiguée et avait de nouveau vomi à plusieurs reprises. J'aurais dû ramener le bébé à la clinique immédiatement, ce soir-là, mais je voulais la montrer à Chantal qui n'a pas trop réagi, affirmant qu'un problème viral, ça doit faire son temps et que ça finit toujours par se régler tout seul au bout de quelques jours.

— Et alors ?

— Alors, j'ai couché Marie-Soleil qui a refusé d'avaler quoi que ce soit. Au milieu de la nuit, elle a recommencé à pleurer et j'ai tenté de lui redonner un biberon. Son œil louchait toujours et comme elle me paraissait toujours aussi perdue, je dirais même pratiquement inconsciente, j'ai décidé cette fois de me rendre directement à l'Institut pédiatrique tout en laissant Chantal dormir.

— Pourquoi ne pas l'avoir avertie ?

— Parce qu'elle devait se lever tôt pour aller travailler le lendemain, voyons ! Je lui ai tout de même laissé une note sur le coin de la table, vous saurez !

L'homme me regarde d'un air surpris comme s'il me découvrait incapable de comprendre l'évidence de son geste généreux.

— Comment ça s'est passé à l'hôpital ?

— Dès que l'infirmière à la réception a vu l'enfant, une foule de médecins sont venus l'examiner l'un après l'autre. On n'a pas tardé à transférer Marie-Soleil aux soins intensifs et on a prescrit une infinité de tests et de prélèvements. Ça n'en finissait plus ! J'ai appelé Chantal à six heures, et elle a promis de venir me rejoindre à l'hôpital dans le courant de la journée. Puis j'ai téléphoné à Rita pour l'avertir de l'absence de Marie-Soleil ce jour-là. Quand elle a su que la petite se trouvait encore souffrante, elle s'est mise à me bombarder de questions, plus que normalement. Comme j'ai trouvé ça un peu étrange, j'ai décidé de ne pas lui révéler l'endroit où je me trouvais. Vous connaissez le reste. J'ai rencontré dès le début de l'avant-midi des tas de médecins, deux travailleuses sociales et, un peu plus tard, vous, représentante de la police.

Sur ces derniers mots, Charles Beauchemin baisse silencieusement la tête comme s'il avait besoin d'un moment de recueillement pour arriver à décanter ces insupportables souvenirs. Pour ma part, je me demande comment une mère normale et aimante peut se rendre d'abord à son travail et ne se présenter à l'hôpital qu'au milieu de l'après-midi alors qu'on lui a annoncé avoir détecté une hémorragie dans le cerveau de son enfant. À moins d'avoir des choses graves à se reprocher…

Autre son de cloche : la grand-mère gardienne, au bord de la panique, a réagi curieusement en ne cessant de questionner le père. Cela ne trahit-il pas une inquiétude morbide pesant lourd sur sa conscience ? J'imagine le scénario : elle a secoué l'enfant une fois de plus et s'inquiète de ne pas la voir prendre du mieux comme le vendredi précédent. Je ne suis pas psychologue, mais… Hum ! démêler tout ça ne sera pas une sinécure !

— Marie-Soleil t'a-t-elle déjà fait perdre patience, Charles ? Réponds-moi honnêtement. Ça arrive à tout le monde de « pogner les nerfs », moi la première, tu sais. Je peux très bien comprendre ça.

— Jamais, vous m'entendez, jamais ! Il ne m'est jamais arrivé de perdre le contrôle. Ni moi ni ma femme.

Sans s'en rendre compte, Charles Beauchemin me tend une perche que je m'empresse de saisir.

— Ta femme, justement, a-t-elle l'habitude de corriger sévèrement l'enfant ?

— Non, elle ne l'aurait pas maltraitée au point de l'envoyer à l'hôpital, j'en suis certain. À cause de son jeune âge, elle n'a jamais tapé Marie-Soleil. Chantal se montre beaucoup plus sévère et exigeante envers ma pauvre Tania.

— Elle maltraite Tania?

— Non, non! Maltraiter constitue un trop grand mot! L'harmonie ne règne pas entre ces deux-là, disons. Tania a surgi dans la vie de Chantal comme une intruse dont elle n'avait nullement besoin, au moment où elle-même se trouvait enceinte de sa propre fille. Et Tania se montre souvent détestable, je l'admets. Mais Chantal reste toujours dans les limites de la normale dans sa relation de mère adoptive de ma fille. Cela, je peux vous le jurer.

— Sois franc et honnête, Charles. Existerait-il une possibilité, si minime soit-elle, pour que ta femme ait brassé le bébé entre le jeudi soir et le vendredi matin du drame?

L'homme quitte sa chaise et s'approche de mon bureau. Je le vois plisser les yeux et porter ardemment ses deux mains contre sa poitrine.

— Malgré tout ce qui nous sépare à l'heure actuelle, Chantal et moi, je suis formel à cent pour cent que ma femme n'a pas pu faire ça. Je vous le jure sur ce que j'ai de plus cher au monde.

— Qu'entends-tu par « ce qui nous sépare »?

— Bof… Notre relation me paraît à contresens pour le moment. Je suis tanné d'elle et j'ai bien envie de la quitter, et je pense que c'est réciproque. Elle a le caractère de sa mère et se montre souvent bizarre et immature. Je vous ai dit à quel point je déteste Rita. Sauf votre respect, je peux vous dire que cette femme-là me fait chier. Malheureusement, quand quelque chose l'énerve, ma femme se comporte comme sa mère : elle perd la tête et devient hystérique.

— À quelles occasions?

— Depuis que ça va mal entre nous deux, Chantal passe son temps à lever le ton, exactement comme Rita. Elle me « cherche » et a le tour de me crinquer comme c'est pas possible! Tenez, regardez: on s'est disputés, hier soir, pour une niaiserie. Imaginez: j'ai complètement oublié de faire une certaine course en revenant de travailler. Une vraie stupidité! Elle s'est alors tournée vers moi et a commencé à me donner des coups de pied en me traitant de coupable d'avoir secoué Marie-Soleil. Je suis pourtant un homme doux et jamais je n'aurais fait de mal à mon petit trésor, elle le sait mieux que n'importe qui. Mais dans les situations de stress, elle perd parfois la notion des choses. Quand elle a commencé à me frapper, j'ai tenté de l'immobiliser contre le mur. Mais hors d'elle-même, elle s'est mise à m'égratigner le torse et les bras. Ça devait l'énerver, je suppose, que je vienne témoigner à la police aujourd'hui. Tenez, regardez.

Candidement, Charles Beauchemin pose le geste qui ébranle toutes mes théories: il déboutonne sa chemise et me montre de longues et larges égratignures striant sa poitrine. Ainsi, Chantal Beauchemin est capable d'une telle violence…

— Dis-moi la vérité: est-ce que Marie-Soleil rend parfois sa mère à bout?

— Euh… ça arrive des fois comme le font tous les bébés, mais ma femme ne perd jamais complètement le nord, ça je peux vous l'assurer!

La perte du nord ne me semble cependant pas très loin! Malgré moi, je ne peux me retenir de jeter de nouveau un œil sur les cicatrices sous la chemise partiellement déboutonnée.

— Jure-moi, Charles, que Marie-Soleil paraissait en pleine forme quand tu as quitté la maison pour aller travailler, vendredi matin.

— Je vous le jure sur la tête de ma pauvre petite chérie en train de souffrir sur son lit d'hôpital: elle me paraissait relativement en bonne santé malgré sa gastro, aussi bien vendredi matin que lundi matin. Jamais ni moi ni Chantal ne l'aurions traitée de la sorte. Sur le coup, l'autre jour, quand j'ai appris qu'on avait brassé ma fille à ce point, j'ignorais qui avait pu lui faire ça, mais maintenant, plus j'y pense, plus je sais que c'est elle.

— Elle ?

— Oui, elle, Rita Laplante, ma maudite belle-mère !

— Une dernière question : as-tu des contacts avec elle depuis l'hospitalisation du bébé ?

— Jamais ! À l'hôpital, vous m'aviez dit de lui en dire le moins possible et je m'y suis conformé. De toute façon, la sans-cœur n'a jamais téléphoné chez nous pour avoir des nouvelles.

— Tu as bien fait de ne rien lui dire. Y aurait-il autre chose dont tu aimerais me parler, Charles ?

— Euh… oui, au risque de me répéter : dans ma tête à moi, jamais Chantal n'aurait pu faire autant de mal à Marie-Soleil. Je la sais incapable d'agir de la sorte malgré son mauvais caractère. Je reste catégorique là-dessus.

Sur ces mots, Charles Beauchemin se lève et me tend la main, visiblement soulagé d'en avoir terminé avec cette difficile et longue entrevue. Stoïque, je le regarde partir, laissant dans son sillage plus de confusion qu'il ne m'a apporté d'éclaircissements : les bleus et les bosses trouvés de temps à autre sur le bébé au retour de la garderie, les égratignures sur la poitrine du père, preuves évidentes de la violence de sa femme, les mensonges de Rita déclarant s'informer tous les jours, la petite en pleine forme le vendredi avant de partir pour la garderie où elle arrive habituellement réveillée, contrairement aux dires de la grand-mère… Ouf !

Je rentre à la maison, le cerveau en effervescence, pour retrouver, allongée sur son lit dans une chambre toujours parfaitement en désordre, ma fille Marie-Hélène digérant sa peine d'amour, le regard perdu au plafond. Elle semble à jeun, à mon grand apaisement. À côté d'elle, un livre de géographie traîne sur le plancher.

L'a-t-elle au moins ouvert? Je sais que demain, elle a un examen. Mais qui a envie d'apprendre la liste des ressources naturelles des régions du Québec quand l'être aimé vient de déguerpir sans crier gare?

Doucement, je pose la main sur son front et murmure intérieurement des mots que je n'ose prononcer à voix haute:

« Je te comprends. »

CHAPITRE 24

Trois heures trente de l'après-midi. Marie-Hélène termine ses classes précisément à cette heure. Je prie pour qu'elle se soit présentée et ait réussi son examen de géographie. Contrairement à mes habitudes à ce moment de la journée, je compose le numéro de son téléphone portable. Une fois, deux fois, trois fois. Une petite voix enrouée me répond enfin.

— C'est toi, maman? Excuse-moi, j'étais dans la piscine.

— Dans la piscine à cette heure-ci? Quelle piscine?

— Ben chez nous, c't'affaire! Tu ne te rappelles pas que j'avais congé, cet après-midi? J'ai invité quelques amies à venir fêter la fin de nos cours de géo pour cette année.

Quelle bonne idée de renouveler son réseau d'amis! À part la vilaine Stéphanie complice des coucheries de ma fille et peut-être de bien d'autres choses que je préfère ignorer, je ne connais pas vraiment ses autres relations. Bien sûr, je n'oublie pas le satané Jimmy, le voyou mis à la porte du collège dernièrement et disparu du quartier peu après, et dont Marie-Hélène ne m'a plus reparlé. Aucune raison, donc, pour retrouver ce dernier en train de célébrer chez nous son examen de géographie puisqu'il ne l'a pas fait! Par miracle, le collège s'est montré plus tolérant envers ma fille et lui a laissé la chance de terminer son année. J'en remercie le ciel, mais cela me paraît malgré tout intrigant.

Je sens ma pression sanguine monter de quelques échelons en entendant Marie-Hélène parler de ses invitations.

— Quels amis?

— Maman, tu vas être contente de moi. J'ai invité quatre copines de ma classe. Des filles correctes, tu comprends ce que je veux dire?

— Parfait! Et ton examen?

— Ça s'est super bien passé. Une seule question m'a embêtée: je ne me rappelais plus de la principale richesse de l'Abitibi. Tu t'en souviens, toi, maman?

— De l'Abitibi? Euh… On en reparlera plus tard, tu veux bien? Dis donc, ma chouette, j'ai bien hâte de rencontrer tes nouvelles amies. Il me reste une dernière arrestation à effectuer rapidement pas très loin d'ici et je rentre aussitôt après. Peux-tu t'occuper de faire habiller Frédéric pour sa partie de soccer quand il reviendra de l'école? Ton père arrivera plus tard avec Matthieu. En attendant, amusez-vous bien! Tu trouveras des boissons gazeuses dans le frigo du sous-sol, et des croustilles dans la réserve.

Je me sens mieux! Bien… un peu mieux, disons. Comment la sérénité d'une femme de quarante-deux ans, épouse, mère, policière, citoyenne engagée et assumant entièrement ses responsabilités, femme respectée et respectable, comment, dis-je, la sérénité de cette femme peut-elle dépendre à ce point d'un simple examen de géographie de secondaire 3, une bonne journée de la fin du mois de mai? En prenant conscience de cet état de choses, je me sens ridicule. Mentalement, je me promets de m'informer sur les ressources naturelles de l'Abitibi.

À voir l'air impatient de Jennifer Daigle en train de m'attendre, appuyée sur le chambranle de la porte en se demandant si je vais enfin aboutir, je soupçonne qu'elle va bientôt exploser.

— T'en viens-tu, là, la tite mère?

— J'arrive, j'arrive!

L'arrestation ne devrait pas nous prendre trop de temps. Le mandat se trouve déjà dans mon porte-document. Le Marocain, Amid Rajah dormira dans une cellule de prison ce soir, pour la deuxième fois de son existence. La première fois, il s'en est bien tiré et a retrouvé sa liberté le lendemain, mais aujourd'hui, son compte est bon: violence conjugale et menace de mort le mèneront sous les verrous pour un bout de temps. Ses deux jeunes enfants ont eu voix au chapitre, et je m'en réjouis car leur vibrant témoignage de ce matin enverra leur père au cachot. Parce que la mère... hum! Cette femme, une Québécoise peu sympathique, n'hésiterait pas à déguiser la vérité pour se débarrasser du type et l'empêcher d'obtenir sa résidence permanente, ça sautait aux yeux, hier, quand elle a fait sa déposition. Par contre, nous devons sévir car, maintenant réfugiée avec ses petits dans un centre pour femmes battues, elle porte tout de même des marques de violence sur la tête et le visage. Heureusement, le sauvage a épargné les enfants.

Eux ne savent pas mentir et ils ont corroboré les dires de leur mère, chacun à son tour et sans sa présence. Quand la plus jeune s'est mise à hurler de frayeur lorsque je lui ai demandé si elle aimerait retourner à la maison seule avec son papa fâché, j'ai compris qu'elle disait la vérité. Et le geste précis du grand frère mimant Amid Rajah en train de frapper la tête de sa femme contre le mur en disant: «Je vais te tuer!» m'a paru sans équivoque. Le procureur n'a pas hésité à émettre un mandat d'arrestation en bonne et due forme contre l'homme.

Pendant un instant, l'intervention de cet enfant m'a rappelé celle de Tania qui imitait Chantal Laplante lançant la petite Marie-

Soleil dans son parc. Mais revenons à nos moutons. Concernant notre cher monsieur Rajah, il nous suffira, à Jennifer et à moi, de lui lire le mandat, puis de laisser les patrouilleurs l'arrêter et l'amener eux-mêmes au poste de police. Jennifer et moi pourrons alors considérer notre journée comme terminée.

Une fois sur place et notre voiture banalisée garée devant l'immeuble d'habitation, je sollicite par téléphone l'aide des patrouilleurs du quartier.

— Allo, ici le sergent Guay, matricule 1382, section de la maltraitance. J'aurais besoin d'un duo[9] pour procéder à une arrestation au 3394, place de la Princesse. J'ai le mandat en main. Allo? Allo?

Au bout d'un certain temps, le poste central nous informe qu'aucune voiture de police ne pourra se pointer avant une bonne demi-heure, sinon plus. Un grave accident vient de se produire à quelques rues de là, et toute l'équipe du secteur s'y trouve présentement. Nous réitérons donc l'appel quelque trente minutes plus tard avec le même résultat. Je commence à m'impatienter. N'avais-je pas promis à Marie-Hélène d'arriver assez tôt pour rencontrer ses amies?

Écrasées de chaleur et affalées sur notre siège de voiture, Jennifer et moi ne trouvons rien d'autre à faire que de placoter amicalement. Elle profite de ce temps mort pour me parler de son nouveau cavalier « sympa mais très indépendant ».

— Tu sais, le gars sur la défensive qui hésite à s'embarquer dans une relation amoureuse… Florian Laliberté a pourtant fait les premiers pas vers moi, mais maintenant, devant l'éventualité de voir tout ça prendre une tangente plus sérieuse, il fanfaronne moins, le coquin!

Je ravale ma salive. Ah bon! Avec moi, le beau sergent ne s'est pourtant pas montré sur la défensive. Et si son cœur, habité par

---

9. Voiture de police avec deux policiers.

quelqu'un d'autre, ne se trouvait pas disponible pour Jennifer ? Allons, Isabelle Guay, tu exagères ! Cesse donc de fabuler !

— Donne-lui le temps, Jennifer ! Sinon tu risques de l'effrayer. Son dernier revers amoureux a dû le rendre méfiant.

— Moi aussi, j'ai peur. Pour te dire franchement, je pense encore à Jean-Luc, mon ex. Je n'arrive pas à l'oublier ! Et puis, Florian reste un homme peu disponible. C'est le genre de type zélé très capable de délaisser sa vie privée pour l'amour de son travail. Trop flyé pour moi, je le crains. De ce temps-ci, il travaille très fort, surtout la nuit.

Et c'est tant mieux ! Moins je le verrai, mieux ça vaudra ! Les histoires terminées, et d'ailleurs jamais commencées, doivent demeurer terminées !

— Je comprends maintenant pourquoi on ne le voit presque pas au bureau.

Après un troisième appel lancé en vain aux patrouilleurs, nous renonçons à leur assistance et décidons de procéder par nous-mêmes, sans nos uniformes, sans voiture de police identifiée, sans menottes. Mine de rien, je tâte mon arme sous la veste de mon tailleur.

— À nous deux, monsieur Rajah !

L'homme qui nous ouvre la porte me surprend par sa prestance et sa gentillesse. Il ne sursaute même pas quand, après lui avoir montré notre badge de police et les papiers officiels, nous lui faisons part de son état d'arrestation.

— Vous savez, je m'attendais un peu à votre venue. Ma femme exagère toujours les faits, la fin finaude !

Jennifer ne se gêne pas pour rétorquer froidement.

—Ce n'est pas à nous de juger, monsieur, mais sachez que vous avez le droit d'appeler votre avocat et même de garder le silence. Normalement, nous devrions vous passer les menottes et vous amener dès maintenant en détention. Mais comme vous vous montrez poli et coopératif et que les sandwiches servis pour souper au poste de police sont immangeables, nous vous faisons confiance et vous donnons jusqu'à ce soir, huit heures, pour vous présenter de vous-même à cette adresse. Sinon, tous les policiers de la ville et même de la province partiront à votre recherche. Me fais-je bien comprendre?

Le type ne sourit plus. Sans doute s'attendait-il à un questionnaire sur sa version des faits et à un simple avertissement. Tant pis pour lui, il n'avait qu'à bien se tenir! Quelques mois derrière les barreaux le feront peut-être réfléchir. A-t-on idée d'imposer un tel enfer à sa famille?

Lorsque je tourne enfin le coin de ma rue de banlieue, il passe largement six heures. La voiture de Robert ne se trouve pas dans l'entrée, mais j'aperçois un étranger se diriger à pied vers notre maison en compagnie de Frédéric pleurant toutes les larmes de son corps.

—Excusez-moi, madame. Vous êtes la mère de ce garnement, je suppose? Je me présente: Louis Ouellette, votre nouveau voisin. Je suis le père de trois garçons et j'habite la deuxième maison de l'autre côté de la rue. Je me permets de vous dire que, depuis le début du printemps, votre fils sème la zizanie dans le voisinage. Il agace tout le monde, il monte les enfants les uns contre les autres et semble toujours en train d'en attaquer un. Il ne respecte rien, pas même les plates-bandes. Tantôt, il a démoli sans raison la cabane que mon fils et ses amis ont mis une semaine à construire dans le boisé du bout de la rue. Là, ça suffit! Je ne veux plus voir votre petit monstre autour de chez moi, avez-vous bien compris?

Estomaquée par ce discours inattendu, je reste muette et immobile, incapable de répondre. Déçu par mon absence de réaction, l'homme tourne bêtement les talons et passe devant moi en lâchant un juron. Je finis par me ressaisir et empoigne mon fils par la peau du cou.

— Qu'est-ce que je viens d'entendre, Frédéric Deschamps? C'est quoi, ces comportements-là?

— C'est pas moi, c'est eux qui ont commencé à me crier des noms!

Satisfait, le voisin continue son chemin sans même me saluer. Et si les disputes provenaient de ses garçons à lui, véritables petits monstres provocateurs? Frédéric se met alors à pleurnicher.

— Ouin… Je voulais aller à mon soccer, moi!

— Je sais, je sais, tu as manqué ta partie à cause du retard de ton père, je le vois bien. Pas de ma faute si ni lui ni moi n'avons pu arriver à temps pour te conduire au parc! Écoute-moi bien, Frédéric, il n'est pas question de te montrer détestable envers les voisins. J'ai bien envie de te couper le soccer pour les trois prochaines parties, moi! Tu dois apprendre à respecter les autres, mon cher, et à ne pas détruire leurs affaires. M'as-tu bien comprise?

Frédéric redouble ses pleurs mais ne regimbe pas, se contentant de me fusiller d'un regard plein de hargne. Une fois à l'intérieur de la maison, je constate que rien ne bouge, mais la crise de colère de mon fils ne tarde pas à en perturber la quiétude. J'appelle d'abord la garderie pour savoir si mon mari est bien allé chercher Matthieu avant la fermeture. On me rassure, il vient tout juste de quitter l'endroit avec le petit. Je jette ensuite un œil sur la piscine, à la recherche de Marie-Hélène et de ses amies, mais ne vois pas âme qui vive. Je monte ensuite à l'étage et, à mon grand étonnement, je la trouve étendue seule sur son lit, les écouteurs sur les oreilles.

— À quoi penses-tu, ma grande? Tu as l'air bien morose.

— Je pense à … je pense à Nicolas.

— Tes amies sont reparties ?

— Oui.

Devant cette réponse sèche et évasive, je m'approche d'elle et la scrute longuement. L'odeur ne me trompe pas. L'odeur, les yeux rougis et fuyants, les mains tremblantes… Merde !

— Ne me dis pas, Marie-Hélène, que tu as encore fumé du pot ! Je n'en reviens pas, tu me décourages !

— Juste un joint, maman. Un seul avec mes amies.

— Comment ça, un seul ! Tu m'avais promis…

— Il m'en restait un peu et comme mes copines ne connaissaient rien au pot, on a vécu ça comme une expérience, rien de plus. C'est sans conséquence. Là, j'en ai plus et j'en rachèterai pas, tu peux me croire.

— Moi, te croire ? Tu veux rire ! Croire en ta parole d'ivrogne, ou plutôt ta parole de droguée ? Parole de ratoureuse et de menteuse, de manipulatrice… J'avais rêvé d'une fille franche, une belle grande fille pleine de bonne volonté, ferme et déterminée. Là, j'aurais cru en tes promesses. Plus maintenant. Seule une fille sincèrement décidée peut guérir, Marie-Hélène…

Je frémis devant son peu de protestation. Au moins, les derniers événements auront eu l'effet positif de nous avoir rapprochées. On peut maintenant se parler, elle et moi, c'est déjà ça ! En dépit de ma profonde déception du moment présent, je garde la certitude que le mur entre nous, autrefois infranchissable comme un mur de prison, s'est réduit à une mince paroi poreuse laissant passer la communication. Surtout ne pas le laisser s'engluer, ce mur, dans le ciment de la tromperie ni surmonter par les barbelés du non-dit ou l'épaisseur de l'incompréhension. Et par-dessus tout, ne pas laisser ma colère le durcir et le consolider.

La fille idéale, devant le retard de ses parents à l'heure du souper, aurait sans doute commencé à préparer le repas, à peler les pommes de terre et à mettre la table. Mais ici, rien n'a bougé. Les sacs de croustilles vides et les bouteilles de boisson gazeuse traînent un peu partout sur le patio. Hélas, la fille idéale reste une utopie. Elle n'existe pas chez moi. Peut-être ailleurs?

Robert, d'humeur plutôt bourrue, apparaît finalement. Le mari idéal n'existe pas non plus! Je ne lui raconterai rien de ma journée, pas maintenant du moins. Heureusement, Matthieu tient à bout de bras une grande feuille de papier qu'il me rapporte avec fierté de la garderie. Il s'agit d'un grand cœur maladroitement dessiné sur lequel on lui a fait recopier en lettres géantes les mots mal formés et à peine lisibles: *JE T'AIME*. Je m'y accroche comme à une bouée de sauvetage et commence courageusement à mettre le souper en branle.

Je ne me doute pas que deux heures plus tard, un autre homme sonnera à ma porte. C'est Frédéric, en pyjama, qui a vu la voiture de police s'approcher de la maison.

— Maman, maman, la police arrive!

Ah? Pour quelles raisons des patrouilleurs viendraient-ils jusque chez moi? Quel oubli de ma part ou quelle erreur peut motiver une telle visite? J'accours à la porte avec une pointe d'anxiété sur le cœur. Quelle journée, tout de même!

— J'aimerais parler à Marie-Hélène Deschamps, s'il vous p… Isabelle? Ah bien, tu parles! Comment ai-je pu me leurrer à ce point? Jamais je n'ai fait le lien entre Marie-Hélène Deschamps et Isabelle Guay. Dans mon esprit, tu es Isabelle Guay et j'oublie toujours d'ajouter le Deschamps. Désolé de vous importuner, madame Guay-Deschamps! Tu m'avais pourtant dit habiter ce quartier. Je… je suis confus, excuse-moi!

Florian se rend-il compte à quel point il me paraît séduisant avec son air de petit garçon pris en défaut?

— Pourvu que vous… que tu ne viennes pas ici pour une raison grave, tu es le bienvenu chez nous, Florian. Moi aussi j'avais oublié ton enquête dans le quartier. Pour quelle raison, déjà ? Ah ! oui, démanteler un réseau de trafiquants de drogue. Est-ce que…

Dieu du ciel ! Un coup de tonnerre vient d'éclater dans ma tête. Les liens n'ont pas mis pas de temps à s'établir d'eux-mêmes : trafiquants-enquête-police-Nicky-Marie-Hélène… Je m'appuie désespérément au chambranle de la porte, sentant la tête me tourner sans bon sens. Le sergent perçoit-il mon trouble ? Il me tend les bras et je m'y blottis comme une âme perdue.

Tout à coup je me sens mieux. Cet homme dégage une telle assurance, une telle force. Il me semble que rien de grave ne peut plus arriver. Cette poitrine musclée, cette odeur masculine légèrement fauve, cette voix grave et vibrante qui résonne à travers sa chemise… Mais voyons, qu'est-ce que je fais là, moi, encore une fois dans les bras du beau Florian Laliberté ? Et chez moi par-dessus le marché ! Je me retire presque brutalement de cette étreinte pour le moins hasardeuse et tente de retrouver mes esprits.

— Tu n'as pas un mandat d'arrestation contre ma fille, j'espère ?

— Pas du tout, rassure-toi, Isabelle. Je viens seulement lui poser quelques questions. On a arrêté dernièrement un de ses copains, Nicolas Rioux, et lors de sa déclaration, il a inscrit le nom de Marie-Hélène Deschamps sur sa liste d'amis. Je voudrais en savoir davantage sur ce type, voilà tout ! Si j'avais su qu'il s'agissait de ta fille, je t'aurais demandé de la questionner toi-même, je t'assure. Ne t'en fais pas, il ne s'est rien passé de grave à son sujet, seulement des petites folies d'adolescente.

— Mais on a mis son ami Jimmy à la porte de l'école et ça m'inquiète. Je ne connais pas le nom de famille de ce garçon, malheureusement, mais il ne m'inspire rien de bon.

— Jimmy, Jimmy… Ce nom-là me dit quelque chose. Laisse-moi regarder dans mes dossiers. Ah ! j'y suis : Jimmy Landry est le cousin et surtout le complice de Nicolas Rioux. Mon collègue l'a récemment sorti de l'école et envoyé dans un centre de désintoxication pour ados. Ce jeune garçon manque tout à fait de soutien familial. Il avait pour fonction de dénicher, pour un gang de rue, de nouveaux candidats pour consommer de la drogue parmi la clientèle à l'aise du collège. Nicolas, lui, recrutait pour la prostitution et ta fille était en train de mordre à l'hameçon. Mais on a tout à fait démantelé le réseau à présent. Tu peux dormir en paix, Isabelle.

Enfin, je vois un début d'arc-en-ciel se pointer à l'horizon. Mais les arcs-en-ciel ne durent jamais très longtemps. Tout compte fait, le ciel demeure sombre et tout aussi menaçant. Marie-Hélène n'a-t-elle pas fumé un joint avec ses amies sur le bord de notre piscine justement cet après-midi? Holà! ma vieille, garde-toi de dramatiser! Un seul joint n'est pas la fin du monde, quand même. Malgré tout, l'autre jour, elle a probablement formulé ses promesses avec un brin de sincérité. Je voudrais le croire, je voudrais tellement le croire!

Alerté par le bruit, Robert délaisse son ordinateur et vient nous trouver dans le salon. Je fais les présentations, un peu mal à l'aise. Quand Florian explique la situation, mon mari reste imperturbable. Je lui envie son flegme et sa capacité incroyable de rationaliser froidement les événements les plus bouleversants. À Florian qui préfère interroger Marie-Hélène sans notre présence, il offre spontanément de s'installer dans son bureau tandis que je monte chercher notre fille, toujours dans sa chambre, en train d'écouter un film sur son écran de télé.

— Viens, ma grande, je vais te présenter un de mes collègues. Il aimerait t'interroger au sujet de Jimmy et de Nicolas. Promets-moi de lui dire toute la vérité, c'est très important. Regarde-moi dans les yeux, Marie-Hélène. Tu m'entends? Toute la vérité!

— Je t'en fais le serment, maman, parce que… parce qu'il le faut, je pense!

Une fois de plus – est-ce une fois de trop? –, je veux, je vais lui accorder ma confiance. Près d'une heure plus tard, quand elle sort du bureau suivie de Florian, elle se jette dans mes bras en pleurant.

— Nicky est en prison, maman, ton ami vient de me l'apprendre. Il ne m'aimait pas pour vrai. Selon monsieur Florian, il agissait de la même façon avec plusieurs filles en même temps. Il m'a même donné des noms! Nicolas s'arrangeait pour les faire tomber en amour avec lui, il leur donnait plein de cadeaux et ensuite il leur demandait de vendre de la drogue et même d'aller danser dans les bars et de se prostituer pour l'aider à payer de prétendues dettes. Moi, il ne m'avait pas encore demandé de coucher avec quelqu'un d'autre, mais il m'avait donné une chaîne et un pendentif en or très coûteux. Je n'ai jamais osé te les montrer parce que je trouvais ça, euh… un peu louche! Tiens, regarde.

Je n'en reviens pas de voir Marie-Hélène retirer de son cou, dissimulée sous sa chemise, une longue et magnifique chaîne en or de dix-huit carats, portant un cœur d'or orné de petits diamants. Sans hésitation, elle remet le bijou dans les mains du policier qui le lui redonne aussitôt.

— Garde-le, Marie-Hélène, en souvenir d'une période difficile de ta vie que tu as réussi à traverser. Cette chaîne te rappellera à quel point tu l'as échappé belle. Et remercie tes parents de si bien t'entourer. Bien des jeunes ne possèdent pas ta chance.

— Merci, monsieur. Je ne retomberai pas dans le panneau, ne vous inquiétez pas.

— N'oublie jamais ce que je t'ai dit: la drogue n'offre que des illusions funestes et décevantes. Elle détruit les jeunes et les mène à une vie misérable. Jolie comme tu es, tu mérites pas mal mieux qu'un bandit comme Nicolas Rioux, crois-moi!

— Oui, j'ai bien compris. Ça ne sera pas difficile de le haïr, sachant maintenant la vérité à son sujet. Merci, monsieur Florian.

Étonnamment, je vois ma fille se hisser sur la pointe des pieds pour déposer sur la joue de mon collègue un baiser de reconnaissance. Si je ne me retenais pas, je commettrais le même geste, mais ne le ferai pas, bien sûr! À mon grand étonnement, c'est le policier lui-même qui, sous le regard indifférent de mon mari, m'embrasse en s'excusant encore une fois pour sa méprise au sujet de mon nom.

— Je pense, Florian, que ta venue a peut-être sauvé Marie-Hélène. Je te dois un million de mercis.

— Mais non, j'ai simplement fait mon boulot.

Une poignée de main à Robert, et voilà le beau sergent reparti, laissant derrière lui quelques effluves d'espoir et un semblant de sérénité dans mon cœur de mère. Une fois Marie-Hélène retournée dans sa chambre, c'est au tour de Robert de me prendre dans ses bras et de déposer un baiser mouillé sur ma joue.

— Te sens-tu mieux, mon amour?

— D'après moi, cette visite de Florian vaut pour Marie-Hélène dix rencontres chez la psychologue. Elle semblait tellement rassurée en sortant de ton bureau, tu ne penses pas?

— Tu as raison, Isabelle. Moi aussi, je me sens mieux. Mais il faut continuer de soigner son mal de vivre, son trop grand besoin d'attention et de tendresse. Cette béquille... Rien ne prouve qu'elle ne retombera pas dans le piège. C'est à nous d'y voir. J'ai bien envie de l'inviter de temps à autre à jouer avec moi au racquetball à mon club sportif, au risque de me faire battre par la petite coquine. Ça nous donnera l'occasion de jaser entre père et fille.

— Et les rencontres entre père et mère, tu en fais quoi, mon chéri? Parfois, moi aussi je vis d'insupportables moments de solitude à cause de tes nombreuses absences...

— J'ai trop d'occupations, certes, mais je suis toujours là pour toi et ma famille, tu le sais bien! Justement, j'aimerais te dire autre chose : es-tu certaine que priver Frédéric de soccer à cause de ses chicanes avec les voisins est une bonne idée ?

— Comment ça ?

— Les sports d'équipe lui apprennent à se conformer, à partager, à respecter les autres, à évacuer son agressivité et à développer une fierté. L'empêcher d'utiliser l'ordinateur ou la télé le punirait bien davantage, tu ne penses pas ? Quant à ses relations avec le voisinage, il faudra y voir. Les enfants du voisin sont peut-être de véritables petits monstres, qui sait !

Je manque de tomber par terre. Mon mari qui parle encore une fois comme un psy ? Qui a l'intention de se mêler des chicanes d'enfants ? Je n'en reviens pas ! Lorsque nous montons à l'étage, quelques minutes plus tard, nous faisons ensemble la tournée de nos marmots. Les deux garçons dorment comme des anges. Même Marie-Hélène s'est endormie tout habillée sur son couvre-lit. Elle a jeté dans sa poubelle trois chandails et deux sacs contenant de la marijuana sur lesquels elle a déposé la chaîne en or et le pendentif. Ainsi, elle m'a menti en affirmant tantôt ne plus posséder de drogue...

Je me blottis contre Robert en retenant un sanglot. Doucement, nous refermons sa porte et nous dirigeons à petits pas vers notre chambre quand soudain, je vois une feuille de papier traînant sur le plancher, contre la rampe de l'escalier. Un grand cœur y est dessiné. Par-dessus, un enfant a maladroitement recopié les mots qui me donnent tous les courages : *Je t'aime.*

CHAPITRE 25

Après la visite de Florian Laliberté, je n'ai pas dormi de la nuit. Ce matin, comme tous les jours, un brouhaha indescriptible remplit la maison. Je suis à cheval sur l'aiguille des secondes de l'horloge.

— Vite, Marie-Hélène, tu vas manquer ton autobus. Frédéric, n'oublie pas ton lunch. Hé! tu pars sans ton sac d'école! Salut, mon chéri, bonne journée au bureau. Matthieu, mets tes souliers, on s'en va.

Pas de temps pour souffler, pour savourer le petit rayon de soleil qui se joue dans les rideaux du salon, pour humer le parfum des roses exhalé sous les fenêtres de la maison. Pas de temps pour prendre le pouls du temps, pour respirer l'air du temps…

À la garderie, je salue rapidement mon fils en déposant un léger baiser sur sa joue et je le regarde se diriger en trottinant vers le coffre de jouets. Puis, avant de partir, je gratifie la gardienne de mon plus beau sourire. Brusquement, une pensée surgit dans mon esprit et je m'arrête net.

— Bonne journée, Louise! Dites donc, ça fait longtemps qu'on n'a pas eu une petite jasette. Comment ça va avec Matthieu? Se comporte-t-il toujours en bon petit garçon?

— Euh… relativement ! Vous n'avez pas regardé ses feuilles d'évaluation ? Je voulais justement vous en parler à la première occasion.

Relativement. Elle a dit « relativement », le mot que je ne voulais pas entendre. Pas ce matin, en tout cas ! Cela ne signifie-t-il pas « à peu près », « plus ou moins », « moyennement » ? Je fais volte-face et mon sourire s'allonge en une grimace de déception. Autrement dit : mon fils adopte en général une attitude passable, « relativement » acceptable…

— Ah oui ? Pouvez-vous me donner des précisions ?

— Depuis un certain temps, Matthieu suit difficilement les consignes. Si on lui dit de ne pas grimper sur la clôture, il commence aussitôt à le faire. Ou bien si un autre enfant s'amuse avec un jouet en particulier, il s'empresse de le lui enlever sans raison. Il cherche continuellement à attirer l'attention, on dirait. Je pense qu'il n'aime pas la nouvelle éducatrice qui me remplace chaque jour à trois heures et, à sa manière d'enfant, il nous le fait sentir. Il a même fait pipi dans son sous-vêtement à deux reprises la semaine passée après l'arrivée de cette remplaçante. Mais que voulez-vous… C'est normal de changer de gardienne au milieu de la journée, je ne peux pas travailler de sept heures du matin à six heures du soir, cinq jours sur cinq, moi ! Comme dans n'importe quelle entreprise, on ne peut éviter un roulement de personnel.

Cette dernière remarque me fait sourciller. Idéalement, selon les règles de la nature, une mère ne reste-t-elle pas présente et disponible pour son petit vingt-quatre heures sur vingt-quatre ? Et le lien affectif de l'enfant avec son éducatrice, on en fait quoi dans les garderies ? Où se trouvent ses points de repère ? Après presque quatre ans dans ce lieu, de combien de gardiennes mon fils aura-t-il eu à faire son deuil ? Combien d'attachements et de déchirures aura-t-il subis en silence ? Personne ne lui a jamais demandé son opinion là-dessus ! La femme a-t-elle compris l'objet de ma pensée ? Elle tente de me rassurer.

— Ne vous en faites pas, madame. Ça va lui passer. Beaucoup d'enfants réagissent de cette manière. Matthieu va finir par s'habituer.

C'est ça, mon *ti-pit*, on t'arrache de ton milieu naturel, de ta famille biologique et sociale dans laquelle tu devrais grandir à temps plein, entouré de tes frères et sœurs et sous la surveillance de tes parents. Chaque jour, on t'intègre dans le troupeau des trois ans. Plus tard, ce sera celui des trois ans et demi et ensuite celui des quatre ans. On t'impose des étrangères pour te gérer, on prévoit, organise, rationalise chacune de tes activités pour te développer et socialiser. Tu dois suivre la meute. Adapte-toi, habitue-toi, conforme-toi dès maintenant comme un adulte.

Si ça ne te plaît pas, tu n'as pas le choix de te taire, toi le sans-voix qui ne sais pas encore trouver les mots pour le dire. Mais, de grâce, garde-toi bien de te comporter en petit garçon « relativement » passable ! Et, pour l'amour du ciel, arrête de faire pipi dans tes culottes comme un bébé, ça emmerde les gardiennes et ça embête ta mère !

Quant à l'esprit de famille, compte-toi chanceux, mon petit Matthieu, de posséder un frère et une sœur, et de bons parents comme nous. Beaucoup d'enfants sont ballottés d'une maison à l'autre, et même d'une famille à l'autre, en plus d'aller à la garderie. Les pauvres doivent composer avec deux pères, deux mères, des demi-frères et des demi-sœurs, six ou huit grands-mères et grands-pères sans connaître la même stabilité que toi. Le sentiment d'appartenance, tu le possèdes déjà, et les équipes sportives et groupes auxquels tu participeras au cours de ta vie ne contribueront qu'à le parfaire.

Alors, mon fils, adapte-toi au monde d'aujourd'hui et cesse d'agir « relativement » bien. Surtout ce matin ! Et compte-toi chanceux que ton père vienne en général te chercher assez tôt en fin d'après-midi, parce qu'ils sont nombreux ceux qui restent à la garderie de sept heures du matin à six heures du soir, cinq jours par semaine, cinquante semaines par année. Eux non plus n'ont pas de mots pour protester…

Je salue la gardienne avec une certaine froideur, bien consciente que je devrais m'en vouloir à moi et non à elle d'imposer à mon fils le protocole de fonctionnement de la garderie. Après tout, cette femme ne fait qu'exécuter son travail.

— Ne vous en faites pas, Louise, je vais y voir.

— Merci, madame. Bonne journée, madame.

Bonne journée! Elle veut rire, celle-là! Elle ignore que cette journée est la continuation de celle d'hier, alors qu'un voisin est venu se plaindre du grand frère de Matthieu et que la police, en la personne de Florian, s'est pointée chez nous pour interroger sa sœur au sujet d'une histoire de drogue. À part ça, tout va très bien, madame la marquise! Avais-je rêvé d'un genre de vie comme celui-là, moi, quand j'ai choisi de me marier et d'avoir des enfants?

Huit heures! Je dois me dépêcher pour ne pas arriver en retard au bureau. Et puis non! Quelque chose doit changer, quelque chose VA changer. Et aujourd'hui même! Ce matin. J'en ai assez de tout expédier, de me laisser emporter par ce courant insensé, ce torrent fou qui ne peut me mener qu'à une chute vertigineuse dans le gouffre de l'épuisement professionnel et de la dépression. Assez, c'est assez!

Au secours! Je veux vivre, moi, je veux toucher, palper, goûter, aller au fond des choses et pas seulement m'agiter dans le cadre exigeant de mon travail. Tout à coup, j'ai envie de nager en eaux libres et limpides. J'aimerais profiter de mes enfants, flâner au soleil un mardi après-midi avec un roman et mon tout-petit jouant à mes côtés, je voudrais concocter plein de nouvelles recettes de gâteau et aller voir, au centre commercial, les nouvelles couleurs à la mode ce printemps.

Je n'irais pas jusqu'à la folie d'expérimenter un nouvel amour, non, non! mais le besoin de casser le rythme effréné de ma vie et de prendre le temps de prendre mon temps devient de plus en plus un impératif. Je dois réagir sinon je vais périr en risquant d'entraîner les miens dans ma noyade. Qui sait si ce revirement ne transformerait pas Matthieu en enfant sage et Frédéric en jeune garçon plus motivé à l'école et davantage respectueux envers ses copains du voisinage? Qui sait si cela ne ramènerait pas Marie-Hélène à de meilleurs comportements?

Je veux, je dois faire marche arrière et c'est aujourd'hui même que ça commence. Là, maintenant, en ce moment, en cette minute même, à huit heures, onze minutes, dix-huit secondes, ce 27 mai.

Ce matin, j'arriverai volontairement en retard au bureau, je le décide en toute conscience. Ce matin, je brise les règles, je deviens dévoyée. Le temps est venu d'accoster au bord de ma rivière et de m'agripper solidement, sinon le torrent risque de m'emporter. Que le diable emporte le centre opérationnel de police, mon travail, mon salaire, mes enquêtes, le patron, les beaux sergents, tout! Que le diable emporte l'univers entier! Moi, la parfaite, la responsable, la disponible, la capable, la zélée, la très sage, je prends officiellement la décision de me métamorphoser en une policière ordinaire, «relativement» efficace, rien de plus.

Aujourd'hui, je fous tout en l'air et je vais prendre le café noir que je mérite en ce moment même, et auquel j'ai droit comme tout être humain normal sur la planète. Et je vais le siroter en lisant le journal au complet avant de me présenter au centre opérationnel. Ce sera le café de ma vie. Le café de la nouvelle délinquante Isabelle Guay-Deschamps. Ce matin, voilà ma voix, voilà mon cri pour moi.

Autour de moi, la clientèle du Café Exquis semble emportée par le même déferlement fou que moi. L'esprit déjà obnubilé par les soucis du bureau, on s'impatiente, on regarde l'heure, on se contente de quelques gorgées de café en regardant en diagonale les grands titres du journal, faute de temps pour lire les articles en entier. Même assis l'un en face de l'autre, les gens se parlent peu ou pas du tout, ou encore ils parlent silencieusement du bout des doigts en tapotant leur fabuleux petit jouet électronique tenu au creux de leur main comme le plus mirifique des trésors. Tant de moyens de communication, de nos jours, et si peu de personnes pour écouter en regardant l'autre dans les yeux…

Bon. Pas question de faire le procès de cette société dont je n'ai pas le choix de faire partie. Je ne vais pas changer le monde aujourd'hui. Mais si je changeais un peu le mien, ça améliorerait peut-être certaines choses?

À l'instar de beaucoup d'autres clients, je m'empare de mon téléphone portable.

— Allo? Je voudrais parler à monsieur Robert Deschamps, s'il vous plaît.

❧

Le restaurant est bondé, mais nous réussissons à obtenir une table dans le coin le plus tranquille. Au moment de goûter le vin, Robert se contente d'un signe affirmatif au serveur sans daigner lever son verre dans ma direction pour boire à notre rencontre déjà en train de tourner au vinaigre.

— T'es pas sérieuse, Isabelle? Es-tu en train de devenir folle? Tu veux renoncer à notre voyage en Italie en juillet? Mais tout est réservé: les billets d'avion, la voiture, les hôtels, la gardienne, tout! Et tu as insisté pour venir luncher ici avec moi, ce midi, pour me dire ça! Franchement!

— Admets, Robert Deschamps, que ça ne va pas trop fort avec nos enfants, ces temps-ci!

— Que peut-on faire de mieux? Nous menons une vie paisible et rangée, sans disputes, ni violence. Nous agissons comme de bons parents, nos enfants ne manquent de rien, nous les éduquons, les supervisons, les accompagnons dans toutes leurs démarches. Que veux-tu leur offrir de plus?

— Leur offrir du temps, Robert, leur offrir notre présence. Seulement ça! J'en ai assez de recevoir des sons de cloche négatifs de tous les côtés. Surtout au sujet de Marie-Hélène. Que dirais-tu si, pour les vacances, on partait en camping avec nos trois enfants pour deux ou trois semaines, au lieu de les abandonner à une gardienne?

— Mais voyons donc! On les a inscrits au camp de jour pour pratiquement tout l'été. Et tu oublies les sports et les cours de toutes sortes. Frédéric jouera au soccer en compétition un peu partout au Québec avec son équipe d'élite, sans parler de ses cours de plongeon en fin de journée, trois fois par semaine. Et les cours de natation de Matthieu, y as-tu songé? Et Marie-Hélène…

— À trois ans, Matthieu n'a pas besoin d'un cours de familiarisation avec l'eau, surtout avec une piscine dans notre cour! Si on s'en occupait, nous, de sa familiarisation avec l'eau? Frédéric, lui, joue au hockey tout le reste de l'année, il peut très bien se passer de soccer durant deux ou trois semaines. La planète ne va pas s'arrêter de tourner pour ça! Et il fera des plongeons dans la mer avec nous. Quant à Marie-Hélène, elle a l'âge bête pour des vacances d'été: trop jeune pour travailler à temps plein, trop vieille pour les camps d'été. Et ça me semble risqué de la laisser seule à la maison pendant de longues journées. L'oisiveté, mère de tous les vices, ça te dit quelque chose?

L'âge bête… Et dangereux! Je bute mentalement sur cette dernière remarque, mais cela ne m'empêche pas de poursuivre allègrement mon plaidoyer.

— Elle doit aller à la mer durant les deux premières semaines de l'été avec Stéphanie et ses parents. Ne crains rien, cette fois, je vais vérifier auprès de la mère. Mais on pourrait attendre leur retour et partir à notre tour avec la tente-roulotte.

— Marie-Hélène ne voudra pas venir, veux-tu gager, Isabelle?

— On ne lui laissera pas le choix, évidemment. Et si on invite Stéphanie à nous accompagner, elle va accepter volontiers. On pourrait aller dans les Maritimes. Penses-y: visiter un village acadien avec les enfants, les emmener en excursion au Cap Breton, faire du vélo dans un parc du Nouveau-Brunswick, louer un voilier sur le lac Bras d'Or, passer une journée avec eux à la forteresse de Louisbourg, aller se baigner sur les plages de l'Île-du-Prince-Édouard… Je te dis, Robert, les enfants adoreraient ça, et nous aussi! Pourquoi ne pas donner la priorité à la vie en famille? Ça resserrerait les liens entre nous et les enfants, et même les liens entre les enfants eux-mêmes.

— Tu as peut-être raison, Isabelle. Mais nos réservations pour le voyage en Europe, pourra-t-on les annuler?

— M'en fiche! Ça coûtera ce que ça coûtera! Le bonheur de notre famille n'a pas de prix, surtout pas aujourd'hui! Il faut mettre nos priorités à la bonne place, et en ce moment, c'est urgent, Robert. Très urgent. Grave et urgent…

En prononçant ces dernières paroles, je sens mes yeux s'embuer. À la table d'à côté, des hommes d'affaires lèvent leurs verres à la réussite d'un nouveau tournant pour leur entreprise. De toute évidence, ils viennent de prendre une importante décision ou de signer une entente cruciale. D'une main tremblante, je les imite et cherche à frapper joyeusement mon verre sur celui de mon mari.

— À notre entreprise familiale, mon chéri! Et fasse le ciel que nous soyons de «bons parents d'affaires»! Robert… me fais-tu confiance? Pleinement confiance?

— Mais oui, évidemment !

— Cet après-midi, je dois prendre une autre décision importante et je voudrais ton avis avant de plonger. Voilà, à vrai dire, la raison pour laquelle je t'ai demandé de venir dîner avec moi.

— Là, tu m'intrigues, ma femme !

— Je ne veux plus travailler qu'à mi-temps, dorénavant.

***

De retour au centre opérationnel, je demande à Yves Montpetit de me recevoir dès qu'il aura une minute à me consacrer. Il m'invite aussitôt à m'asseoir devant son bureau et il prend lui-même les devants pour s'informer de l'évolution de mon enquête sur l'enfant secouée.

— J'achève mon rapport et j'ai justement l'intention de le finaliser cet après-midi. Il ne manque presque rien au dossier avant de l'envoyer au procureur. Mais voici la véritable raison de cette rencontre : j'ai décidé de réduire de moitié mes heures de travail pour les six prochains mois. Après, on verra.

— Mon Dieu, vous n'êtes pas malade, j'espère ?

— Mettez toutes les raisons que vous voudrez sur mon dossier : maladie, *burnout*, dépression, fatigue chronique, peu importe ! Disons qu'il s'agit de raisons personnelles.

Le patron m'examine d'un air intrigué comme si je venais de débouler d'une autre planète, puis il se penche sans prononcer une parole sur son carnet de notes. Je donnerais cher pour lire les mots qu'il y inscrit. Eh oui, monsieur le chef de service, il arrive aussi aux femmes fortes de flancher un jour ou l'autre. Mais il ne s'agit pas de flancher, pas du tout ! Au contraire, ma décision requiert une puissante dose de courage et de détermination. Surtout de consi-dération pour ma famille et pour… moi-même !

— Bon, je prends note de tout ça, Isabelle, et on en reparle en fin d'après-midi, si vous voulez bien.

Je retourne en silence à mon bureau. D'abord en finir avec l'enquête sur l'enfant secouée. Cette histoire me tient réellement à cœur. Il ne me reste qu'à jeter un œil sur les interrogatoires menés par Jennifer de plusieurs parents des anciens petits clients de la première garderie de Rita. Les autorités lui avaient alors retiré son permis à cause des trop nombreuses plaintes de violence déposées contre elle.

C'est à dresser les cheveux sur la tête : égratignures, luxation du coude, lèvre fendue, ecchymoses, enflures, doigt cassé… Blessures de jeu, effets du hasard ? Allons donc ! D'après moi, cette femme est capable d'une violence extrême et mérite les menottes.

Quelques heures plus tard, je dépose sur le bureau du patron la boîte contenant les enregistrements vidéo des interrogatoires et tous les autres comptes rendus de mon enquête, non sans une certaine fierté et satisfaction d'un travail bien fait, même si je ne suis pas arrivée à colliger des preuves coulées dans le béton.

— Parfait, Isabelle. Je ne doute pas de la qualité de votre travail. Euh… vous ne changez pas d'idée quant à l'emploi à mi-temps dont vous m'avez parlé en début d'après-midi ?

— Non, c'est à prendre ou à laisser.

CHAPITRE 26

La visite de Florian Laliberté, la semaine dernière, a entraîné des répercussions miraculeuses. Marie-Hélène semble avoir bu, digéré, mûri, absorbé, assimilé chacune des paroles du policier. Est-ce le charme séducteur du sergent ou bien sa responsabilité directe dans l'arrestation de Nicolas qui lui a conféré un tel prestige et une crédibilité supérieure à celles de la psychologue et de la mienne? Logiquement, elle aurait dû haïr et tenir rancune à celui qui lui a enlevé son amoureux et a eu l'audace de venir la questionner sur les allées et venues de gens qu'elle considérait comme ses amis. Cet homme a pourtant fait éclater son ballon!

Une chose me paraît certaine à présent: les paroles de Florian ont transformé ma fille, et j'en sens déjà les effets. Auprès de Marie-Hélène, mon collègue a fait preuve de perspicacité et, pour se montrer convaincant, il a préféré rester dans le concret en fournissant des dizaines d'exemples réels d'expériences ayant mal tourné. La drogue et les aléas du milieu, il connaît! Marie-Hélène a tout gobé comme parole d'Évangile.

Même si le dialogue continue de se maintenir entre elle et moi, il se limite presque exclusivement à l'analyse pure et simple du discours tenu par mon collègue lors de sa visite et auquel elle revient sans cesse. « Florian a dit ceci… Florian a affirmé cela… Que penses-tu de ça, maman ? » Alors, je répète, j'entérine, je valide, je concrétise, je confirme les données, j'enrichis le discours, j'ajoute des détails, je grossis les dangers, je renouvelle les conseils et précise les recommandations. Et, dans ma tête, je prononce secrètement un million de mercis à ce cher Florian que j'ai de nouveau tendance à considérer comme mon véritable ami, évidemment !

D'un autre côté, je me demande si une simple prise de conscience du danger suffit à celui ou celle qui a besoin d'une béquille. J'ose croire que ma fille n'a rien d'une handicapée psychologique chronique ou d'une déséquilibrée. Et si, petit être trop fragile et naïf, elle s'était seulement laissé entraîner par l'aguichant Nicolas, cet oiseau de proie spécialisé dans la séduction trompeuse ?

Indéniablement, le sergent Laliberté a parlé à Marie-Hélène en ami, d'égal à égal et sans grimper sur le piédestal de l'adulte qui connaît tout et détient l'autorité absolue. Avec modestie, j'ai pris une leçon sur la façon de maintenir la communication avec ma fille : je dois l'aborder comme une copine. Les discours moralisateurs de la mère supérieure, elle en a ras-le-bol.

Quelques jours après la venue du sergent, la demande insistante de Marie-Hélène pour revoir Florian Laliberté ne me prend pas au dépourvu. J'attends donc le moment opportun de le croiser au bureau pour l'inviter à venir souper à la maison, un de ces soirs. Et pourquoi pas en compagnie de Jennifer ? Puisque les relations entre lui et moi semblent vraiment s'installer sur une base nettement et purement amicale, oublions tout le reste et lançons-nous !

Par contre, je me demande si une telle rencontre de caractère social provoquera le même impact chez Marie-Hélène que le soir où il se trouvait en uniforme et en plein exercice de ses fonctions prestigieuses de policier spécialisé. À ses yeux d'adolescente, le beau détective copain-copain de l'autre jour conservera-t-il la même crédibilité une fois métamorphosé en citoyen ordinaire en train de manger bêtement de la soupe aux côtés d'une dulcinée nommée

Jennifer ? Ne vaudrait-il pas mieux organiser officiellement un rendez-vous professionnel à son bureau ? On verra bien. Chose certaine : je tiendrai promesse et Marie-Hélène Deschamps rencontrera de nouveau Florian Laliberté.

Avec mon nouvel horaire en vigueur depuis lundi dernier et dorénavant organisé en cinq demi-journées par semaine, je dois m'adapter à une autre façon de vivre. Pas évident d'établir un rythme de vie différent et satisfaisant à la fois pour moi, pour mes employeurs et surtout pour mes proches ! En plus d'une baisse importante de revenus, on me confie déjà des dossiers moins exigeants et par le fait même moins intéressants, et je dois l'assumer sans protester. À la maison, grands changements aussi. Le congédiement temporaire de la gardienne Jojo a signifié pour moi de me taper la préparation entière des repas, d'aller chercher le petit à la garderie tous les jours, de prendre en charge toutes les courses et le transport pour les cours de chacun après l'école. Pour l'émancipation, on repassera !

Évidemment, après avoir quitté le bureau le premier midi, je me suis retrouvée au parc, en pique-nique avec Matthieu. Ce fut agréable pour lui et pour moi de déguster en tête-à-tête nos sandwiches sous un grand arbre, avec le soleil et le vent comme seuls compagnons. J'ai imaginé, non sans un certain plaisir, les autres travailleurs de la ville en train de regarder sans cesse leur montre et, voyant filer leur heure de dîner, retourner au boulot au plus vite.

Le petit a bien joué ensuite pendant une demi-heure dans les manèges, mais il est resté seul, sans compagnon de jeu. Les enfants de la province ne vont pas jouer au parc sur l'heure du midi, les jours de semaine, ils y vont à dix heures pile avec leur gardienne. Puis il m'a fallu ramener le petit à la maison pour sa sieste.

Ce jour-là, j'ai fait du « *ramassing* de traîneries », parti une brassée de lavage, arraché les mauvaises herbes dans le jardin, planifié le souper. Puis après ? Je n'allais tout de même pas me mettre à lire un livre en plein jour ! Très peu pour moi, les sentiments de culpabilité! Alors, après, j'ai stupidement ouvert mon ordinateur et poursuivi le travail de recherches entamé le matin même au bureau, et ce, jusqu'à l'arrivée de Frédéric et de Marie-Hélène vers les quatre heures! J'ai même ordonné à Matthieu de jouer tranquillement à côté de moi sans me déranger «parce que maman travaille»! J'imagine le regard sceptique du patron et l'œil moqueur de Jennifer, s'ils m'avaient vue!

Mais je vais m'y faire, il me faut seulement du temps pour m'adapter. Et du temps, j'en trouve maintenant. Incroyable! Du temps libre, enfin! Cela constitue pour moi le plus précieux des cadeaux que je me suis jamais offert. Bien sûr, je dois une fière chandelle à mes employeurs car ils se sont montrés assez compréhensifs pour faire valoir ma demande aux autorités, en cette période difficile de mon existence de mère de famille où je n'arrivais plus à respirer normalement.

Cependant, respirer normalement ne semble pas mon lot, faut-il croire, car ce matin même, après deux semaines de travail à mi-temps, non seulement j'ai perdu le souffle, mais j'ai sûrement frôlé la crise cardiaque! Je me sentais pourtant calme et détendue en me rendant au bureau quand, dans une petite rue peu achalandée de la ville, j'ai aperçu deux hommes en train de jaser, appuyés sur une rutilante Mustang rouge flambant neuve.

Le visage de l'un d'eux attira mon attention. Il s'agissait, à n'en pas douter, de Franco Sorentino, le célèbre mafioso arrêté quelques mois auparavant lors du démantèlement d'un puissant réseau d'importation de drogue par la voie maritime. Florian avait d'ailleurs participé à l'enquête. J'aurais reconnu cet homme à cent mètres car j'ai exceptionnellement eu à témoigner à deux reprises lors de sa comparution en cour. L'homme m'avait fait un doigt d'honneur et le juge l'avait vertement réprimandé.

Quoi? Cet énergumène avait-il déjà retrouvé sa liberté? Étonnée, j'ai stationné ma voiture en douce un peu plus loin le long du trottoir et je me suis emparée de mon téléphone portable.

—Ici l'agent Guay-Deschamps, matricule 1382. Je viens d'apercevoir Franco Sorentino en face du 7812, rue de Lavigny. Est-ce normal? Je croyais cet individu en état d'arrestation. Je conduis une voiture non lettrée[10] et n'ai aucun équipement sous la main pour accéder aux renseignements.

—Agent 1382? Prisonnier évadé le mois passé et actuellement recherché. Je vous transfère au Central. Restez sur place, on arrive!

Restez sur place, restez sur place… Il en a de bonnes, celui-là! Deux minutes plus tard, Sorentino décollait avec sa puissante voiture. Je n'ai pas hésité à le suivre, non sans avertir mon interlocuteur téléphonique. Le truand ne pouvait pas se douter de la présence d'une policière derrière lui puisque j'étais vêtue en civil et conduisais ma minuscule Toyota, voiture des plus ordinaires.

L'homme s'est arrêté successivement devant deux centres de billard dans le sud-ouest de la ville pour y entrer et en ressortir à peine quelques minutes plus tard, me laissant peu de temps pour signaler au Central l'endroit où je me trouvais. Échange d'argent ou de drogue, à n'en pas douter. En général, le type conduisait normalement en ville, faisait scrupuleusement ses arrêts et respectait la signalisation et les autres voitures. Rien pour attirer l'attention, quoi!

À un moment donné, il s'est engagé sur une rampe d'accès de l'autoroute surélevée. Là, bizarrement, il s'est arrêté net au milieu de la pente au lieu d'accélérer comme il se doit, m'obligeant à faire de même derrière lui. Il a alors attendu deux ou trois secondes avant de démarrer en trombe, grimpant la côte et engageant son bolide dans la circulation à une vitesse fulgurante. Je suis restée bouche bée derrière lui. De toute évidence, le chenapan avait découvert ma filature et venait simplement de me semer de façon superbe.

10. Dans le langage policier: voiture banalisée ou voiture fantôme.

Bien sûr, il a réussi à mettre entre lui et moi une distance quasi infranchissable pour ma vieille voiture bringuebalante et peu performante. Le temps de reprendre mes esprits et toujours en communication avec le Central, j'ai appuyé à mon tour sur l'accélérateur et tout de même réussi à me faufiler rapidement dans la circulation. Advienne que pourra ! De loin, à cause de la légère pente de la voie rapide, je pouvais voir le type zigzaguer à fond de train comme un malade entre les innombrables automobiles se suivant à la queue leu leu en me donnant l'illusion d'être pratiquement arrêtées à cause de la distance. Ce fou-là roulait à tombeau ouvert et risquait non seulement de se tuer, mais de tuer aussi des innocents.

Et moi, dans tout ça ? Est-ce que ça valait la peine de risquer ma vie pour le suivre sans équipement à part mon arme que j'avais réussi à poser à mes côtés ? Dans une voiture de police puissante, sirènes et gyrophares allumés, coéquipier expérimenté et équipé à mes côtés, passe encore, mais là, dans ma bagnole et vêtue en tailleur et talons hauts ? Non ! Mieux valait me montrer prudente. J'ai réussi tout de même à garder un œil de loin sur la voiture rouge et à signaler son engagement sur la 615 Nord, une fois à parvenue l'échangeur.

— 615 Nord ? O.K. On l'attend de pied ferme !

Telle fut la réponse de l'interlocuteur de la Sûreté du Québec, cet autre corps de police responsable de la sécurité sur la route et avec lequel on a réussi à me mettre finalement en communication.

En m'engageant prudemment en direction de la 615, j'ai constaté avec soulagement que, quelques kilomètres plus loin, deux voitures de la Sûreté avaient finalement intercepté la fameuse Mustang. Je me suis stationnée derrière eux et dirigée presque en courant vers les policiers en train de fouiller le cher Sorentino, appuyé contre sa voiture, les bras étendus sur le toit.

Je me suis approchée d'assez près pour voir le visage de l'homme. C'était bien lui. Il m'a montré le poing et, reconnaissant sans doute celle qui avait témoigné contre lui devant le juge, il s'est retourné pour cracher dans ma direction. À la fois écœurée et contente, j'ai repris le chemin du centre opérationnel à basse vitesse, satisfaite du dénouement d'une histoire qui aurait pu mal tourner, et fière d'en avoir été l'instigatrice.

Me voilà donc à mon bureau où s'est accumulée une pile de documents. Sur le dessus, quelqu'un a déposé une note sur laquelle on m'annonce la date de comparution officielle de la suspecte, Rita Laplante, accusée de voies de fait envers l'enfant Marie-Soleil Beauchemin. Je pousse un soupir de satisfaction. En dépit des doutes qui m'ont effleuré l'esprit, les preuves accumulées contre la grand-mère gardienne se sont donc révélées suffisamment sérieuses. Bien sûr, la chipie gardera sa pleine liberté en attendant l'enquête préliminaire, mais le juge lui a interdit de s'approcher des enfants.

Étrange système que le nôtre... Cette femme, soupçonnée d'avoir hypothéqué à jamais la vie d'un enfant, pourra vivre à l'air libre et en toute impunité durant les prochains mois. Par contre, elle ne pourra plus soulager son système nerveux malade sur le dos d'un autre innocent. Et encore, si elle respecte les conditions! Je m'interroge sur l'ampleur du risque que l'on prend.

Contente tout de même de la tournure des événements, j'inscris la date dans mon agenda. On verra bien ce qu'il adviendra! Puis je m'empresse d'ouvrir mon ordinateur. Déjà au courant de ma poursuite automobile du matin puisqu'elle concerne un type arrêté par son service, Florian Laliberté a inscrit un message en lettres rouges et géantes dans mes courriels:

Belle prise, Isabelle. Toutes mes félicitations!
À quand ta «promotion» dans l'escouade anti-drogue?

Non, je n'ai pas envie de changer de département ni d'équipe, surtout pas de me joindre à l'escouade anti-drogue. La drogue, j'en ai ras-le-bol, et je préfère laisser ça à d'autres. Mon travail à la défense des enfants victimes de sévices corporels me satisfait pleinement. Mais le message me fait sourire… et plaisir! Cré Florian! Toujours aussi gentil! Je pousse un soupir. L'aventure amoureuse manquée aurait été une belle aventure, je crois…

Je m'empresse de lui répondre:

Pas de changement d'équipe pour moi, mon cher collègue. Mais comme les membres de ta confrérie semblent extraordinaires, ma fille Marie-Hélène réclame l'aide de l'un d'eux en particulier, le fameux sergent Laliberté auprès duquel elle se sent en pleine confiance. Un petit souper chez ses parents, mardi soir prochain, ça t'irait?

Avant même de recevoir une réponse, je fais part de mon initiative à Jennifer en l'invitant à se joindre à nous.

— Bof, c'est gentil de penser à moi, Isabelle, mais… non, je te remercie. Le feu de paille s'est pas mal éteint entre Florian et moi. Imagine-toi que Jean-Luc m'a appelée avant-hier et il se peut que… Bref, je n'ose pas me prononcer encore, mais nous allons peut-être reprendre ensemble, et plus sérieusement cette fois.

Tant pis pour Jennifer, elle ne goûtera pas à ma nouvelle recette de pâtes aux fruits de mer que je me ferai un plaisir de concocter pour mon ami le sergent, mardi après-midi. Et tant mieux pour les amours de ma copine!

CHAPITRE 27

À la longue, ma décision de travailler à temps partiel me permet de consacrer plus d'heures à Marie-Hélène. De retour d'un centre commercial, nous prenons, elle et moi, le temps de nous attabler à la terrasse d'un bistrot. Le hasard d'une rencontre a permis à Geneviève, assistante sociale dans un CSSS[11], de se joindre à nous, à notre grand plaisir. Grande et belle, ma cousine est maintenant la mère de Gabrielle, une adorable poupoune quelques mois. Chacune de mes rares rencontres avec elle ne manque jamais de me rappeler les années dorées de notre enfance passées à la campagne où, plus âgée qu'elle d'une dizaine d'années, j'en étais la gardienne attitrée et développais mes instincts maternels auprès d'elle, sans trop m'en rendre compte.

Assises toutes les trois sous un grand parasol, Geneviève et moi sirotons lentement un café tandis que Marie-Hélène suce à petites gorgées une de ces horreurs sucrées et colorées qualifiées de *slushs* extra-rafraîchissantes. En ce moment, ma fille semble développer un intérêt soudain et surprenant pour l'intervention sociale, autant

---

11. Centre de santé et de services sociaux. Anciennement CLSC, Centre local de santé communautaire.

pour le travail de sa mère que pour celui de ma cousine, et elle ne cesse de réclamer des anecdotes.

Avec force détails, je lui raconte l'histoire d'une fillette trouvée, la semaine dernière, dans une voiture en stationnement près du Casino par une chaleur de trente degrés pendant que son père était allé jouer son chèque de paye.

— J'espère que tu as arrêté ce vieux rat, maman?

Je n'ai pas le temps de répondre que Geneviève, pour qui les chroniques ne manquent pas non plus, s'empresse de renchérir.

— Moi, j'ai connu un petit garçon de deux ans et demi abandonné seul à la maison chaque nuit, parce que sa mère allait donner des spectacles de *striptease* dans un bar près de chez elle. Sais-tu ce qu'elle m'a dit, la catin grimée? «Bah! Il peut rien arriver, il dort toute la nuit! Pis je travaille sur la rue d'à côté!»

Scandalisée par la détresse silencieuse de ces enfants, Marie-Hélène réagit fortement.

— Ces parents-là devraient tous aller en prison!

— Hélas, même si plusieurs le méritent pleinement, ça ne s'avère pas aussi simple qu'on le pense. Demande à ta mère! Selon la loi, il faut laisser une chance aux parents de se reprendre car ils ont le droit de changer, tu comprends? Mais très peu le font en réalité. Les juges entendent seulement ce qu'on leur raconte, ils ne vont pas dans les foyers, ils ne voient pas les enfants. Devant eux, les parents se présentent dans leurs habits du dimanche, ils ne sacrent pas et ils tiennent de beaux discours. Parfois, ils nous accusent, nous les travailleurs sociaux, d'exagérer et même de mentir. Trop souvent, ils finissent par s'en sortir avec de fausses promesses.

— Au moins, on devrait leur retirer leurs enfants. Certains courent sûrement de grands dangers.

— Tu as raison, mais la séparation d'avec ses parents constitue la pire chose qui puisse se produire dans l'existence d'un enfant, même battu ou maltraité. Selon les spécialistes, c'est plus néfaste et dérangeant émotionnellement pour lui que de le laisser dans son milieu, si inadéquat ou destructeur, sexuellement ou psychologiquement, qu'il puisse être. Crois-moi, Marie-Hélène, de par mon travail au CSSS, j'en sais quelque chose! J'en vois tous les jours, des enfants tellement brisés émotionnellement qu'ils ne pourront jamais fonctionner normalement.

— Je trouve ça épouvantable, je ne savais même pas que ça existait!

En voyant ma fille se prendre la tête entre les mains, je remercie mentalement ma cousine de l'amener ainsi à prendre conscience d'une réalité qu'elle ne soupçonnait guère, peut-être bien la réalité de certains jeunes qu'elle s'était mise à fréquenter, ces derniers temps, et qui cherchaient désespérément dans un gang de rue ce qu'ils n'ont jamais reçu chez eux. Je ne résiste pas à citer un exemple.

— Regarde Jimmy, ton copain qui, avec l'aide d'un trafiquant de drogue se faisant passer pour son père, a réussi à s'infiltrer au collège pour t'entraîner, toi et bien d'autres, dans l'univers de la drogue. Parce que ce garçon-là a été ton ami, et aussi par curiosité, le sergent Laliberté a fouillé plus profondément son dossier. Sais-tu ce qu'il a trouvé? Jimmy a dix-huit ans et non pas quinze comme tu le crois. Il a été, lui aussi, un blessé de l'enfance: père en prison, mère héroïnomane. Elle l'a eu à l'adolescence à la suite d'un viol. Par après, elle a mis au monde cinq autres enfants de trois pères différents. Jimmy a écoulé toute sa vie d'un foyer d'accueil à un autre sans vraiment connaître ni ses parents, ni ses frères et sœurs. Personne ne voulait le garder car il se montrait insupportable. C'était pourtant sa manière à lui de crier au secours.

— Je n'arrive pas à y croire, maman. Mon pauvre, pauvre Jimmy…

Geneviève reprend la parole en faisant signe au serveur d'apporter deux autres cafés.

— Sais-tu, Marie-Hélène, ce que ça signifie pour un enfant de vivre en foyer d'accueil? Peux-tu te représenter le petit garçon qui espère chaque jour, le nez collé contre la vitre, la visite de son papa ou de sa maman qui n'arrivent jamais? Peux-tu concevoir les arrachements affectifs subis par ce malheureux à cause des changements de quart de travail du personnel, trois fois par jour, sept jours par semaine et douze mois par année, quand ce ne sont pas les changements purs et simples de foyer? Il ne peut alors ni s'attacher en toute confiance à quelqu'un, ni prendre racine quelque part sans crainte de rupture. Il est tout petit et il se sent déjà seul dans la vie…

— Jimmy aurait vécu cela, maman?

— Malheureusement oui, ma fille. Il ne faut donc pas se surprendre si, quand il avait quinze ans, un gang a mis le grappin sur lui. Ces dernières années, la bande a représenté pour lui un nouveau milieu l'acceptant tel qu'il était. Ton copain y a établi des amitiés, il s'y est senti valorisé et a pu développer un esprit de clan. Le groupe de jeunes est devenu son unique et véritable famille, rien de moins. Hélas, cette famille lui a fait miroiter un bonheur accessible mais combien illusoire et éphémère, celui de la drogue et de l'argent généré par son commerce. Le pauvre s'est laissé entraîner dans la délinquance. À son âge, ton ancien copain a déjà un pied dans le système carcéral, n'est-ce pas terrible?

Songeuse, Marie-Hélène détourne son regard et se met à fixer une mouette en train de picorer des miettes près d'une poubelle. Se rappelle-t-elle que je lui avais présenté cet oiseau comme un symbole de liberté, il y a quelques semaines? Lentement, une à une, les larmes mouillent ses joues.

— Je n'en reviens pas. Jamais je n'ai envisagé les choses de cette manière. Jimmy prétendait venir de la Côte-Nord et habiter chez un ami. Comment aurais-je pu me douter…

— Une fois adulte, Jimmy n'arrivera peut-être pas à devenir un citoyen ordinaire, honnête et équilibré, et encore moins un bon père de famille, à moins d'un virage radical. Bien difficile de donner ce qu'on n'a jamais reçu… Certains y parviennent, mais pas tous, hélas !

Je vois Geneviève opiner du chef. J'ai le sentiment de former, de connivence avec elle, un clan idéologique qui s'est donné pour mission de faire prendre conscience à Marie-Hélène, non seulement du cocon idéal dans lequel elle a grandi, mais aussi et surtout de l'état psychologique pitoyable de la plupart de ses anciens amis générateurs de dangers. Ma fille semble mordre à l'hameçon.

— Qui sait si mon pauvre Nicky n'a pas vécu des horreurs semblables au cours de son enfance. Il ne m'en a jamais parlé, en tout cas.

L'ombre de Nicolas Rioux passe, alias Nicolas St-Ex, soudain au-dessus de notre table et l'instant se fige, enrobé de silence. Un silence oppressant. Je suffoque presque en songeant qu'un jour le gaillard sortira de prison. Qui sait si Marie-Hélène ne se mettra pas en tête de le récupérer et de le ramener dans le droit chemin… Fasse le ciel que l'étape « Nicky » soit bel et bien terminée dans son existence. Vite, chasser ces idées noires !

Forte de son expérience, ma cousine n'en démord pas et insiste sur un ton moralisateur qui risque d'amoindrir l'intérêt de Marie-Hélène.

— Personne n'aime crier sa misère sur les toits, Marie-Hélène. Pourtant, l'être humain possède la capacité inouïe de pouvoir tourner la page et de tout recommencer. Hélas, dissimulée ou non, une enfance massacrée laisse souvent des traces de blessures jamais cicatrisées. Certaines personnes n'arrivent à bien fonctionner qu'avec l'aide d'une béquille, soit l'alcool ou la dope. Tu vois un peu ? Pas toi, n'est-ce pas, ma grande ?

Marie-Hélène se tait et garde les yeux rivés sur son verre de carton vide. À quoi peut-elle songer ? Je la regarde avec une telle tendresse, un tel espoir…

Hier soir, Florian Laliberté est venu souper en ami. Après le repas, il a longuement jasé de banalités au salon avec Robert, autour d'un cognac. Je voyais bien Marie-Hélène trépigner d'impatience en essayant d'attirer son attention. Florian a finalement compris mon discret signe du regard l'implorant de lui accorder plus d'attention. Il s'est alors tourné directement vers elle.

— Alors, mademoiselle Marie-Hélène, comment ça se passe maintenant dans ta vie ? Les examens de fin d'année achèvent-ils ?

— Oui, oui, ça va très bien. Il ne reste que quelques jours d'école. J'ai décidé d'étudier plus sérieusement et j'obtiens vraiment de bons résultats, au grand contentement de mes parents, vous pensez bien ! Vous connaissez ma mère !

Son rire a éclaté à mes oreilles comme la plus belle des sonates. Je n'oublierai jamais la fierté éclairant le beau visage de ma grande en prononçant ces derniers mots. Ses bons résultats font plaisir à sa mère, certes, mais combien davantage cultivent-ils sa propre fierté de jeune fille, ce magnifique sentiment généré exclusivement par le mérite.

— Super ! Et la peine d'amour ? Ça se tasse un peu, ça aussi ? On finit toujours par s'en remettre, tu peux me croire, j'en sais quelque chose ! Et ce gars-là ne valait pas une peine d'amour, crois-moi !

— Oui, oui, je sais ! Euh… monsieur Florian, pourriez-vous monter à ma chambre avec moi pour deux petites minutes, j'aurais… euh… je voudrais…

J'ai sourcillé. Ainsi, ma fille avait encore des confidences à livrer au beau sergent, semblait-il ! Décidément, elle ne cesserait jamais de m'énerver, celle-là ! J'ai senti un serrement dans la poitrine. Et si c'était grave ? Florian m'a alors jeté un regard interrogateur et, devant mon haussement d'épaules faussement indifférent, il a accepté de suivre Marie-Hélène à l'étage pour en redescendre seul et fort lentement, quelques minutes plus tard, avec un regard quelque peu songeur. Au pied de l'escalier, je l'ai bien vu glisser dans sa poche intérieure un paquet enveloppé de papier brun, mais je n'ai pas trouvé le courage de le questionner à ce sujet.

La soirée s'est terminée assez tôt, tout le monde devant se lever de bonne heure le lendemain. J'ignore si Robert avait deviné mon besoin de parler seule à seul avec mon collègue au moment de son départ, mais il s'est excusé et est rapidement monté à notre chambre au moment où on se disait au revoir dans l'entrée. Florian m'a alors fait signe de le suivre jusqu'à sa voiture. Une fois à l'extérieur, il a posé la main sur mon épaule.

— Isabelle, tu peux redonner ta confiance à ta fille. Elle vient de me remettre un sac contenant un demi-kilo de cocaïne. Ce geste m'apparaît très significatif et indique que tout est réellement fini, je crois. Nicolas Rioux lui avait demandé de cacher ce paquet chez vous. À lui seul, il vaut quelques milliers de dollars. Évidemment, à ce moment-là, Marie-Hélène en ignorait le contenu et la valeur. Quand elle l'a appris, après l'arrestation de Nicolas, elle a failli prendre panique mais a finalement décidé de s'en débarrasser. Toutefois, elle n'osait pas le jeter dans une poubelle, encore moins te le donner par crainte de représailles. Elle a donc décidé de me le remettre à la suite à notre première rencontre.

— Ah! Seigneur! Voilà donc pourquoi elle désirait tant te revoir!

— Même si je lui ai promis la confidentialité, je préfère t'en parler. Tiens, le voilà. Surtout, ne t'énerve pas avec ça, Isabelle. Ce sera sans conséquences.

J'ai éclaté en sanglots.

— Sans conséquences, sans conséquences! On pourrait l'arrêter et l'envoyer devant un juge pour possession d'une telle quantité de drogue. Elle aurait un casier judiciaire et on pourrait l'obliger à demeurer dans un centre pour délinquants. Et tu trouves ça sans conséquences, toi, le policier ? Tu en as de bonnes !

— Ne t'inquiète pas; personne n'en saura jamais rien. Je te quitte, j'ai trop mangé, ce soir, j'ai besoin d'aller faire une petite promenade le long de la rivière pas très loin d'ici... Tu comprends ?

Florian m'a alors gratifiée d'un clin d'œil significatif. Quel homme extraordinaire, tout de même !

— Dans dix minutes, ce sac de dope n'existera plus. Dissoute à jamais dans la rivière, la poudre blanche ! Tant pis pour les petits poissons qui deviendront cocaïnomanes cette nuit ! Ce n'est pas moi qui vais les dénoncer à la police !

— Tu ferais ça pour Marie-Hélène, Florian ? Si jamais quelqu'un savait ça... Tu risques ta carrière, mon ami...

— Je vais le faire surtout pour toi, ma chère Isabelle. Pour toi... parce que... parce que je t'aime toujours. Comprends-tu ça ? Je t'aime tant ! Je me retiens de te le dire encore, mais là, c'est plus fort que moi ! Je t'aime, Isabelle, mon amour...

Ce tragique aveu était bien la dernière chose à laquelle je m'attendais ! Avais-je bien compris ? Florian Laliberté venait de me faire une nouvelle déclaration d'amour, moi qui croyais tout cela bel et bien fini, transformé en une belle amitié. Interdite, je n'ai su comment réagir.

— T'en fais pas, je ne t'encombrerai pas longtemps avec des mots d'amour que tu n'es sûrement plus prête à entendre. L'autre jour, je n'ai pas sonné à ta porte par erreur, Isabelle Deschamps. Comment as-tu pu croire que j'avais oublié ton nom et ton adresse ? J'avais juste besoin de m'assurer concrètement d'avancer sur un véritable chemin sans issue. Alors j'ai visité ton nid, connu ton mari si sympathique et tes trois adorables enfants. Tu n'abandonneras jamais aucun d'eux pour moi, je l'ai bien constaté. Mes derniers espoirs se sont alors éteints et j'ai pu prendre plus facilement ma décision de présenter une autre demande de mutation. D'ici deux ou trois semaines, je serai transféré sur la Côte-Nord. Le plus loin sera le mieux. Mais, ce soir, je ne peux résister à l'envie de te le dire une dernière fois. Une seule et ultime fois.

— Tais-toi, tais-toi…

— Je t'aime, Isabelle, depuis le premier jour où je t'ai rencontrée au bureau. Je te trouvais tellement mignonne et en même temps si intelligente et efficace. Belle, simple, généreuse. La femme de mes rêves, quoi!

— Mais voyons, Florian, je…

— J'ai hésité longtemps avant de m'avancer, au début, surtout quand j'ai su que tu possédais un mari et une famille. Maintenant je n'en doute plus: tu as tout pour être heureuse, je le vois bien. Pour rien au monde, je ne voudrais perturber ce bonheur familial, même si des orages sèment parfois leur lot d'inquiétude dans ta demeure. Mais je te le répète, ne t'en fais pas au sujet de Marie-Hélène, ce contenant de cocaïne restera un secret entre nous. Ta fille est revenue dans le droit chemin, j'en suis certain. Quant à moi…

— Florian, je ne sais pas quoi te répondre. Je me sens confuse et ridicule. Je croyais que Jennifer et toi, j'espérais…

— Jennifer Daigle n'est pas vraiment mon genre. Elle reste une bonne copine mais… Ne t'inquiète pas pour moi, je vais continuer ma route tortueuse sans me retourner comme un vagabond qui part ailleurs à la recherche d'un bonheur qu'il ne sait pas trouver. Et toi, ma chère Isabelle, sois heureuse. Je te le souhaite de tout mon cœur.

Une envie folle m'a prise de l'embrasser tendrement sur la bouche. Une fois, une seule petite fois. Parce que moi aussi, Florian Laliberté, je… Non, non et non! Je ne devais pas franchir la barrière, hier soir, surtout pas à la porte de ma maison. Un seul baiser et tout risquait de basculer. C'en était fait de la sérénité de la belle famille Deschamps déjà suffisamment perturbée. Dieu sait où peut mener un baiser d'amour… Un baiser si longtemps, trop longtemps retenu… Un baiser défendu. Alors, devant cet homme adorable planté devant moi, j'ai trouvé la force de résister à la tentation et de ne pas broncher, appelant mentalement Robert, mon Robert, à mon secours.

J'étais encore là, abasourdie et immobile comme une chèvre devant le loup menaçant, quand le claquement de sa portière m'a ramenée à la réalité. Je suis restée sur place pour regarder Florian Laliberté tourner lentement le coin de la rue et voir les phares de sa voiture disparaître au loin dans l'obscurité. Dans la noirceur de l'absence. Un homme extraordinaire venait de sortir à jamais de mon existence. Et avec lui, quelques rêves fous et étouffants. Dans quelques minutes, un amour insensé et jamais réalisé allait sombrer au fond de la rivière en même temps qu'un sac de cocaïne.

Ainsi, dans la vie, passent parfois à côté de nous des êtres attirants qu'on voudrait retenir, au risque périlleux de voir s'anéantir tout ce qu'on a construit précédemment autour de soi. Je ne le désire pas. Si l'amour passionné et romantique entre Robert et moi s'est métamorphosé au fil des années en un simple attachement profond et une complicité à toute épreuve, il perdure encore et mérite fidélité et respect. Et il vaut encore l'investissement total et généreux que lui et moi y avons toujours consenti.

Marie-Hélène me fait sursauter en se levant pour aller se chercher une autre *slush* à la framboise au comptoir du resto.

—Maman? Tu es dans la lune! À quoi penses-tu donc?

—Oh, rien de précis…

Geneviève en profite pour se lever en jetant un regard sur sa montre.

— Je dois vous quitter, moi ! Je suis déjà en retard à mon rendez-vous. Ça m'a fait rudement plaisir de vous rencontrer toutes les deux. Salut, cousine, salut Marie-Hélène. J'espère que ton année scolaire va se terminer en beauté.

Ce disant, elle me décoche un clin d'œil qui me rappelle celui de Florian, hier soir, et je me sens tout à coup moins seule. J'esquisse alors mon plus beau sourire dans l'espoir de lui exprimer la reconnaissance secrète que je lui voue. Nous la regardons s'éloigner avec un silence vite rompu par Marie-Hélène.

— Quel beau travail vous faites, elle et toi, maman !

— Dis donc, as-tu aimé la visite de Florian Laliberté, hier soir ?

— Mais oui, évidemment.

Marie-Hélène détourne la tête et tente de changer de sujet. De toute évidence, elle considère la remise du sac de cocaïne comme un secret bien gardé entre elle et Florian.

— Dis donc, maman, comment il va, le bébé secoué ? Tu sais, la petite fille dont tu m'as parlé l'autre jour ?

— Ah oui, Marie-Soleil Beauchemin. À vrai dire, je n'en sais rien. La semaine prochaine, j'irai la voir au Centre de réhabilitation, histoire de maintenir l'enquête à jour.

— Oh ! emmène-moi avec toi, j'aimerais tellement ça la voir !

— Mais oui, mon amour, avec plaisir !

Je tremble à l'idée de ce que Marie-Hélène aurait pu découvrir hier soir en venant me rejoindre sur le perron au moment du départ de Florian, si je m'étais laissée aller dans ses bras. Ma crédibilité auprès d'elle en aurait pris un puissant coup ! Et Robert, alors ! Mais il ne s'est rien passé. C'est fou comme je me sens soulagée. D'ici peu, Florian va partir au loin…

Je repousse du revers de la main la pensée de ce moment qui deviendra pour moi un souvenir doux et amer, et de plus en plus lointain. Puisse-t-il s'éteindre à la longue, tel un secret bien gardé, à l'instar de celui de la remise en catimini d'un contenant de drogue à un certain agent de l'escouade des stupéfiants que je connais bien, maintenant. Trop bien.

— Tiens! Je prendrais bien autre chose, moi. Un petit dessert, peut-être?

Pourquoi pas un beignet au chocolat? Après tout, j'ai bien le droit de me gâter, moi aussi! Et… je le mérite!

CHAPITRE 28

Sobre et massif, l'édifice de quatre étages, avec ses briques rouges et ses fenêtres à carreaux, rappelle les constructions d'après-guerre. En cet après-midi pluvieux, Marie-Hélène a décidé de m'accompagner, mais elle reste muette à notre arrivée dans le stationnement débordant de voitures aménagé derrière le bâtiment. Peut-être regrette-t-elle son insistance à se joindre à moi?

Même si, dorénavant, mes fonctions professionnelles réduites se limitent exclusivement à un travail d'avant-midi, j'ai attendu la fin d'une journée de classe à son collège pour effectuer ma visite à l'enfant secouée en sa compagnie, au Centre de réhabilitation pour enfants. Je me sens prête à toutes les concessions pour garder un contact étroit avec ma fille. Il lui suffit de manifester le moindre intérêt pour quelque chose et tout à coup l'envie me prend curieusement de m'y jeter à corps perdu. Ainsi, je m'intéresse plus que jamais aux éliminatoires de hockey de la Ligue nationale, je magasine chez Tommy Hilfiger et je connais déjà plusieurs chansons de Lady Ga-Ga, Marie-Mai et Justin Timberlake. Et je me peinturlure maintenant le bout des orteils en pourpre!

Puisque, cette fois, l'histoire tragique de Marie-Soleil la rapproche de moi, je n'ai pu lui refuser l'accès aux détails de l'enquête ni la permission de m'accompagner lors de cette visite de routine pour connaître l'évolution de l'état du bébé.

—Nous voudrions voir l'enfant Marie-Soleil Beauchemin, s'il vous plaît.

—Puis-je voir vos papiers d'identité, s'il vous plaît?

La préposée nous regarde d'un air suspicieux. Sans doute a-t-elle reçu l'ordre des autorités policières d'exiger l'identification de chacun des visiteurs de cette jeune patiente. Je lui présente gentiment mes papiers.

—Isabelle Guay, du service de police. Et voici mon accompagnatrice en formation, Marie-Hélène Deschamps.

—Chambre 317. Prenez l'ascenseur à votre gauche.

Dans le hall, gravitent autour de nous comme dans une fourmilière des visiteurs, des infirmiers déambulant derrière des chaises roulantes d'enfants, deux autres poussant une civière sur laquelle est immobilisée une fillette branchée à toutes sortes d'appareils. Dans l'ascenseur, un jeune garçon d'une douzaine d'années dont les bras, les jambes et la tête sont retenus par des courroies à un fauteuil roulant lance à tue-tête des sons gutturaux et incohérents. À mes côtés, je vois Marie-Hélène arrondir les yeux. Dès que la porte de l'ascenseur se referme derrière nous, elle me bombarde de questions.

—Qu'est-ce qu'il a, maman, ce garçon-là?

—Comment puis-je le savoir? Il souffre probablement de paralysie cérébrale.

—C'est quoi, la paralysie cérébrale?

—Je ne sais trop. Une maladie du système neurologique, je pense. On vient au monde avec et ça apparaît à un moment donné de la petite enfance.

—Quelle horreur!

Marie-Hélène s'arrête net au beau milieu du corridor. La première prise de conscience des réalités et des injustices de l'existence humaine produit toujours un choc. J'avais son âge quand un duplex avait brûlé près de chez nous. Il n'en restait plus rien. Ma sœur et moi, nous nous étions rendues sur les lieux par curiosité, et j'avais aperçu l'une des locataires, une mère de famille, hurler son désespoir dans les bras d'un pompier impuissant. Autour d'elle, des petits braillaient en se pendant à ses jupes.

Ce terrible événement a finalement décidé de l'orientation de toute ma vie. Le lendemain, lorsque nous avions appris par les journaux qu'il s'agissait d'un incendie d'origine criminelle, j'avais décidé de me tourner vers la profession de policière. J'allais protéger les gens contre les malfaiteurs de tout acabit. Il ne se produirait plus d'incendies criminels ni de crimes dans mon patelin. Je me sentais forte et déterminée, j'allais changer le monde.

Cependant, quand inopinément dans la même semaine, une compagne de classe et ses quatre frères et sœurs avaient perdu leur père de quarante ans à la suite d'un accident cardiovasculaire, j'avais dû me rendre à l'évidence : les policiers ne disposent pas de tous les pouvoirs. Personne n'en dispose, d'ailleurs, et les humains restent souvent impuissants devant certaines réalités cruelles de la vie, qu'on appelle le destin.

En effet, le destin, si effroyable, si révoltant puisse-t-il se montrer, détient tous les pouvoirs et finit toujours par gagner impitoyablement la partie. Personne, depuis les milliers d'années que l'être humain occupe la planète, n'a pu expliquer avec certitude certaines malveillances de la destinée. On a beau avoir échafaudé des théories philosophiques, inventé une mythologie, fondé des religions, adhéré à des croyances, les questions existentielles restent et resteront encore et toujours sans réponse. L'homme n'a pas le choix de s'incliner et de s'assumer dans l'espoir de conjurer le mauvais sort et favoriser la bonne fortune. Rien de plus.

Mais ce n'est vraiment pas le temps de philosopher en ce moment précis, là, au milieu d'un corridor d'hôpital, cet antre par excellence du mauvais sort. Je me contente de poser une main qui se veut rassurante sur le bras de ma fille.

— C'est effrayant, maman !

— On n'y peut rien, ma grande. Seulement espérer qu'un monde meilleur et juste existe quelque part. Dis donc, tu te diriges du mauvaise côté. La chambre 317 se trouve par là.

Nous frappons trois coups timides sur la porte sans obtenir de réponse, et je mets quelques secondes à réaliser mon étourderie. Comme si Marie-Soleil Beauchemin avait la possibilité de nous répondre ! Je pousse alors doucement la porte pour découvrir quatre lits d'enfants complètement vides. Au poste des infirmières, on me dit que la patiente du 317-B se trouve soit en physiothérapie, soit en ergothérapie dans la salle au bout du corridor. Nous nous acheminons donc dans cette direction d'un pas mal assuré, ma fille pâle comme une morte me tenant par le bras, et moi qui n'en mène guère plus large. Je n'ai jamais oublié le petit être luttant pour sa vie, il y a quelques semaines, dans un lit de l'Institut pédiatrique, et la retrouver me bouleverse. J'appréhende ce que je vais découvrir maintenant.

Dans la grande salle, une dizaine d'enfants s'amusent en compagnie d'adultes vêtus d'uniformes bleus autour d'une table centrale très basse. Certains des petits se traînent par terre, mais la plupart sont installés sur des chaises roulantes. Tous paraissent handicapés, certains ont des bras ou des jambes artificiels, d'autres portent un carcan autour du cou. À notre demande, l'ergothérapeute nous désigne une poussette à l'écart dans un coin de la salle.

Retenue sur son siège par des courroies, à l'instar du garçon dans l'ascenseur, Marie-Soleil Beauchemin, maintenant âgée de presque dix-sept mois, fait bouger de sa seule main mobile un jouet suspendu au-dessus d'elle. Le plus impressionnant reste sa tête, tellement boursouflée que ses traits paraissent à peine humains. À l'approche de l'éducatrice, un des yeux de l'enfant, un seul, rond et brun, se met à fixer la femme comme si elle la reconnaissait. En même temps, de sa bouche baveuse sortent des cris sifflants, étranges et sans rapport avec la voix humaine. La petite main droite commence alors à frapper furieusement le minuscule chien de peluche accroché au support. Saisies de stupeur, Marie-Hélène et moi regardons l'adorable menotte d'enfant, blanche et potelée avec des petits trous aux jointures, s'agiter avec démence.

Je m'approche instinctivement et ne peux résister à l'envie de saisir cette main si menue et de l'enfermer dans la mienne, chaude et protectrice. « Je me bats pour toi, Marie-Soleil, je suis ta voix, ton unique voix, et je pense à toi si souvent. Hélas, je suis sans moyen, sans moyen... Je donnerais n'importe quoi pour que tu cesses de t'acharner aussi gauchement sur ce stupide jouet et pour te voir retrouver la délicate maladresse d'un geste de bébé normal. Pardonne mon impuissance, ma pauvre, pauvre petite... »

Marie-Hélène se retourne alors vers moi, le visage baigné de larmes.

— Qui lui a fait ça, maman, qui lui a fait ça?

— J'ai fait de mon mieux, Marie-Hélène, pour découvrir le ou la coupable, je te le jure. À moins de recevoir de nouvelles informations de façon inattendue, mon travail d'enquêteuse est terminé. Les avocats et les juges feront le reste.

— Tu dois trouver la personne responsable d'une telle écœuranterie. Ça mérite une punition, une grave punition!

Je m'en veux de n'avoir pu obtenir un aveu de culpabilité et une confession claire et nette de la suspecte, Rita Laplante.

— Malheureusement, Marie-Hélène, même si on punit la coupable, ça ne redonnera pas à Marie-Soleil une vie normale.

Je frémis d'horreur. Si ma fille savait les doutes qui trottent sans cesse dans la tête de sa mère détective… Et pas seulement dans le dossier de l'enfant secouée ! Depuis des années, des aveux arrachés par un interrogatoire bien mené et des vérités mises au jour grâce à mon intuition sont venues, bien sûr, couronner à l'occasion mon travail de policière acharnée. Mais combien de tâtonnements aussi, combien de questionnements, de soupçons, d'incertitudes m'ont empêchée de dormir durant des nuits et des nuits.

Ce travail à temps partiel va me faire le plus grand bien, même si Yves Montpetit n'a pu m'obtenir un allègement à très long terme. « Six mois, Isabelle, c'est déjà ça ! » J'ai accepté. Dans six mois, beaucoup d'eau aura coulé sous les ponts. On verra bien, alors.

Dans quelques minutes, après avoir quitté ce lieu de souffrance mais aussi de semence d'espoir pour de nombreux petits, je me jure d'oublier tous mes dossiers pour aller m'occuper de mes propres enfants. Uniquement d'eux, mes trois enfants normaux et en santé. Et ces moments ressembleront au bonheur. Avec Marie-Hélène, j'irai chercher Matthieu à la garderie et nous plongerons dans notre piscine avec Frédéric tout juste rentré de l'école. Plus tard, ma grande se mettra le nez dans ses livres en préparation des derniers examens, et moi je fricoterai un bon petit souper que nous prendrons tous ensemble. Avec le père de cette nichée, j'arroserai le repas d'un petit blanc sec, et lui et moi, nous nous regarderons dans les yeux comme des amoureux. Pour moi, l'essentiel, mon essentiel, se trouve là. Ce sera le bonheur, le vrai bonheur.

Marie-Soleil Beauchemin sera alors loin de mon esprit, dans les recoins de l'oubli, et avec elle, tous les enfants mal aimés du monde entier. Les négligés, les agressés, les abusés, les battus, les abandonnés, tous ceux-là qui n'ont d'autre voix que celle des larmes. Et moi, même si je me prétends sensible à leur sort, je les oublierai, je ferai fi de leur existence. Moi, la bénie du destin, je les repousserai du revers de la main en pensant qu'ils possèdent tout de même d'autres voix, celle des travailleurs sociaux et celle des avocats et des juges, en plus de la mienne et de celle de mes collègues, pour crier leur misère et faire valoir leurs droits.

Mais ce soir, parce qu'il me faut rester debout, je refuserai d'y songer. Je voudrai même oublier une certaine adolescente de quinze ans qui a failli se faire entourlouper par un gang de rue. Et je vais oublier jusqu'à la main tremblante de l'homme qui m'a caressé la joue, l'autre soir, avant de quitter ma maison, et dont j'ai reçu par la poste, hier, une carte postale portant un message troublant. Ce soir, égoïstement, vachement, cyniquement, j'oublierai tout et je dormirai du sommeil du juste, blottie entre les bras de l'homme de ma vie, jusqu'à demain matin. Et je serai heureuse.

Mais, à la vérité, au fond de moi-même, je me leurre car je sais très bien que je n'oublierai rien de tout cela, en dépit du bonheur réel de l'instant présent. Mon instant présent à moi…

— Faites-vous partie de la famille de Marie-Soleil?

Surprise par notre réaction, l'éducatrice se met à nous interroger.

— Non, non, je suis la sergent-détective qui a enquêté sur son cas. Son état s'améliore fort lentement, à ce que je vois.

— Oui. D'après les médecins, elle en a pour des mois, sinon des années. Et, à moins d'un miracle, elle ne recouvrera jamais un état normal, j'en ai bien peur.

Au même moment, deux adolescentes vêtues de sarraus roses pénètrent dans la salle et viennent s'agenouiller auprès des enfants en leur présentant des jouets. Devant le regard interrogateur de Marie-Hélène, la thérapeute juge bon de lui expliquer qu'il s'agit de jeunes étudiantes bénévoles déjà en vacances. Elles se sont engagées à consacrer quelques heures par semaine aux enfants handicapés. Marie-Hélène se montre intéressée.

— Ça existe? Pourrais-je venir, moi aussi?

Surprise, je me tourne vers ma fille. Que voilà une belle façon de meubler un été! Hélas, le ballon ne met pas de temps à se dégonfler.

— On admet les bénévoles dans les unités de soin à partir de dix-huit ans. Par contre, dès seize ans, on commence à les entraîner à la joujouthèque pour leur montrer à amuser les petits en présence d'une surveillante. Quel âge as-tu, jeune fille?

— Quinze ans, seulement.

— Ce sera pour l'année prochaine, alors!

Je vois Marie-Hélène se renfrogner. Vite, sortons de cet endroit trop impressionnant pour elle. Je lance une dernière question, et c'en sera fait de notre visite.

— Dites-moi, Marie-Soleil reçoit-elle souvent des visiteurs?

— Son père se présente presque tous les jours après son travail. Le malheureux homme demeure inconsolable et ne cesse de pleurer quand il la berce, selon les dires des infirmières du soir. Il fait pitié, paraît-il, car il ne semble pas accepter du tout la situation de sa fille.

— Et sa mère?

— Sa mère vient moins souvent. J'ignore si les parents sont séparés, mais elle vient toujours seule et elle ne reste jamais très longtemps.

— Prend-elle le bébé dans ses bras, parfois?

— Très rarement.

— Personne d'autre? Pas de grand-mère?

— Non, pas que je sache. Ou plutôt oui, la mère de monsieur Beauchemin a accompagné son fils une fois ou deux en compagnie d'une petite fille de six ou sept ans, je crois.

— Merci, madame. Viens-t'en, Marie-Hélène, ma journée de travail est terminée. Dis donc, si on se faisait des brochettes de poulet sur le barbecue pour le souper?

Le silence de Marie-Hélène se prolonge tout au long de la route. Signifie-t-il son approbation au sujet du menu de ce soir? Et si c'était le manque soudain de Nicky, ou pire, l'envie inavouée d'oublier cette triste visite à l'hôpital à l'aide d'une périlleuse sniffe de poudre? Peut-être s'agit-il d'une déception devant mon incapacité à obtenir de véritables aveux dans l'enquête de l'enfant secouée?

Je lui jette un coup d'œil inquiet. Parfois, la profession de mère m'apparaît encore plus difficile que celle de policière. Quant au bonheur, avouons-le, on a beau le vouloir très fort, il ne s'avère jamais parfait.

CHAPITRE 29

Quand, le 20 juin, après avoir exprimé à Marie-Hélène sa satisfaction à la suite de ses efforts et affirmé sa vision optimiste de l'avenir si elle continuait dans la même voie, la psychologue du collège lui a demandé de sortir de son bureau car elle désirait me parler confidentiellement, j'ai cessé de respirer. Quelle tuile allait encore me tomber sur la tête? Devant mon anxiété mal dissimulée, madame Lacroix a jugé bon de me rassurer avec fougue dès que Marie-Hélène, en me jetant un regard outré, eut refermé la porte derrière elle.

— Ne vous en faites pas. Tout va bien pour Marie-Hélène et la période de crise semble s'estomper de plus en plus. Elle a facilement réintégré sa place de jeune fille studieuse et à son affaire, ses résultats scolaires nous le prouvent sans contredit. Bien sûr, elle demeure fragile et nous ne devons pas courir de risques.

— Que voulez-vous dire? Vous m'énervez, là!

— À vrai dire, une seule chose m'inquiète et je m'en voudrais de ne pas vous en faire part. Lors de notre dernière rencontre, la semaine passée, elle et moi avons parlé de ses projets pour l'été. Si je ne me trompe pas, Marie-Hélène doit se rendre avec son amie

Stéphanie et ses parents dans le Maine au tout début de juillet. À leur retour, vous partirez toute la famille vers les Maritimes en amenant la copine à votre tour. Est-ce exact?

— Exact.

— En principe, je suis tenue de garder le secret professionnel, mais dans ce cas particulier, me taire ne vous rendrait pas service. Je me permets donc de vous informer, sous toute réserve et au nom du collège, que Stéphanie a été surprise à la sortie principale, avant-hier, en train de fumer un joint en compagnie de deux autres élèves.

— Pas avec Marie-Hélène, j'espère?

— Non, il s'agissait d'élèves d'une autre classe. Nous en avons d'ailleurs informé ses parents. J'ai pensé que vous aimeriez le savoir, histoire d'éviter un autre guêpier à Marie-Hélène. Je ne connais pas vraiment cette Stéphanie et j'ignore quel genre de consommatrice elle est.

— Marie-Hélène est-elle au courant de cette découverte d'avant-hier?

— Je l'ignore, madame.

— Si je comprends bien, je commetrais une imprudence si je laissais ma fille partir en voyage avec Stéphanie, même en compagnie de ses parents?

— Vous avez tout compris!

— Zut! on n'avait pas besoin de ça! Je vous remercie du renseignement, je l'apprécie infiniment. Avec la disparition de Nicolas et de Jimmy, je croyais cette histoire de drogue enfin terminée.

— Vous savez, même si le gang de rue a été momentanément dispersé, rien ne nous dit qu'il ne reviendra pas ailleurs dans les environs. Ça pousse comme de la mauvaise herbe depuis quelques années, ces voyous-là. Et il reste toujours, au fond de la cour de nos écoles, des petits pushers pour venir répandre leur fiente.

— Ça, avec mon travail de policière, je suis bien placée pour le savoir !

— Bref, cela ne fait pas de l'amie de Marie-Hélène une toxicomane invétérée ni une intermédiaire pour attirer votre fille dans un autre guet-apens. Tous les jeunes, de nos jours, aiment bien tâter, au moins une ou deux fois, de ce genre d'expérience interdite et habituellement sans conséquence immédiate, dont ils peuvent se vanter par la suite. Sans doute est-ce le cas de Stéphanie. Cela fait partie de l'adolescence de défier l'autorité et de goûter au fruit défendu, même dangereux et empoisonné, histoire de s'affirmer. Mais évitons tout de même de dramatiser.

— Évitons de dramatiser ? Non, madame ! Je crois, au contraire, qu'il faut tout prendre au sérieux. Tout d'abord, Stéphanie n'en est pas à sa première expérience, j'en sais quelque chose ! De plus, à mon tour de vous faire une confidence d'ordre professionnel en me fiant à votre code d'éthique : Marie-Hélène vous a-t-elle raconté que, tout récemment, elle a remis à l'un de mes collègues un sac contenant de la cocaïne d'une valeur de plusieurs milliers de dollars ? La vilaine l'avait caché chez nous depuis quelque temps à la demande de son chéri et elle ne savait plus comment s'en débarrasser. Alors, oui, mieux vaut trop dramatiser que pas du tout !

— En effet, Marie-Hélène ne m'a pas parlé de cela. Mais voilà un signe intéressant et positif puisqu'au lieu de vendre la drogue pour profiter de cette fortune, ou pire de la consommer, elle a préféré s'en débarrasser. À sa dernière visite, Marie-Hélène a abondamment insisté sur une rencontre intéressante avec un de vos compagnons de travail. Il lui en a raconté en long et en large sur le monde des stupéfiants, paraît-il, et cela l'a beaucoup impressionnée. Si je me rappelle bien, elle a vu aussi une travailleuse sociale. Une amie ou une connaissance, si je ne me trompe pas ?

— Moi-même, je ne saurais rien au sujet de cette sale histoire de coke si mon ami policier ne m'en avait glissé un mot. Il ne faut jamais rien négliger, j'en reste convaincue, quitte à dramatiser pour rien. Et là, je parle autant comme policière que comme la mère éplorée et en proie à l'anxiété que je suis devenue.

— J'en prends bonne note, madame Deschamps. Mais au risque de me répéter, je reste sincèrement rassurée au sujet de Marie-Hélène. Il s'agit simplement d'éviter maintenant les dangers et les fausses manœuvres.

— Vous avez raison. Ne vous inquiétez pas, j'aurai ma fille à l'œil. Justement, je me demandais si vous accepteriez de continuer à la voir au cours de l'été. Vous lui avez fait tellement de bien ! Nous en assumerions les frais.

— Je n'en vois pas la nécessité. Mais au cas où un incident malheureux surviendrait ou si vous en voyez réellement l'urgence, je vous laisse la carte d'une consœur. Pour ma part, je quitte la région durant une grande partie de l'été. Je vous souhaite de belles vacances tout en vous recommandant la prudence.

À ma sortie du bureau de madame Lacroix, Marie-Hélène m'attendait, appuyée sur la rampe de l'escalier de pierre à l'entrée principale du collège, en compagnie d'un garçon. Je m'attendais à un petit moment de révolte, mais elle semblait avoir oublié sa frustration de se faire évincer de ma conversation avec la psychologue.

En bonne mère obsédée, ma première réaction a été de vérifier si elle fumait avec le gars. Des cigarettes, passe encore, mais il n'aurait pas fallu qu'une odeur de pot vienne me chatouiller les narines ! Je me suis tourmentée pour rien. En bons copains, ils étaient en train de comparer leurs réponses à un questionnaire quelconque sur un texte de français. Je poussai un soupir de soulagement. Malgré ses efforts pour me rassurer, ma visite à la psychologue et sa confidence au sujet de Stéphanie avaient ramené la peur à la surface. Dans mon esprit, le cauchemar perdurait.

Ce soir-là, j'ai attendu que Marie-Hélène soit étendue sur son lit pour m'entretenir avec elle des affirmations de la psy au sujet de sa copine. Son indignation m'a rassurée. À moins d'être devenue subitement une actrice de grand talent, elle s'est montrée franchement déçue de Stéphanie.

— Je comprends mal. Il s'agit sûrement d'un simple incident de parcours. Rien de grave, maman, ne t'en fais donc pas. Stéphanie n'est jamais allée aussi loin que moi dans sa consommation de drogue. Quelques rares et banales expériences lui ont suffi, du moins, je le crois. Quand je lui ai raconté dans quel enfer j'ai failli m'embarquer sans m'en rendre compte, elle a fortement réagi, je m'en rappelle très bien. L'arrestation de Nicky, la mise à la porte de Jimmy et surtout ma conversation avec Florian Laliberté sur les gangs de rue l'ont énormément impressionnée. Elle m'a juré de ne plus jamais toucher à la drogue. Comme moi, et avec moi. Et surtout pas au collège. Fini le pot à la sortie de l'école, le crack, l'ecstasy pendant les partys. Fini les pilules pour dormir, pour ne pas dormir, pour mieux étudier. Fini tout ça, et même la bière et le vin. On allait s'encourager et se soutenir l'une l'autre. Et ça tient encore, je t'assure, maman.

— Elle n'a donc eu qu'un moment de faiblesse, d'après toi?

— C'est certain. Je vais lui parler dans le nez, demain, tu peux me croire!

Marie-Hélène ne comprit pas pour quelles raisons j'éclatai en sanglots à ce moment précis. En l'écoutant parler, je réalisais qu'en effet, il ne servait à rien de dramatiser, le cauchemar semblait bel et bien en train de s'achever. Cette fois, je percevais, je savais, je sentais la loyauté de ses paroles. Je me jurai de ne plus douter d'elle et de lui donner une fois de plus ma confiance, ce matériau essentiel au fondement du fameux édifice qui ne s'écroule pas quand la base est solide…

— Écoute, ma chérie, ton père et moi avons sérieusement discuté après le souper. Nous devons prendre une décision au sujet de Stéphanie. Te voir partir en vacances avec elle nous rendrait fous d'inquiétude. Peux-tu comprendre cela?

Marie-Hélène me dardait de ses grands yeux noirs, appréhendant sans doute l'ordonnance d'interdiction qui suivrait.

— Nous préférerions donc que tu n'ailles pas avec elle dans le Maine.

— Ah maman, tu exagères!

— Qui sait si une fois là-bas, l'ennui ou la mésentente, le mauvais temps, le désenchantement des lieux, le manque d'affinités avec ses parents, une rencontre imprévue… Il suffirait que Stéphanie sorte une de ses tentations secrètes du fond de sa valise et hop! on oublie tout, l'illusion du bonheur est aussitôt réinventée. Non, il ne faut pas jouer avec le feu!

Marie-Hélène se retourna sur son oreiller et commença à pleurer à chaudes larmes. J'ai posé une main sur son épaule, et dans ce geste se trouvait tout l'amour d'une mère et, aussi, tant d'espérance…

— Écoute, Marie-Hélène. En l'absence de Stéphanie, rien ne t'empêchera d'inviter tes nouvelles amies à venir se baigner chez nous. Et puis, comme je sortirai du bureau vers midi, on pourra s'organiser des balades à vélo, des parties de tennis et toutes sortes d'autres activités, toi et moi. Et à son retour, si Stéphanie accepte toujours de nous accompagner dans les Maritimes, nous l'amènerons avec plaisir. Mine de rien, nous pourrons la surveiller. Il faut éviter toutes les tentations, Marie-Hélène, tu comprends? Si tu le veux vraiment, tu dois accepter ce sacrifice. Tous ensemble, nous ferons en sorte que rien de négatif ne se produise. Et pas question, comme à notre dernier camping, d'aller finir la nuit chez deux grands types rencontrés par un hasard «arrangé», fussent-ils les plus extraordinaires et les plus séduisants du lieu! Dis-moi que tu comprends.

— Même un beau grand blond frisé avec des lunettes?

Nous avons éclaté de rire, toutes les deux, et le regard de Marie-Hélène, empreint de complicité, m'a chavirée.

— O.K. d'abord! Mettons que tu as raison, maman. S'ils sont trop beaux, les gars qu'on va rencontrer, on les gardera chez nous! Comme ça, Stéphanie pourra quand même venir avec nous, tu l'as dit, hein?

Alors que je m'attendais à la rébellion du siècle, cette soumission presque trop facile m'a étonnée au point où j'ai rappelé la psychologue le lendemain pour lui en faire part. Elle avait malheureusement déjà quitté le collège.

J'ai accroché le combiné en soupirant. Surtout ne pas dramatiser.

CHAPITRE 30

Rien au monde ne me plaît davantage que d'enfoncer mes pieds nus dans le sable chaud d'une plage au bord de la mer sous un soleil cuisant. À quelques mètres devant moi, Frédéric et Matthieu charrient, sans jamais se lasser, des seaux de plastique remplis d'eau qu'ils vont cueillir dans les vagues et qu'ils déversent précautionneusement dans le fossé encerclant leur énorme château de sable. À croire qu'ils rêvent naïvement de transporter toute l'eau de l'océan dans leur trou ! Dès notre arrivée sur la plage, ce midi, leur dernier sandwich à peine avalé, ils se sont transformés en bâtisseurs avec l'aide empressée de leur père.

Construire des châteaux sur une plage avec la foi qui déplace les montagnes – ou plutôt celle qui transfère la mer entière dans un trou de sable ! – et se transformer en chevalier, par un jour de vacances, pour vivre pleinement dans l'univers fantastique du Moyen Âge, quoi de plus merveilleux ?

Au bout de deux longues heures à voir disparaître infailliblement l'eau transvasée au fond de la cavité, les deux garçons abandonnent leur activité et se laissent aller au plaisir de sauter dans les vagues. Sans même se rendre compte du désintérêt soudain de ses fils, Robert, les yeux plissés et la langue entre les dents, continue de monter, aux multiples encoignures du château, des tourelles de sable toujours plus hautes et toujours plus pointues. Avec un sourire amusé, je le regarde installer des ponts-levis autour de la tranchée comme si rien d'autre au monde n'importait davantage que la précision et la solidité de cette architecture. En ce bel après-midi de juillet, j'ai trois fils et non plus deux. Robert, l'homme de ma vie, possède une âme d'enfant et la voir s'épanouir sous mes yeux me ravit.

Si le beau visage de Florian Laliberté vient encore, de temps à autre, jeter ombrage sur mes émotions, je m'empresse de le repousser du revers de la main. Je n'ai pas donné suite à sa bouleversante carte postale reçue par la poste dans une enveloppe scellée, une semaine après son départ pour la Côte-Nord, et dont je connais le texte par cœur.

> Je sais que je n'arriverai pas à t'oublier, ma chère Isabelle, en dépit de la distance. Je te donne mon adresse à Sept-Îles, au cas où tu accepterais de devenir au moins ma douce amie épistolaire. Seulement ça… J'espère que Marie-Hélène va bien.
>
> Amicalement,
> Florian

J'ai glissé la carte d'une main fébrile dans un compartiment discret de mon sac à main et elle s'y trouve depuis plus d'un mois. Pourquoi ne pas l'avoir jetée immédiatement à la poubelle, je l'ignore. Aujourd'hui, je m'en veux de cette lâcheté.

Après sa visite troublante à la maison, j'ai compté les jours avant le départ au loin du beau sergent emportant avec lui les rêves farfelus d'une aventure impossible. Loin de moi la tentation de me fondre dans les bras de cet homme on ne peut plus attirant. Loin, loin, au bout du monde, au bout de l'univers, au bout de moi-même, au bout de ma vie… Loin, Florian Laliberté !

Depuis des semaines, je peux discuter en grande connaisseuse avec Marie-Hélène sur le sujet épineux de la tentation car j'en sais concrètement très long sur le sujet à présent. Résister à la séduction, quel défi! N'ai-je pas répété cent fois à ma fille que «quand on veut, on peut»? À moi, maintenant, de le prouver à moi-même.

À regarder aujourd'hui avec un tel attendrissement mon mari à quatre pattes dans le sable, concentré comme s'il construisait le château de Fontainebleau, je sais que non seulement la raison mais aussi le cœur remportent la partie. Robert n'est pas l'homme le plus beau ni le plus romantique mais, après dix-huit ans de mariage, son authenticité, son grand cœur, son charisme me font encore vibrer. Et son côté «petit garçon» n'est pas sans me séduire encore.

Si, à l'époque, j'ai choisi de passer le reste de mon existence à ses côtés et de fonder une famille avec lui, rien au monde ne doit m'en détourner maintenant, à moins d'une raison super-ultra-maxi-méga-majeure-principale-essentielle extraordinaire-et-inévitable qui n'existe absolument pas pour le moment. Et qui n'existera probablement jamais. Une vulgaire carte postale ne va pas faire chavirer ma barque, oh! que non! Surtout pas après ces temps orageux où notre aînée a tellement besoin de nous deux. Non, l'empreinte funeste de la main de l'homme le plus séduisant de la terre sur ma joue ne suffira pas à briser le moule de la famille Deschamps.

Spontanément, je me lève et vais déposer un baiser sur le front de mon mari, juste comme ça, simplement, au milieu de la plage et devant tout le monde. Robert se met à rire et réplique comme s'il avait deviné mes pensées.

— Eh, maman! Tu me chatouilles!

— C'est écrit dans la Bible, mon chéri: si vous n'êtes comme des enfants, vous n'entrerez pas dans le paradis.

La réponse de mon mari vaut mille baisers:

— Mais j'y suis déjà, ma chérie, au paradis !

Je me contente de lui sourire et tourne les yeux sur l'immensité bleue qui s'étale devant nous. Au loin, Marie-Hélène et Stéphanie se lancent dans les rouleaux, tenant à bout de bras leur planche de surf. Je les entends rire jusqu'ici. Joie de vivre, plaisir d'enfant, perfection du moment. Robert a raison, nous voici au paradis. Si seulement le paradis pouvait durer éternellement !

Bien calée au fond de ma chaise au milieu de cette vaste étendue de sable, je savoure la minute présente. Tout près de nous, les vagues viennent étaler, l'espace d'une seconde, leur voile de dentelle sur le sable pour le retirer aussitôt. Inlassablement, elles reviennent charmer notre œil, quelques secondes plus tard, avec une autre étoffe encore plus festonnée et tout aussi éphémère. On dirait des voiles de mariée étendus sur la plage ! Je me sens si petite devant la force, l'immensité, la beauté de la mer. La vie, la beauté de la vie…

Je souhaite à Marie-Hélène et Stéphanie, déjà devenues des femmes aguichantes dans leurs bikinis plutôt minuscules, de mener des vies équilibrées et heureuses. Un peu trop minimalistes à mon goût, les bikinis, d'ailleurs ! Quel fossile je fais ! La modestie n'est plus à la mode comme autrefois, ma chère ! « Comme dans ton temps », dirait ma fille ! Peuh ! ça ne m'empêchera pas de rêver pour elle d'un voile de mariée.

Tiens, tiens ! Je vois justement Robert passer rapidement à mes côtés du mode « petit garçon » à celui de « grand garçon » au passage de trois donzelles pas fossiles du tout ! Le château vient de perdre soudain tout intérêt. Je retiens mon fou rire et des bouffées d'amour continuent de me submerger. J'aime cet homme simple et normal, pas poète pour cinq sous mais tellement vrai et attachant.

Quelques minutes plus tard, un grand oiseau blanc s'approche de moi à petits pas et s'immobilise à un mètre de ma chaise. Je vois son œil jaune me fixer comme s'il voulait me dire quelque chose. Sait-il à quel point il est beau et pur ? Et libre, surtout ? Beau et pur et libre comme un enfant à qui l'avenir appartient. Un enfant innocent élevé normalement, tendrement, respectueusement. Un enfant aimé, en santé et heureux.

J'ignore ce que tu deviendras, ma belle Marie-Hélène, mais une fois franchie la frontière des diplômes, puisse ton orientation te conduire sur des sentiers où tu trouveras la sérénité et la plénitude ressenties par ta mère en cet instant présent.

Au cours de la soirée, la discussion au sujet de la drogue refait toutefois surface autour du feu de camp, au moment où je m'y attends le moins. Je me demande cependant si elle s'avère pertinente, compte tenu du comportement vraiment sage des deux filles et de l'atmosphère joyeuse et légère des vacances.

À mon grand étonnement, Marie-Hélène elle-même la déclenche à brûle-pourpoint. Les deux garçons dorment déjà dans la tente-roulotte depuis un bon moment et Robert joue dans les braises avec le bout d'une branche. Après avoir parcouru, ce matin, des dizaines de kilomètres à bicyclette sur les petites routes accidentées de l'Île-du-Prince-Édouard et avoir écoulé tout un après-midi sur la plage, nous sentons une bonne, saine et douce fatigue nous gagner. Le Grand Marnier siroté par Robert et moi, à la fin d'un repas copieux, semble bien mérité et achève la détente.

À un moment donné, la branche de Robert se rompt avec un grand craquement et un tison encore incandescent vole dans les airs et lui retombe sur la main.

— Ouille! Je me suis brûlé!

Sur un ton de vague reproche, je m'empresse de répondre tout en examinant la blessure.

— Voilà ce qui arrive, mon amour, quand on joue avec le feu. On finit toujours par se brûler.

Sans hésiter, Marie-Hélène s'exclame aussitôt, en riant:

— Tu parles comme la psychologue, maman! Cette phrase-là, elle me l'a répétée cent fois.

— Tu vois comme elle avait raison, ma grande!

— T'as plus à t'en faire, Stéphanie et moi, on ne jouera plus jamais avec le feu, le feu dont parlait madame Lacroix, du moins. On se l'est juré, n'est-ce pas, Stéphanie?

Fidèle à moi-même, je renifle un bon coup et répond d'une voix émue.

— Tu sais, Marie-Hélène, tu ne peux m'offrir de plus beau cadeau en me disant cela aujourd'hui même. Sache que ton père et moi, nous t'avons redonné notre confiance, compris?

Robert, désirant lui aussi tirer son épingle du jeu, se lance dans les questions fondamentales, non sans une certaine maladresse.

— Dites donc, les filles, avez-vous des projets pour l'avenir? Certaines professions vous attirent-elles en particulier?

Curieusement, Stéphanie répond la première.

— Moi, le théâtre m'intéresse. Je me suis d'ailleurs inscrite en option-théâtre pour le secondaire 4, en septembre prochain. J'ai toujours rêvé de jouer des rôles. Et si on ne me découvre pas de talent, eh bien! je deviendrai metteure en scène, ou scénariste, ou réalisatrice, ou quelque chose comme ça.

— Moi, poursuit Marie-Hélène, j'hésite encore. Chose certaine, je travaillerai auprès des enfants malheureux, soit comme médecin ou infirmière, soit comme... Comment appelles-tu ça, maman? Travailleuse sociale? Je ne sais trop encore. Les histoires de la cousine de ma mère au sujet des enfants qui souffrent m'impressionnent beaucoup. J'aimerais bien travailler moi aussi à améliorer leur sort, mais de façon plus directe et positive que dans le travail de maman.

Plus directe et positive? Ah bon. Elle a peut-être raison. Et pourtant, l'unique pomme pourrie d'un panier ne risque-t-elle pas de contaminer toutes les autres? C'est à la police qu'il incombe de la retirer. Sans les policiers pour empêcher les criminels d'agir, bien des enfants souffriraient davantage, non? Je m'approche et passe un bras autour des épaules de ma fille sans rien ajouter. Elle deviendra bien ce qu'elle voudra, ma Marie-Hélène, du moment qu'elle devienne quelqu'un de bien! Et ses beaux projets me rassurent.

Au-dessus de nous, la voûte céleste brille silencieusement de milliers de petites lumières mystérieuses. L'infiniment grand m'impressionne quand il rejoint l'infiniment petit…

Soudain, je songe à la brûlure de Robert et me lève pour aller chercher de la pommade dans la tente-roulotte. La vue de mon sac à main traînant sur le coin de la table m'atteint tout à coup à la manière d'une gifle. D'une main fébrile, j'en retire la carte postale qui m'a tant hantée et la glisse au fond de ma poche, puis je ressors aussitôt pour aller badigeonner copieusement la zone à peine rougie sur le poignet de Robert.

— Tu ne mourras pas de ça, mon homme!

Le rire de mon homme résonne longtemps dans la nuit et dans mon cœur, accompagné par le chant du huard au loin. Avant de retourner à ma chaise, je m'approche du feu et lance discrètement la carte postale dans le brasier.

— Eh maman, que viens-tu de jeter dans le feu?

— Oh rien, juste une vieille carte trouvée par hasard dans mon sac à main. Regarde comme c'est beau, en s'enflammant, les couleurs de la carte ont rendu la flamme toute verte.

Vert… n'est-ce pas la couleur de l'espérance?

CHAPITRE 31

Comme le vent efface les aspérités sur le sable, les saisons suivantes se sont écoulées au sablier du temps en emportant avec elles l'angoisse reliée aux égarements de Marie-Hélène. Le comportement de ma fille est définitivement rentré dans l'ordre, sans récidive, j'en ai la certitude.

Mon travail à temps partiel prolongé au-delà des six mois prévus a eu cela de bon de remettre les priorités à leur juste place dans notre famille. Enfin, j'ai réussi à interrompre mes emportements dans cette course folle contre la montre à laquelle tous les citoyens du monde occidental n'échappent guère en ce siècle de la performance. Lentement, j'ai appris à me reconnecter avec moi-même et les miens, à dormir tout mon soûl, à savourer chaque moment, à prendre le temps de vivre. À profiter de la vie, quoi !

Tranquillement, je reprends maintenant mes heures de travail à temps complet, avec un nouvel élan et un regard neuf, assurément plus équilibré. Le procès sur le cas de l'enfant secouée débute enfin cette semaine après plusieurs délais et requiert ma présence à la cour. L'issue de cette histoire me tient à cœur et je sens le feu sacré recommencer à s'emparer de moi. À sa manière occulte, la voix silencieuse de Marie-Soleil se fera-t-elle suffisamment entendre pour obtenir un jugement juste?

Lors de sa comparution, la grand-mère Rita Laplante a plaidé non coupable sans aucune hésitation à l'accusation de voies de fait graves contre sa petite-fille Marie-Soleil Beauchemin, ce qui a déclenché une enquête préliminaire où, à mon grand soulagement, on a décrété qu'il existait suffisamment de preuves pour citer cette femme à un procès.

Jennifer et moi, nous nous retrouvons donc aujourd'hui au Palais de Justice, vêtues de nos uniformes et assises devant le tribunal, à gauche du juge Laviolette, boîtes de documents à nos pieds sous une table. Impassibles, nous assistons aux interrogatoires de l'accusée et des témoins par les avocats de la Couronne et de la défense en vue d'établir avec certitude si l'accusée a réellement commis le crime qu'on lui reproche.

Les médecins de l'Institut pédiatrique sont appelés à témoigner en premier, interrogés d'abord par le procureur de la Couronne responsable de la poursuite contre Rita Laplante. Ils viennent étayer, hors de tout doute et chacun selon sa spécialité, leur diagnostic du syndrome de l'enfant secoué. Le témoignage du neurologue ne manque pas d'impressionner tout le monde.

— L'enfant a été secouée de la même manière qu'on démoulerait un jello de son plat de pyrex.

Comme si les mots ne portaient pas déjà suffisamment leurs images d'horreur, l'homme d'une cinquantaine d'années accomplit au-dessus de sa tête un geste de va-et-vient violent et répétitif qui entraîne dans l'audience un silence à couper le souffle. La scène s'avère insupportable, le jello secoué symbolisant un cerveau humain, celui d'un bébé innocent et vulnérable. Conscient de l'impact de son témoignage, l'homme s'arrête aussitôt et, à l'insistance du procureur, s'applique à confirmer les notes inscrites au rapport médical.

— On peut considérer le premier secouage comme l'agression fatale, si je puis m'exprimer ainsi, celle qui a véritablement causé les dommages. Cela se serait produit quelques jours avant l'hospitalisation du bébé, vraisemblablement le vendredi 6 mai. La présence de sang nouveau, lors de notre examen du mardi suivant, a signifié qu'un deuxième brassage aurait eu lieu la veille, soit le lundi. Cependant, on ne peut déterminer médicalement avec certitude la gravité de cette seconde agression, car même un secouage minime aurait pu déclencher la déviation de l'œil et la somnolence. Hors de tout doute, à partir du premier secouage, le cerveau de l'enfant a continué à enfler tout au long de la fin de semaine sans qu'il y paraisse tant qu'un deuxième assaut n'a pas eu lieu.

— Dites-moi, docteur, compte tenu de la déclaration de certains témoins à l'effet que l'enfant se trouvait en bonne condition à son arrivée à la garderie, ce fameux matin du 6 mai, peut-on en conclure qu'elle aurait été secouée au cours de la nuit ou en début de matinée, ce vendredi-là?

— Oui, cela me semble plausible.

Il incombe maintenant à la défense de présenter sa contre-preuve. Le jeune et brillant avocat embauché par Rita Laplante ne mâche pas ses mots et ne s'avoue pas vaincu en partant. Il a en tête de faire acquitter sa cliente et il déploie tous ses talents. Au médecin de l'Institut pédiatrique, il demande de confirmer une portion bel et bien écrite dans le rapport médical.

— Docteur, dans le premier rapport médical officiel, il est clairement stipulé que les symptômes provoqués par le secouage peuvent mettre jusqu'à quarante-huit heures avant de se manifester après l'assaut. Exact?

— Exact, mais cela arrive plutôt rarement. Habituellement, ils apparaissent aussitôt après le brassage, à moins que l'œdème déclenché ne progresse que très lentement. Là, on peut parler de vingt-quatre à quarante-huit heures.

— Dans le cas qui nous intéresse, comment affirmer sans risque d'erreur que l'enfant a bel et bien été secouée au cours de l'avant-midi du vendredi 6 mai ? Elle aurait pu l'être la veille ou l'avant-veille, soit le mercredi ou le jeudi précédents, ou même très tôt ce vendredi-là, par un de ses parents, avant l'arrivée à la garderie, vu que les symptômes auraient pu mettre des heures à apparaître, n'est-ce pas ? Même chose pour le lundi : quelqu'un secoue le bébé durant la fin de semaine et les séquelles n'apparaissent chez la gardienne que le lundi…

— Vous avez raison. En médecine, rien n'est jamais totalement et parfaitement absolu, vous savez.

Je jette un œil sur le juge puis me tourne vers l'audience. Personne ne bronche, tous semblent suspendus aux lèvres de l'avocat de la défense.

— Autre chose, docteur : un médecin de famille n'a rien remarqué d'anormal le samedi matin et il a diagnostiqué une simple gastro-entérite. Qui nous prouve que l'enfant ne souffrait pas réellement et uniquement d'une gastro-entérite, ce vendredi-là ? Elle aurait pu n'être secouée que le samedi après-midi par quelqu'un d'autre que sa gardienne…

— Ce n'est pas moi qui, à cette clinique, ai posé le diagnostic de gastro-entérite, je ne peux vous en dire davantage. Une seule chose m'apparaît certaine : deux secouages ont eu lieu, et le premier, soit le plus important, s'est produit quelques jours avant l'arrivée de l'enfant à l'hôpital.

— En admettant que le médecin de famille de la clinique ait pu commettre une erreur et ne pas remarquer les symptômes de secouage, dites-moi, docteur, comment avez-vous pu établir le moment précis du secouage si ces signes peuvent mettre jusqu'à quarante-huit heures avant d'apparaître ?

— L'enfant se portait bien, le jeudi, selon les dires de chacun. Je viens de vous le dire : en général, le syndrome de l'enfant secoué se présente immédiatement après le secouage. Cela aurait donc dû survenir le vendredi, au cours de la matinée.

— En général, en général… Est-ce que des généralités suffisent pour accuser hors de tout doute une personne d'avoir commis un geste criminel? Au risque de me répéter, on peut donc conclure, d'après le rapport médical, que les symptômes apparus le vendredi matin auraient pu provenir de secouages antérieurs, n'est-ce pas?

— Oui, monsieur. À un ou deux jours précédant ce matin-là. Cela reste dans le domaine des possibilités. Des possibilités faibles puisque l'enfant semblait en forme, ces jours-là.

Lui succède à la barre le jeune médecin de famille qui a examiné le bébé en clinique, le lendemain du 6 mai. Il avoue humblement s'être basé sur les symptômes de vomissements plutôt que sur un examen physique approfondi pour établir le diagnostic de gastro-entérite.

— Que voulez-vous, la fillette était la cinquième patiente que je voyais ce matin-là souffrant du même virus très contagieux mais sans gravité. Je ne lui ai donc pas porté autant d'attention que j'aurais dû. Par contre, rien ne nous prouve que Marie-Soleil Beauchemin ne souffrait pas d'une gastro-entérite à ce moment-là, parallèlement à son autre condition. Il me semble pourtant que des symptômes aussi graves d'enfant secoué ne m'auraient pas échappé à ce point.

Vient le tour de Charles Beauchemin de se présenter à la barre. Questionné par le procureur de la Couronne, le malheureux père donne longuement sa version chronologique et détaillée des faits, puis il décrit devant la cour l'état actuel de Marie-Soleil, maintenant âgée de trente-quatre mois. D'une voix tremblante, il rend compte du peu de progrès enregistrés par l'enfant retardée mentalement et toujours hébétée, paralysée d'un côté et semi-aveugle, placée en institution. Ses dires seront corroborés plus tard par un médecin du Centre de réhabilitation qui ne s'attend guère à des améliorations notables de l'état de l'enfant dans l'avenir.

Avant de poursuivre, le procureur garde le silence pendant quelques secondes comme s'il voulait se recueillir après avoir entendu le témoin décrire la condition horrible de sa fille. Puis il revient à la charge.

— Monsieur Beauchemin, dans quel état se trouvait votre petite fille quand elle a quitté la maison, le matin du 6 mai?

— Je ne peux pas le savoir puisque je suis parti pour mon travail avant elle. Mais dans les minutes avant mon départ, elle se trouvait en bonne santé, je peux vous l'assurer, comme les jours précédents, d'ailleurs.

— Vu cette bonne forme, on pourrait donc penser qu'on l'a secouée à la garderie plutôt qu'à la maison.

— Parfaitement.

— Quand l'enfant est tombée malade, ce jour-là, votre belle-mère a-t-elle essayé de vous rejoindre, vous ou votre femme, pour vous en informer?

— Pas du tout!

— Monsieur Beauchemin, dites-moi quelles raisons a invoquées madame Laplante quand, ce soir-là, elle vous a avisé de vous trouver une autre gardienne?

— Elle s'est plainte que Marie-Soleil était malade et braillait trop. Pourtant, ma fille ne pleurait jamais à la maison et se trouvait rarement malade. Il ne s'agissait pas d'une bonne raison, monsieur le juge.

Dans son contre-interrogatoire, l'avocat de la défense de Rita Laplante tente de détourner l'attention vers la mère de l'enfant.

— Monsieur Beauchemin, admettez-vous que votre femme, Chantal Laplante, vous a parfois giflé et égratigné au sang, et qu'elle possède un potentiel de violence?

—Euh… Chantal a du caractère et perd patience parfois, je l'admets, mais pas souvent et pas longtemps. Et jamais gravement comme vous semblez vouloir l'affirmer.

—Aurait-elle pu secouer l'enfant après votre départ pour le travail?

— Ma femme n'aurait jamais fait ça à notre petite fille, je suis catégorique là-dessus.

Quelques minutes plus tard, je vois arriver, non sans un sourire, madame Monique Pelletier dans l'espace réservé aux témoins. Fidèle à elle-même, la femme porte haut, vêtue comme si elle faisait office de «mère de la mariée» lors d'un mariage princier. Au procureur qui la questionne, elle confirme d'une voix pointue que sur son conseil sa voisine, Rita Laplante, a bel et bien appelé Info-Santé devant elle et décrit l'état de l'enfant, le vendredi matin, 6 mai.

—Dites-nous, madame Pelletier, comment se trouvait Marie-Soleil à ce moment-là. Légèrement ou terriblement souffrante?

—Affreusement souffrante! Sans connaissance, la tête lui ballottant de tous les côtés, hoquetant et vomissant sans cesse, et secouée de spasmes. C'était épouvantable.

—L'idée d'une gastro vous est-elle passée par la tête?

—Aucunement! Je ne connais rien aux enfants, vous savez, et encore moins à leurs maladies, mais malade à ce point-là, je n'avais jamais vu ça! J'ai alors offert à Rita de garder les autres petits afin qu'elle se rende à l'hôpital au plus vite.

—Comment avez-vous réagi après l'appel à Info-Santé?

—J'ai fait comme Rita, je me suis fiée à leurs conseils d'hydrater le bébé et d'attendre que la gastro se passe. Et je suis retournée chez moi au plus vite, de peur d'attraper le fameux virus.

— Savez-vous si la fillette se trouvait en bonne santé en arrivant chez sa gardienne, le vendredi matin ?

— Je ne pourrais le dire. D'habitude, elle arrive en pleurant dans les bras de sa mère, mais ce jour-là, comme je n'ai rien remarqué de spécial, je suppose qu'elle était comme d'habitude. Je ne passe pas tous mes matins à ma fenêtre, vous savez !

— Arrive-t-il à votre voisine de recevoir des hommes en visite ?

— Euh… oui, il m'arrive parfois de voir un homme entrer chez elle, mais j'ignore qui c'est. Je ne peux pas connaître toute sa famille !

— Se pourrait-il que madame Laplante rende certains « petits services » rémunérés à ces hommes-là ?

— Je refuse de me prononcer là-dessus. Ce n'est pas à moi de faire le procès de ma voisine ! Pensez ce que vous voulez !

Au tour de l'avocat de la défense de se lever et de plonger son regard dans celui de la femme, toujours aussi goguenard.

— Dites-nous, madame Pelletier, ces hommes que vous voyez entrer chez votre voisine y demeurent-ils très longtemps ?

— Non, pas que je sache.

— Arrive-t-il parfois que l'un d'eux soit présent au cours de la journée quand les enfants sont là ?

— Pratiquement jamais.

— J'en conclus, monsieur le juge, que la vie privée de madame Laplante ne nous regarde pas puisque ces visiteurs ne concernent en rien l'histoire qui nous intéresse ici. Je vous remercie, madame.

Le témoignage de Tania est présenté sous forme de vidéo, celle enregistrée lors de mon interrogatoire. Dans son geste imitant sa mère adoptive, la fillette lance sa poupée dans le parc plutôt qu'elle ne la secoue. L'avocat de la Couronne ne manque pas de relever la différence entre lancer et secouer : la mère peut potentiellement lancer le bébé à l'occasion, mais c'est la gardienne qui l'a secouée. Marie-Soleil souffre du syndrome de l'enfant secoué et non du choc brutal d'un enfant lancé sur une surface dure. La déposition de Tania n'exclut donc aucunement la possibilité que Rita Laplante ait véritablement brassé le bébé alors que la mère Chantal aurait pu le lancer un peu brutalement et sans conséquence dans son parc, un jour ou l'autre.

Bien sûr, l'avocat de la défense proteste bien haut. On ne doit pas tirer de conclusion du simple geste d'une enfant d'à peine six ans qui peut s'avérer maladroit ou incomplet. Si la mère, Chantal Laplante, peut lancer brusquement l'enfant de temps à autre dans son parc, elle peut tout aussi bien le secouer dans les airs avec violence avant de le lancer. Le geste de Tania imitant sa mère adoptive ne prouve en rien la culpabilité de la gardienne. Au contraire, il devrait détourner les soupçons vers la mère !

Quelques minutes plus tard, l'autre grand-mère et mère de Charles, Yvonne Beauchemin, est appelée à la barre par le même avocat de la défense, afin de confirmer la capacité de brutalité de sa belle-fille Chantal. Pour faire pendant, le procureur de la Couronne présente alors deux représentants de parents d'enfants maltraités par leur ancienne gardienne, quelques années auparavant. À leur tour, ils valident le potentiel de violence, cette fois de Rita Laplante.

Quand vient le temps pour Rita Laplante de se présenter à la barre, la femme se montre sûre d'elle et ne semble pas du tout impressionnée par sa situation d'accusée. Le procureur tente de lui tirer les vers du nez et de lui faire admettre la fermeture d'une garderie antérieure pour des raisons de violence. Il démontre son évidente capacité de mentir en parlant de ses mensonges au sujet d'Info-Santé, de l'ouverture d'une nouvelle garderie sans permis, de ses explications différentes enregistrées sur écoute électronique à tous ceux et celles qui s'informaient de la situation dramatique de Marie-Soleil. Il souligne son manque d'intérêt au sujet de l'état de

332 LA JEUNESSE EN FEU

sa petite-fille, et met de l'emphase sur le passé ténébreux qu'elle a imposé à sa fille Chantal. Il insiste sur son refus non motivé de passer au détecteur de mensonges et sur la venue suspecte d'inconnus, certains soirs.

L'avocat de la défense se lève soudain et s'objecte en prétendant que toutes ces affirmations sur le passé ne constituent absolument pas une preuve contre Rita Laplante dans le cas présent. L'objection est acceptée et le procureur poursuit son interrogatoire non sans avoir jeté un regard meurtrier à son adversaire.

— Madame Laplante, vous avez bien dit, lors de votre déposition, que l'enfant était endormie « comme d'habitude » en arrivant à la garderie, le matin du 6 mai. Tous les autres témoins affirment pourtant qu'elle pleure toujours en arrivant chez vous.

— Oui, l'enfant dormait ce matin-là, je le jure. Si Marie-Soleil était malade, je n'ai pas pu le constater tout de suite car je l'ai déposée endormie dans son parc. Pourquoi je vous aurais menti là-dessus ? C'est à son réveil, vers les neuf heures, que je l'ai trouvée mal en point.

À force d'encaisser des coups bas contre lesquels le procureur expérimenté ne lui laisse pas le loisir de se défendre en l'obligeant à acquiescer par un « oui » prononcé faiblement à toutes ses prétentions, Rita Laplante finit par perdre contenance et se met à crier à tue-tête.

— Revenez-en ! C'est pas moi qui ai fait ça à Marie-Soleil ! C'est pas moi, monsieur le juge ! Jamais je ne lui aurais fait ça, à ma petite-fille. Je la gardais pour rendre service et voilà que ça me retombe sur le nez. Vous feriez mieux d'aller voir du côté de ma fille Chantal…

L'avocat de la défense se lève et se tourne vers le juge avec arrogance.

— Pas de questions, monsieur le juge.

Après avoir remercié la gardienne, le procureur appelle Chantal Laplante à la barre. Je regarde s'approcher tranquillement la mère de l'enfant secouée, engoncée dans son carcan de froideur et d'insensibilité. Je me rappelle pourtant qu'au cours de son interrogatoire, la jeune femme avait finalement craqué et ouvert une porte sur les atrocités de son enfance vécue auprès de sa mère Rita. Le procureur va-t-il réussir à lui faire perdre sa résistance psychologique et l'amener à manifester quelques sentiments ou émotions?

Aux questions sur les marques de violence découvertes sur le corps de l'enfant depuis que sa mère la garde, Chantal répond expéditivement et jure sur l'Évangile que Marie-Soleil était en forme et bien vivante, braillant à fendre l'âme comme à l'accoutumée, et non pas endormie, quand elle l'a amenée à la garderie le matin du 6 mai. En dépit du geste démonstratif de Tania avec sa poupée, geste qu'elle qualifie d'excessif, elle nie perdre patience à ce point envers sa fille adoptive Tania et surtout son bébé qu'elle adore.

— J'agis comme toutes les mères normales, rien de plus, rien de moins.

— Et Rita, votre mère à vous, Chantal, vous l'appréciez?

— Pas toujours. Ma mère... ma mère est une personne violente, très brutale.

— Sur quoi vous basez-vous pour affirmer cela?

— Mon enfance en témoigne.

— Parlez-nous de cette enfance difficile auprès de Rita Laplante.

L'avocat de la défense bondit sur ses pieds.

— Objection, monsieur le juge. Tout ceci ne concerne pas le cas qui nous intéresse aujourd'hui.

— Acceptée.

Avec un soupir d'impatience, le procureur reprend sa question autrement.

— Croyez-vous votre mère capable d'avoir secoué votre petite fille?

— Oui, je ne suis pas surprise du tout de ce qui est arrivé à Marie-Soleil.

L'avocat de la défense de Rita Laplante prend la relève.

— Madame Chantal, si vous saviez votre mère aussi dangereuse, pouvez-vous nous expliquer pour quelle raison vous avez pris le risque épouvantable de faire garder votre enfant par elle?

— Je n'avais pas le choix. Et il s'agissait d'une situation temporaire.

Quand l'avocat relate le témoignage de sa belle-mère, Yvonne Beauchemin, mère de Charles, affirmant que sa bru se comporte en mauvaise mère, rude et négligente, Chantal rétorque vertement qu'Yvonne lui en veut car elle voit Tania beaucoup moins souvent depuis le mariage de Charles.

— Elle s'imagine toutes sortes de choses et tire des conclusions complètement fausses. La jalousie la rend folle.

— Quelles choses?

— Ma belle-mère pense que je fais tout pour éloigner Tania et mettre un terme à sa relation affectueuse avec elle, ce qui est absolument faux.

— Madame Chantal, vous avez giflé votre mari, lui avez égratigné la poitrine, votre fille adoptive Tania a montré aux enquêteurs des bleus causés par vous… Cela ne démontre-t-il pas, sans l'ombre d'un doute, votre capacité de sauvagerie? Sachant cela, un bébé qui pleure durant des heures et des heures au milieu de la nuit suffirait-il à vous faire perdre le contrôle? C'est très facile d'accuser votre mère, mais...

— Je n'ai jamais frappé mes enfants, et mes gestes envers mon mari ne vous regardent pas et n'ont rien à voir avec l'agression de ma petite Marie-Soleil.

Au fur et à mesure que se présentent les témoins, les pour et les contre se bousculent dans mon esprit jusqu'à la confusion. Dans le travail souvent désespérant d'enquêteur de police où l'on joue constamment avec les hypothèses, il y a des instants de fièvre et de désir ardent plus grand et plus fort que soi de voir enfin triompher la vérité, cette vérité unique et indiscutable. Je sens ma main se recroqueviller avec l'impression de tenir encore la frêle menotte caressée un soir, dans un recoin obscur d'une salle du Centre de réhabilitation, il y a déjà longtemps.

Le lendemain, les interrogatoires étant terminés, le juge fixe une date pour entendre le plaidoyer des avocats. Une fois l'audience levée, Jennifer et moi allons nous dégourdir les jambes dans une petite salle réservée au personnel. Je me sens vidée, écœurée. Jennifer semble partager mes états d'âme. Inquiètes de la tournure que prendra l'aboutissement de notre enquête, nous retournons au bureau avec l'auto de police afin de récupérer chacune notre automobile personnelle.

Au moment de la quitter, Jennifer me remet une grande enveloppe blanche scellée, ornée de clochettes peintes à la main sur l'un des coins.

— Qu'est-ce que c'est?

— Ouvre, tu verras! J'ai préféré attendre à la fin de cette journée pour te la donner en pensant que cela te changerait les idées.

Je me jette dans les bras de ma copine en découvrant une invitation à des noces pour le mois suivant, soit le mariage de mademoiselle Jennifer Daigle et monsieur Jean-Luc Dorval.

— Wow! Quelle nouvelle extraordinaire, Jennifer! Tous mes vœux de bonheur! Je suis tellement contente pour toi, tu l'as maintenant pour toujours, ton Jean-Luc!

— Oui, et nous avons l'intention de fonder une famille.

CHAPITRE 32

Le moment est enfin venu d'entendre les avocats de la poursuite et de la défense présenter leurs preuves et contre-preuves de la culpabilité de Rita Laplante dans l'affaire de l'enfant secouée. Au cours du procès, voir une mère et sa fille autant se détester et se jeter mutuellement la pierre m'a dégoûtée. J'aurais tout donné pour tirer de l'une ou de l'autre de véritables aveux, à tout le moins pour dénicher la preuve irréfutable qui aurait permis un verdict solide et sûr de culpabilité. À vrai dire, j'ai adopté personnellement la cause de cette petite Marie-Soleil, et j'aurais voulu prendre sa voix pour crier au monde entier son effroyable et injuste douleur afin que son drame ne se reproduise pas et que la coupable soit punie justement et ne recommence plus.

Dans mon esprit de sergent-détective, j'ai tenté de faire abstraction de mes sentiments de vengeance pour m'investir totalement dans la quête de justice comme l'exige mon métier. Combattre le crime. Démasquer et capturer les criminels pour les empêcher de répéter leurs méfaits.

Une aberration à bien y songer! Combien de parents ne seront jamais punis pour leur comportement criminel? Car n'est-ce pas un crime de négliger ses enfants, de les contraindre par la violence physique ou psychologique, ou encore de les agresser sexuellement ? Impunément, ils leur brisent le cœur et l'âme et en font des êtres tordus et déséquilibrés. Ils saccagent leur joie de vivre, leur estime de soi, leur confiance en eux et leur foi dans la vie, ils détruisent impunément leurs chances de bonheur dans l'avenir. Crimes silencieux contre des petits êtres sans voix et pour lesquels personne ne payera jamais… Crimes crapuleux… La justice absolue existe-t-elle en ce bas monde ?

La salle d'audience déborde de monde. Même les journalistes s'intéressent à la cause de l'enfant secouée. Je suis dans mes petits souliers. Les avocats se donnent à fond dans leur plaidoirie et tentent de se montrer les plus convaincants possible.

Le procureur de la Couronne fait valoir le rapport médical soutenant le moment d'apparition des symptômes, le refus de Rita Laplante de suivre les directives d'Info-Santé, ses multiples tromperies à l'écoute électronique, son refus du détecteur de mensonges, et il insiste sur sa perte antérieure d'une garderie pour des raisons de violence et la réouverture sans permis de cette même garderie.

L'avocat de la défense, quant à lui, reprend le rapport médical pour démontrer l'interprétation délicate et insuffisante sur le moment précis de l'agression fatale à l'enfant, appuyant ses doutes sur le diagnostic de gastro-entérite posé par un médecin de famille sérieux. Pour nier la culpabilité de Rita Laplante, il présente les témoignages de Tania et d'Yvonne Beauchemin détournant les soupçons sur la mère, Chantal Laplante. De plus, les affirmations contradictoires de la mère et de la grand-mère sur l'état de santé de l'enfant à son arrivée à la garderie laissent planer des doutes non négligeables.

Pour rien au monde, je ne voudrais me trouver à la place du juge. La mienne me suffit amplement ! Après les plaidoiries, le juge fixe une date assez éloignée pour la prononciation du verdict et de la sentence.

Plus de vingt mois se sont passés depuis l'ouragan Nicky. Marie-Hélène vient tout juste de célébrer ses dix-sept ans et elle est admise au cégep en sciences humaines pour l'automne prochain avec, en tête, le projet de devenir travailleuse sociale comme ma cousine. Mon fils Frédéric, lui, termine haut la main son secondaire 2 et Matthieu fera son entrée solennelle en maternelle en septembre. Robert a gardé son emploi mais voyage moins. Quant à Marie-Soleil Beauchemin, toujours dans le même état stationnaire, elle a atteint ses trois ans.

Si elle a terminé son secondaire 3 sur la corde raide, Marie-Hélène a passé l'année suivante en étudiante modèle, celle dont rêvent tous les parents. La voici donc maintenant pleine d'enthou-siasme dans les dernières étapes du secondaire 5, ce qui ne l'empêche pas de rechigner parfois face à nos consignes, comme toutes les adolescentes du monde, en traitant ses parents d'anciens et de démodés.

Le laborieux rapprochement entre elle et moi lors de sa période noire s'est estompé quelque peu, à ma grande déception, mais je sais qu'il demeure en latence car une atmosphère de respect et de confiance mutuelle perdure encore. Marie-Hélène marche dans le droit chemin maintenant, je la crois et je l'encourage à ma manière. À la moindre difficulté, à la moindre hésitation, elle viendrait me trouver et réclamerait mon soutien, j'en ai la certitude.

En cet après-midi ensoleillé de juin, cela fait au moins trois fois que je regarde ma montre. Va-t-elle finir par finir de s'habiller et sortir enfin de la cabine d'essayage ? Je n'ai pas que ça à faire, moi ! Mais… à bien y songer, de quoi je me plains ? Bien des mères donneraient cher pour prendre ma place et participer au choix de la robe de bal de graduation de leur grande fille à la fin de son secondaire. Tant de décrocheurs existent de nos jours ! Marie-Hélène a insisté pour m'amener avec elle dans les boutiques spécialisées même si je lui avais remis un certain montant d'argent en lui recommandant de faire elle-même son choix.

Cette demande de l'accompagner, plus que n'importe quoi, en dit long sur la considération et la confiance qu'elle me voue. Et cela, plus que tout au monde, a l'heur de me réjouir. Et aussi de me consoler. L'épisode « drogue et gang de rue » aura eu cela de bon : il aura resserré les liens entre Marie-Hélène Deschamps et sa pauvre mère qui a mis plus de temps qu'elle à s'en remettre.

— Maman ? Qu'en penses-tu ?

Perdue dans mes pensées, je sursaute, éblouie par le tableau qui vient de m'apparaître.

— Je te trouve magnifique, ma chouette !

Celle que je vois se dandiner et tournoyer devant le grand miroir du magasin ressemble davantage à une femme fatale qu'à une finissante du secondaire. Fourreau noir enveloppant, décolleté plongeant, épaules nues, rien pour rappeler l'adolescente sage et ingénue que j'étais à mon propre bal de graduation, vêtue de dentelle rose de la tête aux pieds et jusqu'au cou.

Marie-Hélène prend toujours la pilule et je ne donnerais pas le bon Dieu sans confession au bel étudiant en sciences pures au cégep, qui la fera valser le soir du bal ! Mais au moins, nous connaissons bien ce garçon. Il vient souvent à la maison et semble sérieux et de bonne famille. Un jeune homme à son affaire préparant sagement son avenir, quoi ! S'il couche avec ma fille, je n'y peux rien. Pourvu qu'ils ne fassent pas un bébé !

— Alors, on la prend, cette robe ?

— C'est que… tu n'as pas vu le prix, maman.

La robe vaudrait un million que je m'endetterais pour la lui offrir, ce symbole de la plus merveilleuse des victoires. Elle m'a coûté bien plus que de l'argent ! Il y a précisément deux ans, je n'aurais même pas osé rêver voir un jour ma fille dans une robe de graduation. Maintenant, la page est définitivement tournée, cette superbe robe me le prouve hors de tout doute. La paix est revenue chez nous et, aujourd'hui, elle a la forme d'un joli vêtement de soie noire d'un prix exorbitant.

Par pure coïncidence, le bal de graduation aura lieu le lendemain de la date fixée par le juge Laviolette pour prononcer son verdict à l'issue du procès de Rita Laplante, date qui a été reportée à plusieurs reprises pour je ne sais quelle raison. Je prévois organiser un cocktail pré-bal à la maison, ce soir-là, autant pour célébrer la réussite de Marie-Hélène que pour me remettre des émotions de ce procès qui me tient tellement à cœur.

CHAPITRE 33

Le jour fatidique du verdict à la cour, quand Rita Laplante s'approche de la barre des témoins en tournant le dos à l'audience, je sens mon cœur s'arrêter de battre. Que va-t-il se passer? Va-t-on envoyer la grand-mère en prison pour un an ou pour dix ans? Peut-être lui imposera-t-on simplement une amende… Sera-t-elle faramineuse ou au contraire symbolique? Et si on l'obligeait à suivre une thérapie?

Lentement, je vois le juge Laviolette se lever pour prononcer son verdict d'une voix glaciale et plutôt expéditive. Suspendue à ses lèvres, je me sens osciller entre ciel et terre.

— Madame Rita Laplante, compte tenu de l'impossibilité de déterminer avec certitude le moment précis de l'agression de l'enfant et compte tenu de l'inaptitude légale de formuler contre vous une preuve solide, formelle ou circonstancielle, je considère qu'un doute raisonnable subsiste au sujet de votre réelle culpabilité. Je vous considère donc comme acquittée. L'assemblée est levée.

Pendant toute la durée de ce procès et même tout au long de cette difficile enquête et ce, jusqu'à la dernière seconde, j'ai secrètement espéré voir la coupable, soit Rita, soit sa fille Chantal, se lever tout à coup et s'élancer vers l'avant en s'écriant, le visage couvert de larmes : « Arrêtez tout ce cirque, monsieur le juge. C'est moi qui ai fait ça à ma pauvre petite Marie-Soleil chérie. Mais je ne voulais pas lui faire du mal, vous savez, je ne le voulais pas, je l'aime bien trop pour ça ! J'ai juste perdu la tête quelques secondes parce que je n'en pouvais plus de l'entendre pleurer. Je ne pensais pas la blesser à ce point-là en la secouant pour la calmer. Je ne suis pas une personne méchante, croyez-moi, jamais je n'aurais voulu la rendre comme ça. C'est affreux, affreux… Je le regrette tellement ! Mettez-moi en prison si vous le voulez, monsieur le juge, vous ne me punirez jamais autant que les remords qui vont m'obséder à chacun des jours de ma vie. Car je n'arriverai jamais à me le pardonner… »

Mais rien de cela ne se produit. Rita Laplante, en entendant le verdict, se met à rire comme une démente, le visage plongé dans ses mains. Mais peut-être pleure-t-elle en même temps ? Chantal, elle, pivote froidement vers la porte de sortie sans réagir, sans même un regard pour son ex-mari. Immobile sur ma chaise, je regarde les gens quitter la salle lentement et en silence. Jennifer semble plongée dans la même torpeur que moi. Nous savions pourtant que le procès risquait de se terminer de cette manière.

L'espace d'une seconde, je songe à Félixia, à Alexandrine, aux enfants d'Amid Rajah et de monsieur Net, à Sophie à moitié paralysée et à l'un de ses fils déjà handicapé, à Martin le jeune suicidaire, à Jimmy en train de mal tourner, et même à Chantal Laplante qui traîne son passé comme un boulet, et à tous ces autres petits êtres sans voix qui payeront, pour le reste de leur existence, le prix d'une jeunesse brûlée, consumée au feu de la violence par des bourreaux sans scrupules.

Une seule chose me console devant la justice imparfaite des hommes : pendant que Marie-Soleil « respirera normalement » en poursuivant sa misérable vie de légume, la personne coupable de l'avoir secouée, même impunie, vivra en enfer avec ce fardeau sur la conscience.

Si jamais elle possède une conscience.

❦

Qu'ils sont beaux et frais, et purs! De les regarder, ces douze adolescents et adolescentes parfumés, fleuris, parés de bijoux et déguisés en adultes, me réconforte. Ils sont sains et équilibrés. Ils sont l'avenir. Ils sont l'espoir. Ils seront les gardiens des valeurs de notre société de demain. Le champagne coule à flot, les limousines attendent à la porte.

Il n'existe pas de mots pour exprimer ma joie de voir Marie-Hélène parmi ces jeunes diplômés, engagée dorénavant sur la bonne voie, la voie qui mène vers la réussite, vers l'authenticité, vers la sérénité. Réfugié derrière sa caméra installée sur un trépied, Robert partage le même ravissement et me lance constamment des œillades. Est-ce par curiosité, ou parce qu'ils sentent que mon bonheur serait incomplet sans eux, Frédéric et Matthieu viennent se mêler au groupe, petits bonhommes débordants de vie et d'avenir, eux aussi. Allons, entre les orages, la vie peut se révéler belle, infiniment belle. Et les orages ne durent jamais très longtemps. Ma mère le disait, dans le temps!

La sonnerie du téléphone vient interrompre les conversations.

— Ah! c'est toi, Jennifer? Oui, oui, les jeunes achèvent leur apéro et partent pour l'hôtel dans quelques minutes. Que dis-tu? Tu n'as pas pu t'empêcher de me téléphoner tout de suite?... Quoi!?!

Le combiné encore au bout du bras, je me tourne vers mon mari.

— Robert, tu sais pas quoi? Jennifer est enceinte!

C'est fou, je me mets à pleurer comme un bébé.

Marquis imprimeur inc.

Québec, Canada
2011

 L'impression de cet ouvrage sur papier recyclé a permis de sauvegarder l'équivalent de 91 arbres de 15 à 20 cm de diamètre et de 12 m de hauteur.